MÉMOIRES
D'UN VOYAGEUR
QUI SE REPOSE.

—

TOME I.

MÉMOIRES
D'UN VOYAGEUR
QUI SE REPOSE;

CONTENANT des Anecdotes historiques,
politiques et littéraires, relatives à plusieurs
des principaux Personnages du siècle;

PAR M. DUTENS.

Dulcis inexpertis cultura potentis amici,
Expertus metuit.
HORAT. *Lib. I, Epist. v. 18.*

TOME I.

PARIS,

CHEZ BOSSANGE, MASSON ET BESSON,
IMPRIMEURS-LIBRAIRES, RUE DE TOURNON, N°. 6.

1806.

PRÉFACE.

Ayant passé plus de trente ans à
rassembler des observations, des anecdotes, des faits curieux, des portraits,
des traits piquans d'esprit ou de naï-
veté, des remarques sur ce que j'avois
vu, lu, ou entendu, je crus à propos
de ne pas ensevelir tout cela dans l'ou-
bli. Je fis donc imprimer en 1782,
3 vol. *in*-8°. où, sous le titre de
*Mémoires d'un Voyageur qui se re-
pose*, je présentois la plus grande
partie de mon Recueil. Afin d'ennuyer
moins le Lecteur, je me constitue
dans ces Mémoires comme le cane-
vas sur lequel je brode ces observations, ces pensées, ces anecdotes; et
j'étois prêt à les mettre au jour, lorsque je fis réflexion qu'il s'y trouvoit
bien des choses arrivées de nos jours,
plusieurs caractères de personnes vi-
vantes, qu'il n'étoit pas prudent de

faire connoître. J'ai jeté au feu tous les exemplaires de ce livre. Il me restoit encore quelques matériaux dont je n'avois pas pu faire usage ; je les donne ici, afin qu'ils ne soient pas perdus. Une partie de ces matériaux a été employée dans un ouvrage que je publiai il y a quelques années, en forme de Lettres, sous le titre de *Correspondance interceptée*. Cet Ouvrage, auquel je n'avois pas mis mon nom, est peu connu ; ainsi si je parois me répéter, ce ne sera que pour un petit nombre de Lecteurs. Le titre que je donne à celui-ci est tiré de mon nom : je n'en ai pas de meilleur à lui donner, vu la variété des sujets, qu'aucun autre titre ne pouvoit si bien exprimer. Ce sera un volume de plus, si l'on veut, pour la Collection des *Ana* ; le rang qu'il doit occuper dans cette Collection dépendra du goût ou du bon plaisir de chaque Lecteur.

AVERTISSEMENT.

Ne voulant rien présenter au Lecteur qui ne soit de la plus exacte vérité, je dois prévenir que l'Aventure racontée au quatrième Chapitre de la cinquième Partie, est une fiction imaginée pour amuser une Dame dans un moment de tristesse.

MÉMOIRES
D'UN VOYAGEUR
QUI SE REPOSE.

PREMIÈRE PARTIE.

CHAPITRE I.

Naissance, Education et Disposition
de Duchillou (*).

M<small>A</small> famille est de la plus haute antiquité,
il n'y manque que de la connoître. Mon
nom, comme celui des Montmorency, va
se perdre dans l'obscurité des siècles. Moréri parle d'un homme de mon nom qui
étoit écuyer de l'empereur Charlemagne,
et vécut trois cent soixante ans. Un autre
se trouva au siége de la Rochelle sous
Henri IV, et y commandoit les ingénieurs.

(*) Duchillou étoit le nom d'une petite terre dans ma famille,
qui se donnoit aux cadets. C'étoit celui que je portois dans ma
jeunesse, et que je prends ici, quoiqu'en entrant dans le
monde j'aie toujours porté le nom de mes pères.

D'Aubigné en fait mention dans son Histoire Universelle, et même parle d'un mi-
racle que le ciel fit en sa faveur. Mais sans
m'arrêter à ces prodiges, je dirai seulement
que Bernier, dans son Histoire de Blois, fait
mes ancêtres originaires de Mer, petite
ville à quatre lieues de Blois.

Mes aïeux étoient protestans : Moréri en
cite un, qui appuya avec zèle Calvin dans
sa réforme. Mon père, fort attaché à l'opinion dans laquelle il avoit été élevé, passa
en Angleterre pour s'y fixer; mais le climat
étant contraire à sa santé, il fut obligé de
revenir en France. Bientôt après, il se maria
à Paris, et se retira ensuite dans la province,
où il donna tous ses soins à l'éducation
d'une famille assez nombreuse.

Tout le monde sait combien il est (*)
difficile aux protestans de vivre avec agrément en France : tout accès aux honneurs
et à la fortune leur est interdit; loin d'être
encouragés dans leurs entreprises, ils sont
à peine tolérés : malgré ces difficultés,

---

* On prie le lecteur, une fois pour toutes, de se bien mettre
dans l'esprit que ces Mémoires ont été écrits depuis l'année 1775 jusqu'en 1805.

grâces à la douceur de son caractère et à sa
probité, qui le firent aimer et estimer de
ses concitoyens, mon père mena une vie
assez heureuse et tranquille, et trouva le
bonheur dans le sein de sa famille. La tendresse et les attentions de la meilleure
épouse, la docilité et les bonnes dispositions de sept enfans qu'il chérissoit, suffi-
soient pour la satisfaction d'une âme honnête et exempte d'ambition. Notre éducation fut l'objet principal de son attention ; et
les heureux succès qui suivirent le soin qu'il
prit de la mienne le combloient de la plus
douce espérance, et faisoient dès-lors son
plus grand plaisir. En effet, je n'avois pas
dix ans, que je composois déjà des comédies, qui n'avoient, on pense bien, d'autre
mérite que celui de l'amuser ; je faisois des
énigmes pour le *Mercure de France*, des
madrigaux pour mes voisines, des épigram-
mes sur les événemens nouveaux ; enfin,
avant que j'eusse atteint l'âge de douze ans,
j'avois déjà établi ma réputation de bel
esprit du quartier. Cependant, toutes les
louanges que les amis de mon père me donnoient, n'avoient point enflé mon cœur,
ni gâté mon esprit : j'étois préservé contre

la corruption qu'entraînent la trop grande
indulgence et l'aveuglement des parens
pour la jeunesse, par une timidité et une mo-
destie naturelle, qui me faisoient rabattre
beaucoup de l'opinion trop favorable qu'on
nourrissoit de mon mérite croissant ; j'étois
flatté pourtant qu'on pensât avantageuse-
ment de mes petits talens, et me sentis tellement encouragé par l'idée d'être loué par
ceux qui valoient mieux que moi, que mon
ardeur pour l'étude en augmenta au point,
que je passois les nuits à lire pour mériter
que l'on dît vrai sur mon compte. Malheureusement pour moi, je ne m'appliquois
pas à des lectures fort propres à me former
le cœur ou l'esprit ; les Amadis, les Chevaliers de la Table ronde, les héros de d'Urfé
et de la Calprenède, furent pendant plusieurs années ma lecture favorite. J'allois à
l'école chez un abbé, qui avoit pris beaucoup
d'affection pour moi, et me laissoit le maître
dans sa bibliothèque. J'y avois trouvé le recueil le plus complet des meilleurs romans et
poëtes françois, de l'étude desquels je me
remplis si bien la tête, que peu s'en fallut
que je ne renouvelasse les scènes du fameux
héros de la Manche : je cite ce fait pour

faire connoître le danger d'exposer la jeunesse à des lectures qui peuvent leur gâter
l'esprit et le cœur. Mon maître venoit me
trouver dans sa bibliothèque, et, en attendant l'heure de l'école, nous faisions
quelquefois ensemble une partie d'échecs.
J'avois appris ce jeu dès l'âge de cinq ans,
et je ne le jouois pas mal, ensorte que le
plus souvent je battois mon maître ; mais
je m'aperçus bientôt que cela le mettoit de
mauvaise humeur, et qu'il y avoit des occasions où il prenoit une revanche un peu
cuisante pour moi. J'eus dès-lors assez de
prudence pour me laisser toujours perdre,
lorsque je n'étois pas sûr d'avoir bien
fait mon thême : je sacrifiois ainsi mon
amour-propre à la sûreté de mon dos, et
au bien de la paix. Ce n'étoit pas que l'o-
rage retombât toujours sur moi ; mes cama-
rades portoient souvent la peine de mon
triomphe, et je ne donnois guère d'échec
et mat, que quelqu'un d'eux n'éprouvât un
échec d'une espèce plus fâcheuse ; aussi
me payoient-ils pour m'engager à me laisser
perdre, et je puis dire que j'avois trouvé
le moyen de lever sur eux une taxe dont le
sujet étoit très-opposé à celui de la capitation.

Mon avidité pour la lecture m'eut bientôt
fait épuiser tous les romans et les poëtes ;
je commençai de bonne heure à lire les historiens, et les ouvrages de morale et de
goût, qui servirent à me former l'esprit.
Enfin, j'arrivai à cet âge où le cœur des
jeunes gens est ému par un sentiment inex-
plicable pour eux ; sentiment amer et doux,
source d'inquiétudes et de plaisirs. J'aimai,
en un mot, d'abord en enfant, sans oser
me déclarer, et craignant qu'on s'aperçût
que j'aimois ; je poussai même la timidité
jusqu'au ridicule ; et quoique l'objet de mon
amour ne fût pas d'un rang à m'en imposer, étant la fille d'un maître d'école, je fus
plus d'un an à passer deux ou trois fois par
jour devant sa porte, sans qu'elle pût s'a-
percevoir de ma tendresse, autrement que
par les profondes révérences que je lui faisois chaque fois. Enfin une occasion favorable se présenta ; j'avais un parent, que son
père envoya d'une province éloignée, pour
être élevé par le père de ma belle. Dès le
premier moment, mon parent, à qui je
n'aurois pas fait beaucoup d'attention en
tout autre tems, me devint très-cher ; j'allois le visiter tous les jours, et ne manquois

pas d'occasions de voir la charmante fille
qui faisoit l'objet de mon assiduité : je l'aimai bientôt à la folie ; elle ne fut pas long-
tems à s'en apercevoir ; et voyant qu'elle
avoit affaire à un novice, elle ne manqua
pas de me faire la proposition ordinaire de
l'épouser.

Je le voulois bien, moi, pourvu que ce
fût secrètement ; car je craignois de m'exposer au ressentiment de mon père, qui
n'étoit pas homme à approuver un tel mariage ; mais ce n'étoit pas là le compte de
ma chère maîtresse, qui ne me donna pas de
repos que je ne lui eusse promis de porter
mon père à donner son consentement à
notre union. Le moment après que je l'eus
quittée, je sentis la faute que j'avois faite
en m'engageant à une telle démarche, et
je cherchois toujours quelques nouvelles
raisons de différer ; mais j'eus beau dire,
il fallut m'y résoudre, ou prendre le parti
de renoncer à la voir, idée que je ne pouvois pas supporter. Je m'armai donc de
courage, et profitant un soir de l'occasion
que mon père prenoit le frais dans le jardin, je l'y suivis, espérant que les ténèbres

me donneroient la résolution de m'ouvrir
à lui. Je parlai enfin, et sans doute que
l'amour manqua ce jour-là d'éloquence; car
à la fin de ma proposition, mon père, sans
dire un seul mot, me régala d'un soufflet
bien appliqué pour toute réponse, ce qui
signifioit assez clairement que mon dessein
n'étoit point du tout de son goût.

CHAPITRE II.

Première équipée. — Voyage à Paris.

Le dépit d'avoir reçu un soufflet, joint à
la honte de reparoître devant ma maîtresse
avec une mauvaise nouvelle à lui annoncer,
me firent prendre le parti de quitter la maison paternelle. Je fis secrètement mon paquet, et j'envoyai mon coffre au messager
d'Angers pendant la nuit ; et le lendemain,
à quatre heures du matin, je fus l'attendre
à quelques lieues de la ville, assez mal
pourvu d'argent. Aussitôt que mon père
s'aperçut de ma fuite, et qu'il fut informé,
par un frère plus jeune que moi, de la
route que j'avois prise, il fut saisi d'un vif
courroux contre moi ; son premier mouvement fut d'aller à la messagerie pour arrêter mon coffre, afin de me faire porter la
peine due à mon étourderie, en me laissant aller sans secours ; mais sa colère s'é-
tant ralentie, dans l'espace qu'il y avait à
parcourir de sa maison à la messagerie, il
n'écouta que la tendresse paternelle, qui
lui représentoit le danger où mon défaut

d'expérience alloit m'exposer ; il donna de
l'argent pour moi au messager, et une lettre
pour un de ses amis à Angers, qu'il prioit
de me recevoir.

Je fus vivement touché de la bonté de
mon père, et je résolus d'y répondre, en
m'appliquant sérieusement à des études qui
pussent m'être utiles pour m'avancer dans
le monde. Mais une jeune sœur de l'ami
chez qui j'étois descendu à Angers, fit une
telle impression sur moi, que je n'eus plus
d'autre dessein que celui de lui plaire. Elle
étoit un peu simple, fort dévote, et n'avoit
d'autre inquiétude sur le penchant qu'elle
avoit pour moi, que celle que lui inspiroit
son confesseur, M. Cassin, sur la différence de nos religions. Elle me tourmenta
si long-tems sur ce point, qu'elle obtint de
moi que j'irois tous les jours entendre
M. Cassin. Elle espéroit que le résultat de
ces conférences opéreroit un changement
qui me rendroit plus digne d'elle. J'avois
donc la complaisance d'aller m'ennuyer tous
les jours à écouter le saint homme parler
controverse ; et quoique je n'avançasse pas
beaucoup dans ma conversion, je feignois

d'être ébranlé par ses argumens; mais mon
père, qui fut averti du danger que je cou-
rois, me fit revenir promptement chez lui,
et m'envoya ensuite à Nantes, à dessein de
me faire embrasser le commerce. Je n'avois
aucun goût pour cet état; mais n'ayant rien
de mieux à faire, je partis.

Il sembloit que je n'eusse d'autre vocation
que celle d'être amoureux; c'étoit comme
une fièvre; aussitôt qu'un accès me quit-
toît, une nouvelle circonstance en faisoit
naître un autre. Je débarquai à Nantes
chez un honnête bourgeois, qui avoit deux
enfans; une fille extrêmement jolie, et un
fils avec qui je liai bientôt amitié. La Demoiselle, destinée à épouser un homme âgé
et riche, qu'elle n'aimoit point, étoit éprise
d'un jeune homme de ses voisins qui l'aimoit; il trouva si bien le moyen de me mettre dans ses intérêts, en m'engageant dans
une liaison avec une de ses parentes, que
notre alliance devint aussi solidement établie, que celle de deux courtisans qui font
cause commune pour supplanter un ministre : mais le projet une fois réussi, notre
liaison ne dura pas plus long-tems qu'une

liaison de cour ; et, dans ce tems-là, entendant parler tous les jours des préparatifs
qui se faisoient à Paris pour célébrer la
paix de 1748, je résolus de partir sur-le-
champ pour cette capitale.

Je partis un Mercredi des Cendres dans
une bonne chaise que j'avois louée, sans
trop songer que je n'avois pas d'argent pour
la défrayer le quart du chemin : il faisoit
un froid excessif ; mais, bien enveloppé
d'un bon manteau, je me préparois à me
dédommager, chemin faisant, de la perte
de sommeil que j'avois faite à danser toute
la nuit du Mardi Gras, lorsque je fus joint
sur la route par un jeune marchand de
Reims, qui faisoit sa tournée de Bretagne
à cheval ; il lia conversation avec moi, et
après m'avoir fait part des plaisirs qu'il
avoit goûté pendant le carnaval à Nantes,
il me répéta plusieurs fois qu'il étoit fatigué,
de manière à m'insinuer qu'il ne seroit pas
fâché que je lui offrisse d'entrer dans ma
chaise pour se restaurer un peu. Je compris
son intention ; mais n'ayant qu'une place,
je lui dis que s'il vouloit prendre patience
pendant quelques heures, je la lui céderois

volontiers après le dîner. Sur quoi il prit
gaiement les devans pour ordonner le dîner ; et après que nous l'eûmes mangé ensemble, il monta dans ma chaise, et moi
sur son cheval, qui étant jeune et vigou-
reux devança bientôt l'équipage. Je ne fus
pas long-tems sans avoir occasion de me
faire un double mérite de ma complaisance ;
car il survint une tempête si furieuse de
vent et de neige, que, ne pouvant y résister, et ne trouvant ni maison ni bois pour
me servir d'abri, je descendis pour me mettre à couvert sous le ventre du cheval, que
j'avois assez de peine à faire rester tranquille. Pendant que j'en étois réduit à cet
expédient, la chaise arriva ; et le jeune marchand, voyant ce qu'il m'en coûtoit pour
l'obliger, vouloit descendre et me rendre
ma place ; mais je n'y voulus jamais consentir, et je lui dis, que puisque j'étois aussi
mouillé qu'il étoit possible que je le fusse,
j'étois résolu de tenir bon jusqu'au bout, et
que je le priois de continuer sa route jusqu'à
Rennes. Mon procédé l'enchanta, et reçut
bientôt sa récompense ; car, après avoir
réglé le compte avec le voiturier qui m'a-
voit amené, me trouvant sans un sol, et

n'ayant pas une seule connoissance dans
Rennes, j'avois l'air fort embarrassé : il
s'en aperçut, et me demanda ce que je me
proposois de faire ; je lui dis que mon intention avoit été d'aller à Paris voir les fêtes
de la paix ; mais que, me trouvant sans
argent, j'allois attendre à Rennes jusqu'à
ce que j'eusse écrit chez moi. Là-dessus il
m'offrit généreusement sa bourse, et m'engagea à prendre la poste avec lui ; le tems
pressoit, je n'avois rien de mieux à faire,
et j'acceptai sa proposition avec plaisir.

Nous partons à franc-étrier ; mais n'étant
pas accoutumé à courir la poste, cet exercice à toute selle me parut un peu rude ; et
après avoir été quinze ou vingt postes, je
me trouvai hors d'état de continuer. Le
complaisant Rémois, ne voulant pas se démentir, consentit à prendre deux places
dans la diligence de Rennes pour lui-même
et pour moi : nous y trouvâmes pour toute
compagnie un chevalier de St.-Louis, un
marchand, un Bernardin, et une courtisane. Le marchand alloit à Paris pour déposer dans l'affaire de M. de La Bourdon-
naie ; le chevalier de St.-Louis, pour solli-

citer une pension ; le Bernardin , pour faire
imprimer un ouvrage qui devoit faire une
révolution étonnante dans la façon de penser du siècle ; et la courtisane , pour tirer
un meilleur parti de ses charmes qu'elle r
faisoit en province. Le chevalier de St.-
Louis et le Bernardin étoient sans cesse aux
prises sur quelques points de religion. Le
premier étoit de ces gens du monde qui n'ont
d'autre raison de ne point croire en Dieu
que celle de ne vouloir avoir rien de commun avec le peuple ; il avoit beaucoup vécu
à Paris avec une classe de gens de lettres ,
qui se disoient philosophes, et il tiroit toute
sa conséquence dans la société de ses liaisons avec eux. On eût dit , à l'entendre ,
que l'esprit se communique comme la vertu
magnétique , et qu'il suffisoit de s'être frotté
aux philosophes, pour s'être aimanté de
leur philosophie : pour lui, il n'avoit acquis que le ton dédaigneux et l'intolérance
de ses amis, et point du tout l'esprit nécessaire pour défendre les thèses qu'il soute-
noit sans cesse contre le pauvre Bernardin,
qu'il prenoit plaisir à tourmenter. Celui ci,
qui avoit beaucoup d'esprit , de chaleur et
d'enthousiasme , étoit dans des convulsions

continuelles, et prêchoit avec une ferveur plus convenable à la chaire qu'à un coche public. Pour moi, tout jeune que j'étois, je compris dès-lors combien les disputes sur ce sujet sont inutiles ; et je trouvai qu'en arrivant aux barrières de Paris , chacun demeuroit ferme dans sa première opinion. Nous nous quittâmes sans regret et sans intérêt, et nous nous séparâmes pour remplir nos différentes destinations.

CHAPITRE III.

Début d'un jeune Auteur peu encou-rageant.

J'ENTRAI par le Cours-la-Reine dans les Tuileries, et je fus frappé de la beauté et de la majesté des jardins et des bâtimens ; mais rien ne me surprit davantage que le bruit et les embarras des rues de Paris. C'é-toit un mardi à cinq heures après-midi , qu'après avoir traversé la cour du Carousel et la rue St.-Thomas-du-Louvre , je me trouvai tout-à-coup dans la place du Palais-Royal, vis-à-vis l'Opéra. La foule du peuple et la quantité de carrosses à cette heure-là m'étourdit à un point , que je ne savois où donner de la tête ; je m'en tirai cependant assez bien , et je fus descendre chez un parent de mon père , qui me donna de l'argent pour m'acquitter envers l'obligeant Ré-mois, que je ne pouvois assez remercier.

Je me fis bientôt à la vie de Paris, et fréquentois souvent la comédie françoise , que je préférois à tous les autres spectacles.

I.   B

Je me mis en tête même d'écrire une tragédie, et pris pour sujet Ulysse de retour
en Ithaque : en trois mois la pièce fut ache-
vée ; et, sans consulter personne, je la
portai au comédien La Noue, et le priai de
la faire recevoir au théâtre : il me dit fort
poliment qu'il la liroit avant de la présenter, et me diroit sincèrement son opinion
sur la probabilité du succès. En effet, lorsque je retournai chez lui, il me conseilla
de travailler encore quelques mois à ma
pièce ; me fit remarquer que j'étois bien
jeune, et que je ne ferois pas mal d'étudier
les bons modèles avant de me produire au
grand jour. Mais je n'étois pas dans l'âge
où les avis les plus sages sont les mieux
reçus ; je fis quelques autres tentatives pour
faire recevoir ma tragédie, qui me réus-
sirent aussi mal que la première ; et dans
la ferme persuasion où j'étois, qu'elle ne
pouvoit manquer de gagner à la représentation, je fus à Orléans pour la donner à
la petite troupe des comédiens du Roi qui y
étoit alors établie. D'Orville étoit le directeur de la troupe ; il accepta ma pièce. Elle
fut représentée devant une nombreuse assemblée ; et le parterre d'Orléans m'honora

de ses applaudissemens, au point d'avoir
enflé ma vanité, si j'avois eu meilleure
opinion de leur goût et de mes talens; mais
j'aperçus moi-même tant de défauts dans
ma tragédie, la conduite m'en parut si mal
entendue, et la versification si foible, que
je renonçai dès ce moment à un genre d'é-
crire qui exige non - seulement les talens
les plus distingués, mais encore une application et un travail qui ne convenoit
point à la vivacité de mon humeur. Je retournai à Paris avec une partie de la troupe
qui avoit joué ma pièce ; entr'autres Pénélope, Ulysse, la Princesse amante de Té-
lémaque, et l'un des prétendans à la main
de Pénélope : le curé de Toury, qui retour-
noit à son village, fut de la compagnie jusqu'à Toury, et ne fut pas le moins gai de
la partie. C'étoit un homme de fort bon
sens, enjoué, qui voyoit tout en bien, et
ne se pressoit pas d'interpréter mal les actions ou les discours des hommes. Il fut
question de la tragédie nouvelle qui s'étoit
donnée à Orléans, il parut fort content d'en
trouver l'auteur, et me pressa tellement,
en attendant l'heure du souper, de venir
lui en faire la lecture, que, malgré le

ralentissement de ma bonne opinion d'U-
lysse, je ne pus pas me refuser à ses instances.
Il l'écouta avec un intérêt tout nouveau
et une attention singulière ; c'étoit la première tragédie qu'il avoit jamais lue ou
entendue. Il en jugea comme d'un morceau
d'histoire , ou d'une conspiration secrète.
Il s'agitoit , s'alarmoit ou se réjouissoit ,
selon l'occasion. Il applaudissoit , m'em-
brassoit , et rioit de la meilleure foi du
monde , lorsque les choses alloient au gré
de ses désirs ; enfin il me renvoya , sinon
flatté d'une telle manière d'être approuvé ,
du moins un peu plus content de moi.

CHAPITRE IV.

Duchillou exposé aux dangers de l'oisiveté.

Je retournai donc à Paris avec moins bonne
opinion de mes talens pour le théâtre ; mais
je ne renonçai pas entièrement pour cela à
la poésie. J'allois souvent chez un riche
financier de mes parens, qui avoit deux
filles très-aimables et très-belles : leur mérite, leur richesse et leur beauté attiroient
chez elles une foule de prétendans, qui
étudioient tous les moyens de leur plaire,
et répandaient mille agrémens dans cette
société. Mes cousines, qui avoient beaucoup de gaieté et d'envie de s'amuser, et
qui d'ailleurs ne se sentoient nul goût particulier pour aucun de leurs admirateurs,
les recevoient avec complaisance et politesse, sans coquetterie, et sans leur donner
d'espérances. Quelques amies de la même
humeur se rendoient tous les jours chez
elles ; on avoit adopté des règles, dictées
par le bon goût, la décence et le bon ordre,
qui ne pouvoient que contribuer à la durée
de cet établissement ; on l'avoit formé sur

le modèle d'une cour, dont la sœur aînée
faisoit les honneurs ; chacun y avoit son
rang et son emploi ; le mien fut de mettre
en vers le code de l'assemblée, et l'on
trouva que je ne m'en étois pas mal acquitté.

Le comédien Dufrèsne fréquentoit souvent la maison de mes cousines, et nous
amusoit fort par son air pompeux et théâ-
tral dont il ne se départoit jamais ; il disoit
un jour : On me croit heureux, erreur populaire ! je préférerois à mon état celui d'un
simple gentilhomme ; qui mange douze
mille livres de rente dans son vieux château.

Le mélange de toutes les classes, qui se
trouvoit dans nos assemblées plus que dans
aucune autre, produisoit des contrastes
très-singuliers, et faisoit naître souvent des
scènes réjouissantes, ou donnoit lieu à des
bons mots agréables. Afin qu'il n'y manquât
rien, nous avions jusqu'à un échevin de
l'hôtel-de-ville de Paris ; c'étoit un vieux parent du financier, un homme jovial, ignorant de tout ce qui étoit étranger au gouvernement de l'hôtel-de-ville, qu'il croyoit

le centre de toutes les connoissances. Il plaignoit un jour le sort des gens de guerre en présence d'un officier, et lui disoit : Il faut convenir, Monsieur, que vous autres gens d'épée menez une vie bien dure. Pardonnez-moi, Monsieur, répondit l'officier très-sérieusement ; voyez-vous : nous nous levons tous les jours de grand matin ; nous commençons par nous battre pendant trois ou quatre heures ; et nous avons ensuite tout le reste du jour à nous, pour nous divertir.

Enfin notre petite société renfermoit tous les talens agréables ; la déclamation, l'art de raconter, la danse, la musique, partageoient tour-à-tour notre attention.

Mais la mort du bon financier termina le cercle de nos plaisirs innocens. Mes cousines allèrent vivre avec une vieille tante pendant quelque tems ; malheureusement pour elles, étant protestantes et riches, il se trouva des gens officieux, qui, sous le prétexte du zèle pour la religion, obtinrent une lettre-de-cachet pour les faire mettre au couvent ; d'où elles ne purent sortir qu'après avoir embrassé la religion catho-

lique, et pour se marier. L'aînée épousa le
comte d'Olonne, et se retira avec son mari
près de Lyon, où je la vis quelques années
ensuite. La cadette fut mariée à M. de Vio-
ménil, officier d'un mérite distingué dans
les armées de France, le même qui fut tué
le 10 août 1792, en sortant des Tuileries.

Un jeune homme de notre société me menoit quelquefois avec lui voir sa sœur, qui
étoit en pension dans la rue des Bourdon-
nais; j'y trouvois souvent une jeune demoiselle de Sedan, unique héritière d'un
homme fort riche, et dont je ne tardai pas
à devenir amoureux; les jeunes gens vont
vite en amour. Ma passion fut payée de retour; je proposai d'épouser, ma belle y
consentit; nous eûmes même l'adresse de
mettre dans nos intérêts la maîtresse de
pension, qui appuya une lettre que j'écrivois au père, plus remplie de fleurs de rhé-
torique que de raisons propres à le déter-
miner en faveur de ma prétention : nous
attendions la réponse avec une impatience
aisée à comprendre, et nous commencions
à être inquiets du délai, lorsqu'un matin le
père de ma maîtresse arrive en chaise de

poste, et, sans vouloir monter, il la fait
appeler; elle descend, accompagnée de sa
gouvernante, qui fut confondue de la présence si peu attendue du père de sa pupille:
mais celui-ci, sans perdre de tems en reproches que sa démarche faisoit assez sentir, fait monter sa fille en chaise, et part
pour Sedan, laissant à l'imprudente gouvernante le soin de m'apporter la réponse
à la demande de sa fille. J'étois alors dans
la maison, et pensai devenir fou à cette
nouvelle. Je l'appris au milieu de cinq ou
six Demoiselles qui étoient élevées dans la
même pension; et pour l'honneur d'une
passion que j'avois prétendu être excessive,
et qui se trouvoit frustrée si cruellement,
je ne pouvois faire moins que de donner de
la tête contre les murailles en leur présence:
le premier coup fut d'assez bonne foi; le
second auroit été moins violent et à contre-
cœur, si l'on m'eût laissé le maître. Mais
ces pauvres filles effrayées s'empressèrent
à prévenir le mal que j'allois me faire, et à
me donner tout le secours et la consolation
dont elles étoient capables : on envoya
chercher mon ami, afin qu'il eût soin de
moi, jusqu'à ce qu'on pût être sûr que je

n'entreprendrois rien sur moi-même ; et je sortis de cette maison , emportant avec moi toute leur compassion et l'admiration d'un excès de tendresse et de douleur qu'on croyoit ne plus exister que dans les romans.

CHAPITRE V.

Retour chez mes parens. Défi comique, et
quiproquo *ridicule.*

On voit que je n'étois pas heureux en pro-
jets de mariage ; je fus bientôt consolé de
mon peu de succès, et le besoin d'argent
m'obligea d'aller revoir mes parens. Arrivé
chez eux, je commençai à songer sérieusement au parti qu'il me convenoit de prendre
pour entrer dans le chemin de la fortune ;
je ne voyois que le commerce, le barreau
ou la guerre, dans lesquels je pusse espérer
d'avoir quelques succès. Le premier étoit
entièrement opposé à mon goût, et les deux
autres voies sont fermées aux Protestans,
qui ne peuvent jamais arriver en France
aux grades et aux distinctions dûs au mérite, tant par la rigueur des lois, que par la
force des préjugés (1). Je sais que les unes
sont adoucies, à présent, dans leur exécution, et que la plus saine partie de la nation est moins livrée aux préjugés ; mais il
n'en étoit pas de même au tems dont je

_____

(1) Ceci s'écrivoit en 1745.

parle ; j'en eus une forte preuve dans ma
famille. L'Archevêque du diocèse où nous
vivions fit enlever, des bras de mon père,
sa plus jeune fille, âgée de douze ans, pour
la faire mettre au couvent : ni les larmes
d'un père tendre malheureux, ni les représentations d'un honnête citoyen, op-
primé dans ce qu'il avoit de plus cher, ni
les sollicitations les plus pressantes, ne
purent obtenir rien du ministre ; ma sœur
resta au couvent, où elle a depuis pris le
voile à l'âge de seize ans. Cet événement
me détermina à quitter la France, et je
pris des mesures pour passer en Angleterre.
J'y avois un oncle richement établi ; j'étois
jeune, et ne voyois aucune difficulté. Ayant
entendu parler de quelques Anglois qui
étoient à Châtellerault, je montai à cheval
pour aller les voir, me faire connoître à
eux, et leur demander des lettres pour
l'Angleterre. Je fis cette partie avec le chevalier de la Borde, petit homme fort aimable, plein d'esprit, de gaieté et de vivacité. Il étoit grand amateur de romans de
chevalerie, et sur-tout se plaisoit fort à la
lecture de Don Quichotte, qu'il savoit par
cœur, et dont il aimoit à imiter les folies.

Il attaquoit tout ce qui se trouvoit sur notre
chemin : paysans, moines, marchands,
voyageurs de toute espèce étoient surpris de
s'entendre apostropher dans un langage extraordinaire, auquel ils ne comprenoient
rien, car il les arrêtoit tous à la manière de
son héros, et, dans le langage des Amadis,
leur proposoit de rendre hommage à sa Dul-
cinée. Mais ce ne fut pas ce qui nous arriva
de plus plaisant sur la route : le chevalier
de la Borde me proposa de nous arrêter à
dîner à Montbason, chez un de ses amis
qui venoit de se marier; nous y trouvâmes
grande compagnie, et fûmes parfaitement
bien reçus; le dîner fut un peu bruyant,
mais somptueux et gai; les convives étoient
de la meilleure humeur du monde, quand
un accident pensa troubler la joie générale.
On parloit des nouvelles de la province;
et un officier raconta que M. le Baron
de C**, seigneur de Saint-Maure, venoit
de se couvrir de ridicule. Il avoit, disoit-on,
retiré du couvent sa femme, qu'il avoit fait
enfermer trois ans auparavant, pour cause
d'infidélité. Un gentilhomme de Cahors,
qui se trouvoit là, prit la parole, et dit :
Vous vous trompez, je sais l'histoire; et

la raconta avec si peu de différence, que
cela ne parut pas mériter que l'on donnât
un démenti à un officier. Celui-ci ne trouva
pas le commentaire plaisant; et, soit qu'il
fût offensé, ou qu'il crût devoir le paroître,
il adressa la parole à l'homme de Cahors,
et lui dit : Je vous trouve bien hardi, Monsieur, d'oser ainsi me donner le démenti;
si j'étois près de vous je vous donnerois un
soufflet, pour vous apprendre à vivre; et
tenez-le-vous pour donné. Toute la compagnie trembla pour les suites d'un si rude
compliment; mais le Gascon, loin d'en
paroître inquiet ou démonté, prenant un
air sérieux : Et moi, Monsieur, dit-il, pour
vous punir de votre insolence, d'ici je vous
passe mon épée au travers du corps, et
tenez-vous pour mort. La singularité de la
répartie, et cette nouvelle manière de se
venger d'un soufflet, surprit autant qu'elle
réjouit la compagnie; l'officier même entra dans la plaisanterie : on les fit embrasser l'un l'autre. Le repas fini, le Chevalier
et moi suivîmes notre route. La nuit s'avançoit; nous fûmes obligés de nous arrêter à
coucher à Saint-Maure. Le gîte étoit assez
médiocre, et nous étions menacés de faire

un mauvais souper : sur quoi le Chevalier
dit, qu'il alloit envoyer savoir si un gentilhomme de ses amis étoit à Saint-Maure ;
ajoutant qu'en ce cas il étoit sûr qu'il seroit bien aise de nous donner à souper : en
effet, on nous fit dire qu'on seroit charmé
de nous voir ; et sans plus de cérémonie ,
nous nous rendîmes à l'invitation. Nous ne
trouvâmes d'autre compagnie que le maître
de la maison et sa femme ; en sorte que le
souper fut assez sérieux , malgré la bonne
humeur du Chevalier. Quand on eut des-
servi , on parla de nouvelles ; et moi ,
croyant égayer la compagnie , je racontai
ce qui s'étoit passé au dîné des noces, et ne
manquai pas d'appuyer sur toutes les circonstances de l'aventure du Baron de C**,
et des plaisanteries que l'on avoit faites sur
l'intrigue de sa femme , sur son ressentiment contre elle , et sur la foiblesse qu'il
venoit de faire voir en la retirant du couvent ; mais j'avois beau vouloir être plaisant, personne ne rioit, dont j'enrageois :
j'allois recommencer , quand je me sentis
marcher sur le pied assez rudement ; c'étoit
le Chevalier qui m'avertissoit ; mais moi ,
sans profiter de l'avis , je le priai de prendre

garde, lui disant qu'il avoit pensé m'es-
tropier. Ne pouvant plus y tenir, il se leva,
en me faisant remarquer qu'il étoit tard ; et
à peine fûmes-nous sortis, qu'il s'écria :
Que diable avez-vous fait ? aviez-vous
perdu l'esprit ? L'homme chez qui vous avez
soupé est ce pauvre baron de C** lui-même,
à qui vous avez raconté sa malheureuse
aventure ; et la Dame qui ne rioit point,
est la propre héroïne du roman. Où aviez-
vous donc les yeux, pour ne pas avoir
aperçu tous les signes que je vous faisois
quand vous avez commencé votre conte si
mal à propos ? Je ne fus pas fâché de n'apprendre la bévue qu'après avoir quitté la
maison de notre hôte ; et, ne prenant aucun intérêt au personnage, je ne pus m'empêcher de rire de ma méprise. Dix ans
après, me trouvant en France, et voulant
visiter les falunières de Touraine, je demandai une lettre pour le Seigneur du terrain ; mais, en faisant attention à l'adresse,
je trouvai que c'étoit le baron de C** ; je
craignis qu'il se ressouvînt de moi et de
mon talent à faire des contes, et je fus visiter les falunières sans aller voir le Seigneur
du lieu.

CHAPITRE VI.

Liaisons avec deux jeunes Dames An-
gloises , et résolution de passer en,
Angleterre.

J E ne trouvai point à Châtellerault les Anglois que j'étois allé chercher ; quittant
donc cette ville pour retourner chez moi ,
mon cheval eut envie de boire près d'Ingrande ; et je le fis entrer dans la Vienne
qui coule au bord du village : c'étoit en été,
la rivière étoit fort basse , et le fantasque
animal ne fut point content qu'il n'eût de
l'eau jusqu'au ventre : je le laissai donc
aller au milieu de la rivière , et alors il se
mit à boire à longs traits. Par négligence,
et par malheur , le garçon d'écurie n'avoit
point mis la croupière , et le maudit cheval s'enfla tellement à force de boire, qu'il
fit partir une assez mauvaise boucle de la
sangle. Je songeois à toute autre chose ,
quand tout-à-coup je m'aperçus que je glis-
sois avec la selle le long du col du cheval :
je ne comprends point encore comment je
pus ne pas tomber en avant ou de côté;
heureusement je conservai mon équilibre,

I. c

et l'animal se prêtant adroitement à se dégager du fardeau qui lui glissoit sur la
tête, je me trouvai debout dans l'eau jusqu'à la poitrine avec la selle entre les jambes. Comme j'avois lâché la bride à l'instant où j'avois vu couler la selle, mon cheval, satisfait de se trouver plein en dedans
et libre au dehors, gagna seul le bord de
la rivière, et je fus obligé de le suivre avec
la selle sur mes épaules, au grand divertis-
sement de vingt polissons, qui me reçurent
avec un mélange d'huées et de battemens
de mains. J'étois fort disposé à me fâcher,
mais je sentis que je serois la dupe de mon
ressentiment; et, riant avec eux de mon
aventure, je les intéressai pour moi si bien
qu'ils m'aidèrent à rattraper mon cheval.
Après m'être séché à Ingrande, je pour-
suivis ma route chez moi, où j'appris qu'il
étoit arrivé la veille deux jeunes Dames
Angloises de distinction, accompagnées
d'un cavalier de la même nation; je me fis
mener chez elles par leur banquier, et leur
offris tous les services qui dépendoient de
moi. J'étois jeune, j'avois une vivacité et
une gaieté d'esprit naturelle, qui préve-
noient sur-le-champ en ma faveur; ces

Dames me reçurent fort poliment, et me
parurent disposées à accepter mes offres,
qu'elles voyoient bien être sincères : en
effet, je fus assez heureux pour leur être
utile et agréable ; et nous nous convînmes
si bien de part et d'autre, que je ne les
quittois plus du matin jusqu'au soir.

La plus âgée de ces Dames étoit mademoiselle Betty Pitt, sœur du célèbre M. Pitt,
depuis lord Chatham. Elle étoit d'une figure
délicate et jolie, et avoit la taille comme
la plupart des Angloises, fine et bien prise ;
sa physionomie annonçoit beaucoup d'esprit et de fierté ; elle parloit assez bien le
françois, et lorsqu'elle y mêloit des angli-
cismes, la nouveauté et la singularité de
l'idiome les faisoit passer pour des traits
bizarres d'esprit. Elle paroissoit avoir à
peine trente ans, et venoit en France pour
sa santé.

Mademoiselle Taylor étoit recommandée
à mademoiselle Pitt par son frère pour lui
tenir compagnie ; elle avoit vingt ans ; sa
beauté étoit parfaite et d'un éclat éblouis-
sant ; son esprit sérieux, son caractère
doux, et la délicatesse de son ame, la ren-

doient intéressante. Je ne fus pas long-tems
sans m'en apercevoir. Elle m'en sut bon
gré ; et lorsque je fus assez bien avec elle ,
pour qu'elle me pût parler avec confiance ,
elle me pria de cacher soigneusement les
marques de préférence et d'attention que
je paroissois disposé à lui montrer , pour
ne pas faire ombrage à mademoiselle Pitt.
J'obéis , et me conduisis si bien dans cette
maison que l'on ne pouvoit plus s'y passer
de moi. Mademoiselle Pitt me parloit souvent du crédit de son frère en Angleterre ,
et me faisoit valoir l'importance dont me
seroit une lettre qu'elle me devoit donner
pour lui ; et j'y ajoutois d'autant plus de
foi , que je voyois souvent chez elle des Anglois de distinction , dont quelques-uns la
sollicitoient de leur obtenir la protection
de M. Pitt. J'y vis entre autres un chevalier
d'industrie Anglois , caractère assez rare
dans cette nation : il étoit bien né , mais il
avoit souvent été obligé d'avoir recours à
des voies peu honnêtes pour sortir d'embarras où il se jetoit par ses dissipations.
Il se plaisoit à raconter quelques-uns des
heureux effets de sa présence d'esprit ; et
l'un des plus remarquables que je me rap-

pelle fut celui qui suit, dont cependant je
ne garantis pas l'authenticité.

Il se moquoit un jour de ceux qui se trouvoient dans le besoin d'argent, disant que
c'étoit leur faute, et parce qu'ils ne savoient
pas saisir le moment favorable : on lui demanda ce qu'il entehdoit par le moment
favorable; il en donna pour exemple ce qui
lui étoit arrivé. Il avoit besoin d'argent un
jour, et songeoit aux moyens de s'en procurer, lorsque se promenant dans les rues
de Londres, il voit une foule de monde
assemblée autour d'un homme bien mis, qui
venoit d'être frappé d'un coup d'apoplexie;
il s'avance, et voyant que cet homme avoit
la montre au gousset, une épée riche, et
jugeant par-là du reste, il s'écrie aussitôt :
Ah! ciel! que vois-je! mon frère! mon
pauvre frère! Il se jette sur le corps du
mourant, s'écriant : Messieurs, aidez-moi,
par charité, vite! un carrosse, un chirurgien! On s'empresse à faire venir un ca-
rosse; il y met son prétendu frère, monte
ensuite, ordonne au cocher d'aller chez un
chirurgien à quelque distance de là; et
chemin faisant, dépouille le mourant de

sa bourse, sa montre, ses bagues, son por-
tefeuille. On juge bien qu'il ne fut pas fort
empressé à le rappeller à la vie, peut-être
même l'aida-t-il à mourir plus vite ; ensorte qu'avant d'arriver chez le chirurgien,
l'homme étoit mort, et les secours furent
inutiles. Le faux frère parut pénétré de la
plus vive affliction ; il dit qu'il étoit pressé
de partir pour un voyage ; il chargea le chirurgien de faire enterrer son frère sous un
nom qu'il imagina, et se retira fort satisfait
d'avoir su tirer si bon parti du moment favorable. Le chirurgien disséqua le mort, et
profita du reste de sa dépouille ; je ne sais
même si l'homme à talent ne lui vendit pas
le corps de son frère à cet effet.

M. de Burgoyne et son épouse lady Charlotte étoient alors en cette même ville ; je
les vis chez mademoiselle Pitt ; et ayant
remarqué un air extrêmement mélancolique
en lady Charlotte, j'en demandai la raison
après qu'elle fut sortie. Elle ne se porte pas
trop bien, dit mademoiselle Pitt, et craint
de mourir ; et pour ajouter à ses craintes,
un laquais Ecossois, qui la sert depuis
quelques années, demanda, il y a huit
jours, la permission de lui parler en par-

ticulier : il lui dit qu'il étoit d'une province en Écosse, où·certaines familles ont
le don de prévoir les événemens, ce que
l'on appelle en Anglois *second-sight;* qu'il
étoit d'une de ces familles, et ayant prévu
qu'elle n'avoit pas plus de quinze jours à
vivre, il avoit cru qu'il étoit de son devoir
de l'en avertir, afin qu'elle songeât à mettre
ordre à ses affaires et au salut de son âme.
La pauvre femme a été si étourdie de cette
prédiction, qu'elle n'a pas eu la force de
se l'ôter de l'esprit; son mari, qui s'est
aperçu de sa tristesse, a voulu en savoir le
sujet; elle le lui a dit : il a chassé l'imprudent laquais à coups de canne, mais il n'a
pas pu bannir de l'esprit de son épouse cette
funeste idée qu'elle n'a plus que huit jours
à vivre. Nous étions dans l'impatience que
les huit jours fussent passés, afin que lady
Charlotte Burgoyne pût recouvrer la tranquillité d'esprit si nécessaire à sa santé. En
effet, elle échappa à l'accomplissement de
la prédiction, et n'est morte que vingt-
cinq ans après. Si la peur l'eût tuée alors,
comme il étoit fort possible que cela arrivât, on eût admiré la prophétie, et le pro-
phète auroit été à la mode.

L'impatience où j'étois d'aller en Angleterre me fit passer par-dessus la considération du plaisir que j'avois dans la société
de mademoiselle Pitt et de sa compagne, et
je la priai de me donner des lettres qu'elle
m'avoit promises pour son frère et ses amis.
Elle fit ce qu'elle put pour me retenir plus
long-tems; mais j'insistai à partir, et lui
dis même que j'avois fait mes adieux à mon
père et à mes amis, et que je n'avois plus
aucune raison qui me retînt. Elle me proposa alors de feindre de partir, et de venir
me retirer chez elle, où personne n'étant
reçu, il me seroit facile de demeurer ignoré
aussi long-tems que cela nous conviendroit;
mais j'aimois trop ma liberté pour y consentir, et je parus tellement déterminé à
partir, qu'elle n'osa pas me presser davantage. Après m'avoir remis une lettre pour
M. Pitt et une autre pour milord Barrington, elle renouvela ses instances pour me
faire rester, et je redoublai de fermeté
pour m'y refuser; enfin, je pris congé
d'elle, et le lendemain je partis avec le
messager du Mans, pour aller m'embarquer à Dieppe.

CHAPITRE VII.

Réception de Duchillou en Angleterre. —
Portrait de son oncle et de sa tante.

Malheureusement après mon départ il
y eut un mal-entendu entre mademoiselle
Pitt et mon père, et ma sœur, qui pensa
produire des conséquences très-désagréa-
bles. Je n'entrerai dans aucun détail sur ce
sujet, ayant pris la résolution de l'effacer,
s'il est possible, de mon souvenir. Qu'il
suffise ici de dire que ce mal-entendu fut
suivi d'une rupture fâcheuse entre mademoiselle Pitt et mes parens.

Tout cela se passoit sans que j'en eusse
la moindre idée; au contraire, je me re-
paissois des plus belles espérances, fondé
sur les lettres que j'emportois. Je m'em-
barquai à Dieppe dans un vaisseau qui alloit
à Londres; le passage fut de trois jours, qui
me parurent trois siècles, tant je souffris
du mal de mer : enfin, nous mîmes pied
à terre à quelques milles de Londres; et
je marchai jusqu'à Whitechapel, l'un des

faubourgs de la ville, avec un de mes com-
pagnons de passage, qui me servit de guide
et d'interprète ; car je ne savois pas un mot
d'anglois. Londres étoit alors la ville la plus
mal pavée et la plus crottée ; c'est à présent
tout le contraire. Peu instruit des mœurs
et des usages de la nation, j'avois fait ma
toilette avant de quitter le vaisseau, et je
fis mon entrée dans le quartier le plus crotté
et le plus rempli de canaille, en petit habit
de soie, bas blancs, boucles à pierres, et
le reste à l'avenant, suivi d'un crocheteur
qui portoit mon coffre. La populace de
Londres, fort attentive à faire observer
la convenance des choses, est aisément
choquée d'un contraste tel que celui que
j'offrois à leurs yeux ; je me vis bientôt
accompagné d'une foule de gredins, qui
s'empressoient à l'envi à courir dans les
crottes à côté de moi, afin de mieux m'é-
clabousser. Je n'avois pas fait cent pas, que
je me trouvai couvert d'huées et de boue ;
et je priai mon compagnon de voyage de
me retirer du mauvais pas où je m'étois
sottement embarqué. Nous entrâmes dans
un cabaret, où je changeai de tout ; et
ayant fait appeler un carrosse, je fis dire

au cocher de me mener chez mon oncle
dans Leicester-fields, où j'arrivai sans être
attendu.

Mon oncle étoit un homme de cinquante
ans, vif, actif, gai, infatigable au travail :
il avoit gagné dans le commerce dix-huit
cent mille livres de bien, et n'en étoit
pas plus vain ; au contraire, il aimoit encore son état, reconnoissoit ses anciens
amis, quelque pauvres qu'ils fussent, les
soulageoit même, et c'étoit son plus grand
plaisir ; il étoit du meilleur naturel du
monde, très-colérique, mais sans fiel : au
contraire, le plus sûr moyen d'obtenir ce que
l'on désiroit de lui, étoit de profiter de son
impatience pour le faire entrer dans un de
ces momens de colère dont il étoit tout
honteux l'instant d'après ; on étoit sûr ensuite de faire ce que l'on vouloit de lui.
Il avoit épousé une Irlandoise, qui ne lui
ressembloit pas dans l'humeur ; cependant,
grâces à l'excellent naturel de mon oncle,
ils vécurent fort bien ensemble, à quelques
incartades près qu'on lui faisoit de tems en
tems. Il croyoit toujours pouvoir les re-
pousser en élevant la voix, et disant qu'il

vouloit être le maître; mais sa chère femme recevoit ses prétentions avec un rire d'indignation, si marqué et si propre à le démonter, qu'il trouvoit que le plus sûr étoit de lui laisser le champ libre. Elle n'employoit cependant ces grandes ressources que dans les cas importans; car, d'ailleurs, elle avoit beaucoup d'attachement et de tendresse pour lui, et faisoit sa volonté dans mille petites occasions, pour avoir droit de faire la sienne dans une qui lui tînt à cœur : au reste, quoiqu'elle fût telle que je viens de la peindre, elle n'en avoit pas moins d'excellentes qualités. Elle étoit bonne amie, bonne épouse, charitable, et dans un âge très-avancé a terminé une carrière remplie de toutes les vertus qui honorent l'humanité.

CHAPITRE VIII.

Connoissance avec le célèbre M. Pitt, et ce qu'elle produisit.

C'étoit dans cette maison que je me présentai en homme qui venoit chercher fortune. Mon oncle fut fort embarrassé de savoir comment m'introduire à son épouse : il jugea à propos de la prévenir de mon arrivée ; et je devinai, par l'accueil qu'elle me fit, celui qu'elle m'auroit fait sans cette précaution. Ils avoient six enfans, depuis l'âge de deux ans jusqu'à celui de quinze, qui demeurèrent neutres pendant quelques jours, voulant régler leur conduite à mon égard sur la réception de ma chère tante ; et, dès le moment qu'ils s'aperçurent de son éloignement pour leur cousin, leur parti fut pris : le déchaînement fut général contre moi ; il ne fut sorte de niches, de tours d'espiéglerie que l'on ne me jouât tous les jours. Au moment que j'entrois dans la chambre où étoit l'enfant, la nourrice étoit enseignée à le pincer ; l'enfant crioit, et, éprouvant toujours ce tourment quand je

paroissois , ne pouvoit plus soutenir ma
présence ; ce qu'on ne manquoit pas de
faire observer à mon oncle , comme un
pressentiment qui déposoit contre moi.
Le pauvre homme avoit beau faire pour
me soutenir , l'association étoit trop forte
contre nous. Il me prioit de prendre patience , d'avoir des égards pour sa femme ;
et il travailloit en attendant à changer ma
situation.

Je fus rendre mes lettres à M. Pitt et à
milord Barrington : je ne les trouvai point
chez eux ; mais le même jour M. Pitt vint
me voir. Il me témoigna beaucoup d'envie
de m'être utile , et m'engagea à aller avec
lui à sa terre d'Hayes , et me pressa de lui
accorder tout le tems que j'aurois à moi :
il me dit qu'il ne pourroit jamais assez
reconnoître mes attentions pour une sœur
qui lui étoit très chère, regretta fort que je
ne fusse pas arrivé plus tôt ; qu'il auroit été
empressé de m'avoir envoyé voyager avec
milord Spencer, ce qui eût été un moyen
avantageux pour moi d'entrer dans le monde ; mais qu'il alloit travailler à me dédommager de la perte de cette occasion , et qu'il

me prioit de compter sur lui. Mon oncle
fut très-content de cette visite. Outre les
espérances qu'il en concevoit pour mon
avancement, il se flattoit que cela me donneroit une considération dans sa famille,
qui me rendroit le séjour de sa maison
plus agréable. M. Pitt étoit alors l'homme
d'Angleterre qui jouoit le plus grand rôle :
son éloquence l'avoit depuis long-tems placé
au premier rang dans la Chambre des Communes; et, comme elle avoit été long-tems
employée contre les mesures du Roi, on
avoit enfin été obligé de lui fermer la bouche
en lui donnant le poste le plus lucratif qu'il
y eût en Angleterre. Il étoit donc alors
payeur - général des armées; emploi qui
rapportoit alors plus de 300 mille livres
de rente en tems de paix, et le double en
tems de guerre. Et depuis ce tems-là il
parloit peu ou point. Cela n'empêchoit pas
qu'il n'eût un très - grand crédit dans la
nation; le parti opposé à la Cour faisant
tous ses efforts pour l'attirer à eux, et la
Cour tous les siens pour le conserver. J'allai
le voir souvent, et il continua à me faire
le meilleur accueil du monde; il me parla
de mes poésies, et voulut voir tout ce que

j'avois fait,,me communiqua quelques-unes
de ses productions dans le même genre; enfin
il s'intéressoit pour moi, autant que pouvoit
faire mon oncle même, quand, au milieu de
toutes ces démonstrations d'amitié et de bienveillance, son portier me dit un jour qu'il
avoit ordre de ne plus me laisser entrer. J'engageai le portier à me procurer l'accès encore
une fois auprès de son maître, et en même-
tems, je lui présentai un demi-louis. Pour
ne pas être obligé de refuser le demi-louis,
il promit de faire son possible; mais il savoit
fort bien qu'il n'étoit pas en son pouvoir
d'obtenir ce que je demandois, et probablement ne le tenta seulement pas. Je repassai
chez M. Pitt; le portier me dit qu'il n'y avoit
rien à faire : je lui écrivis; — nulle réponse.
Enfin, j'appris ce qui s'étoit passé après mon
départ, et que mademoiselle Pitt avoit écrit
à son frère pour le prévenir contre moi, en
s'excusant sur ce qu'elle m'avoit mal connu.
Je fis parler à M. Pitt, et lui représenter que
je n'entrois pour rien dans la querelle de
mademoiselle Pitt avec ma famille : il répondit qu'il le croyoit, mais n'en rompit
pas moins avec moi. Cela me rappela la
scène d'Arlequin Courrier. Il vient sur le

théâtre, avec un sac chargé par-derrière et par-devant. Où vas-tu, lui demande-t-on? A l'armée. — Qu'as-tu dans cette poche de devant? Des ordres pour l'armée. — Et dans celle de derrière? Des contre-ordres. Les contre-ordres de mademoiselle Pitt mirent fin à ma liaison avec M. Pitt; et comme je supposai qu'elle auroit écrit dans le même style à milord Barrington, je ne me donnai pas la peine de retourner chez lui.

CHAPITRE IX.

Traduction de quelques Comédies An-
gloises. Réflexions à ce sujet. — Retour
en France. — Maladie salutaire.

CEPENDANT mademoiselle Taylor étoit
retournée en Angleterre : sa mère avoit été
la chercher, et l'avoit ramenée à Londres.
Je la vis aussitôt après son arrivée, et ce fut
d'elle que j'appris toutes les circonstances
auxquelles je viens de faire allusion. Je
trouvai mille charmes nouveaux dans la
conversation de cette charmante fille, dont
je devins éperdument épris; et elle, de son
côté, prit du goût pour moi. Je passois la
plupart de mon tems avec elle ; et ce fut
sur-tout dans ces entretiens que j'appris
la langue angloise, qui me devint aussi fa-
milière que la françoise. Je traduisis des
comédies angloises, autant pour me servir
d'étude dans la langue, qu'à dessein d'es-
sayer l'impression qu'elles feroient sur un
auditoire françois, lorsque je retournerois
à Paris.

Dans cette vue, je cherchai parmi les
comédies angloises celles qui étoient les

plus analogues aux comédies françoises ;
et par la différence extrême que je trouvai
entr'elles, je vis que l'on pouvoit se former
une idée du contraste étonnant qu'il y a
entre deux nations si voisines. J'ai remarqué souvent depuis, que le plus court et le
plus sûr moyen de parvenir à la connoissance des mœurs et des usages d'une nation,
est de lire leurs comédies et leurs romans.
Vous y apercevez infiniment mieux le caractère national et le costume, que dans les
descriptions imparfaites et les observations
ridicules de ces voyageurs modernes, qui,
n'ayant ni la naissance, ni les moyens propres à les introduire dans la bonne compagnie des pays qu'ils parcourent, voient
tout de travers, et le rendent de même.

J'ai connu un de ces voyageurs subalternes, je l'ai vu s'arrêter trois jours dans
une capitale, et rassembler dans ce court
espace assez de matériaux pour former la
moitié d'un volume, où il parloit de la force,
des finances, des ressources de l'État, de
la politique, du gouvernement, des lois,
des mœurs, des usages, de la façon de vivre
même de la noblesse et de la bourgeoisie,

quoiqu'il n'eût jamais mis le pied dans une
bonne maison. J'ai trouvé deux de ces
voyageurs en Angleterre, et trois autres
en Italie, tous devenus auteurs ; et je ne
sais si je dois m'étonner davantage de leur
charlatanerie, de leur impudence, ou de
leurs sottises. Ils généralisent tout, ils s'ima-
ginent pouvoir juger une nation par un
trait qu'ils aperçoivent dans les rues ; ils
ne se donnent pas la peine de prendre des
informations, ou bien ils s'adressent mal ;
et croient souvent être en état par eux-
mêmes de juger des motifs et des raisons
de tous les usages qu'ils observent. Malheureusement la suffisance s'en mêle, non-
seulement parmi le peuple des voyageurs,
mais encore parmi ceux d'un rang distingué. J'ai connu un ambassadeur de France
en Italie, qui avoit passé quelques jours à
Londres : dînant un jour chez le ministre
d'Angleterre à Naples, il s'éleva une question sur un des points de la Constitution angloise, constitution difficile à comprendre,
même pour les Anglois qui n'en ont pas fait
une étude. Le ministre d'Angleterre prenoit
la parole pour satisfaire la compagnie, lorsque l'ambassadeur de France l'interrompit,

en lui disant : Permettez-moi , M. le Chevalier ; j'ai été onze jours à Londres , et je
vais vous expliquer tout cela. J'ai connu
encore en Italie un jeune seigneur Polonois ,
plein de présomption : dans une conversation avec M. de Clermont, ambassadeur de
France à Naples , il avança quelques erreurs
sur les droits d'une certaine juridiction de
Paris, où il n'avait jamais été : l'ambassadeur voulut le relever, et le fit de la manière
la plus polie ; mais le Polonois l'interrom-
pant, et mettant la main sur la poitrine ,
M. l'Ambassadeur, dit-il, permettez-moi
de savoir ces choses-là.

Ceci soit dit en passant pour l'avis des
voyageurs indiscrets et des lecteurs cré-
dules. Je reviens à ce que je disois, que les
comédies et les romans d'une nation sont
les meilleurs livres pour apprendre à les
connoître. C'est encore dans les bonnes
comédies que la langue s'étudie avec plus
d'avantage, sur-tout le langage de la société.
Chacun y parle selon son rang, son caractère ; et quelque attention à ce principe fa-
cilite beaucoup le bon usage que l'on peut
faire des termes que l'on veut placer dans
sa mémoire.

. Je ne trouvai point de comédie qui me
parût s'approcher davantage des règles du
Théâtre François que celle de Congrève,
intitulée : *The Way of the World* ; et que
je traduisis, en lui donnant pour titre : *Le
Monde comme il va*. J'y remarquai peu
d'esprit naturel, beaucoup d'esprit étudié,
des *concetti* et des comparaisons bizarres ;
mais des situations si ridicules, des caractères si marqués, et un plan si original et
si bien conduit, que je crus qu'elle feroit
un effet extraordinaire à Paris ; et je la
traduisis avec le plus grand soin. Il y avoit
encore une petite pièce, *The Lying Valet*
de Garrick ; mais l'esprit, le plan, les caractères, tout m'en parut tellement dans
le génie françois, que je crus que l'auteur l'avoit tiré de quelque comédie françoise que j'ignorois ; et, avant que d'en
entreprendre la traduction, je lui écrivis
pour le prier de me dire ce qu'il en étoit.
Il me répondit poliment, et m'assura que
non-seulement il n'avoit point tiré sa comédie du françois, mais qu'il n'en connoissoit aucune dont le plan, les idées ou le
sujet eût le moindre rapport avec la sienne.
Malgré cette assurance, quand je la pré-

séntai aux comédiens françois à Paris,
comme une pièce nouvelle, on me la rendit, en me disant que c'étoit *le Souper mal
apprêté* de Haute-Roche, avec quelques
légers changemens, ce que je trouvai vrai.
Et quant au *Monde comme il va*, n'ayant
point déclaré son origine, les comédiens
tomboient des nues à la lecture, et ne pouvoient comprendre quel diable d'homme
avoit pu imaginer des choses si extravagantes, si folles, si extraordinaires. Je vis
par-là qu'il falloit être Anglois, ou du moins
connoître les Anglois, pour savoir apprécier leur théâtre, et s'y plaire : sans cela
on perd un nombre infini de beautés et de
traits plaisans, qui ne sont entendus que
par la nation. Pendant que je m'appliquois
à l'étude de l'anglois, et que je passois les
plus doux momens de mon séjour à Londres
avec mademoiselle Taylor, mon oncle se
donnoit tous les mouvemens possibles pour
trouver quelque occasion favorable à mon
avancement. Il avoit jugé que rien ne me
convenoit mieux que d'accompagner dans
ses voyages le fils de quelque grand seigneur,
dont la protection me fût ensuite utile ; et,
entre ceux dont il chercha à me procurer la

connoissance, le petit-fils de milord Granville, lord Huntingtour, étoit celui sur qui il
comptoit le plus. Il me conduisit chez milord
Granville, qui, après m'avoir bien examiné,
parut content de moi ; et nous dit d'aller
trouver sa fille milady Dysart, mère du
jeune Lord, qu'il avoit laissée maîtresse du
choix du gouverneur de Milord. Nous nous
rendîmes donc chez milady Dysart, et mon
oncle en entrant lui dit : Madame, je vous
amène mon neveu, que je vous recommande
pour avoir l'honneur d'accompagner Milord votre fils dans ses voyages ; je puis dire,
sans flatterie, que c'est le plus joli garçon
du monde, et le plus propre à bien s'acquitter d'un tel emploi. Il n'y a personne,
interrompit milady Dysart, qui n'ait un fils
ou un neveu qui est toujours le plus joli
garçon du monde : comment cela se peut-il ?
Mon oncle ne se déconcerta pas, mais commença par faire l'énumération de toutes
mes bonnes qualités, et conclut en disant :
Il a, outre cela, beaucoup de morale et de
religion, et j'ose assurer qu'il inculquera
de bons principes dans l'esprit de Milord.
Monsieur, reprit Milady, nous ne voulons
pas faire un saint de notre fils, et nous

quitta là-dessus assez peu satisfaits de sa réception. J'appris depuis qu'on avoit donné à
milord Huntingtour un gouverneur Suisse,
qui devoit lui enseigner le droit et la juris-
prudence ; et que le jeune Lord, loin d'être
un saint, finit par chercher querelle à son
gouverneur, qu'il obligea de descendre de
chaise dans le beau milieu du chemin, où
il le laissa fort surpris d'une action si contraire au droit et à la droiture.

Mon oncle ne se rebuta pas, et fit plusieurs autres tentatives en ma faveur, qui
toutes eurent aussi peu de succès. Le pauvre
homme se désespéroit, et me recommandoit
de prendre patience. Pour moi, je ne trouvois rien de si facile, ayant tous les jours
le plaisir de voir mademoiselle Taylor, dont
la tendresse pour moi augmentoit de jour
en jour. La mienne pour elle étoit au comble ; mais par malheur elle n'étoit pas riche,
et je n'avois rien. La mère, qui aimoit tendrement sa fille, craignit pour elle les suites
d'un tel engagement, et voulut nous ouvrir
les yeux sur notre situation et l'insuffisance
de nos moyens : mais nous ne voyions rien
de tout cela ; au contraire ; nous parlions
de nous retirer du monde et d'aller vivre

d'amour dans un désert, aussi sérieusement et d'aussi bonne foi que d'autres parlent des préparatifs d'un grand établissement. Enfin, la mère fit tant qu'elle obtint de nous que nous attendrions un an, pendant lequel tems elle espéroit que ma fortune prendroit une autre face ; elle fit plus , elle me persuada d'aller faire un tour en France pour rétablir ma santé, qui commençoit à devenir moins bonne ; et prenant ce prétexte auprès de sa fille , elle l'engagea à me le conseiller aussi.

J'éprouvois tant de désagrémens dans la maison de mon oncle , que je pensois tout de bon à quitter l'Angleterre , et je partis accablé de regrets de me séparer de la personne du monde que j'aie jamais aimé le plus , et malade du chagrin d'avoir si mal réussi dans un pays, où je croyois qu'il suffisoit de se montrer pour obtenir tout ce que l'on désiroit.

J'arrivai à Paris , où , voulant passer quelque tems avant de retourner en province , je me laissai conduire dans la maison de l'aumônier de l'ambassadeur de Hollande , que l'on disoit être le rendez-vous

d'une société nombreuse et agréable. On
sait que les prêtres protestans se marient :
celui-ci avoit une femme d'environ trente-
cinq ans, une fille de quinze, une nièce de
dix-huit ; toutes ayant le même goût pour
les amusemens. La mère n'avoit pas renoncé
aux plaisirs, et la nièce et la fille étoient
d'un empressement à entrer dans toutes ses
idées, qui faisoient honneur à la docilité
de leurs inclinations. L'aumônier se prêtoit
à tout, et sa maison étoit une véritable
arche de Noé. On y trouvoit toutes les nations, Russes, Polonois, Suédois, Hollandois, Anglois et François ; on y voyoit
des caractères les plus opposés. Les anciens
de l'église protestante de France, qui le
regardoient comme leur patriarche ; les
jeunes voyageurs étrangers, que leurs gouverneurs amenoient dans cette maison,
comme un premier pas dans le monde ; de
vieilles prudes, de jeunes coquettes, des
ministres étrangers, des financiers, des ro-
bins, des mousquetaires ; on y jouoit, on
y mangeoit, on y dansoit, on y faisoit des
mariages, on s'y querelloit, on s'y battoit :
jamais je n'ai vu pareil train. Enfin le
pauvre mari s'aperçut que sa femme avoit

du penchant pour le gouverneur d'un jeune
seigneur, tandis que l'élève, qui avoit grande
envie de devenir un homme du monde ,
faisoit la cour à sa fille. Il ouvrit les yeux
sur le désordre de sa maison , mais trop
tard : il ne put résister au chagrin qu'il en
eut ; et, peu après, sa mort ayant occasionné une trève aux plaisirs, les amis de
la maison , ne la trouvant plus la même ,
se crurent autorisés à l'abandonner ; la nièce
épousa un mousquetaire , la mère et la fille
furent les victimes de leur imprudence et
réduites à vivre dans la retraite.

Je revins chez mes parens, où à peine
fus-je arrivé, que je tombai dangereusement
malade d'une fièvre inflammatoire ; je fus
saigné vingt-huit fois en cinq semaines , et
je dus la vie aux soins les plus tendres que
prit de moi une sœur , qui ne me quitta pas
d'un moment pendant tout ce tems-là.

Une longue et dangereuse maladie fait
souvent de grandes révolutions dans l'esprit
et les dispositions de la jeunesse ; c'est ce
que j'éprouvai. Je fis de sérieuses réflexions
sur ma conduite passée, et je fus surpris

d'avoir négligé trop long-tems l'important examen de ces questions si nécessaires : Qui es tu ? d'où viens-tu ? où vas-tu ? Je sentis avec Pascal, que ce ne sont point là de ces sujets indifférens, qu'on peut discuter ou non, suivant sa fantaisie; mais que tout homme se trouve engagé, malgré qu'il en ait, dans une partie qu'il doit finir; dans laquelle il y a nécessairement beaucoup à perdre ou à gagner pour lui; selon que la partie est bien ou mal conduite. Je combattis avec avantage contre mes passions, que la maladie que je venois d'essuyer avoit affoiblies; je profitai de cet intervalle pour m'armer contre leur retour; et, pour cet effet, j'empruntai les moyens qu'offre la morale et la religion. La morale me fit connoître la vertu, qui est la conformité habituelle des actions de l'homme avec ses devoirs; la religion me fournit des motifs et des secours pour les pratiquer, que la morale n'offre pas; enfin, je devins passionné pour la vertu et la vérité, quand je crus les apercevoir. Je trouvai qu'un même chemin y conduit, sans peine et sans détour; qu'on y arrive par une voie droite, aisée à suivre, et que c'est le sentier oblique

et tortueux du vice qui est difficile à parcourir.

Il faut cependant convenir qu'il n'y a
pas de marche qui exige plus d'efforts et
d'attention que celle qui tend à ramener un
cœur égaré, du vice à la vertu. C'est dans
ce conflit que l'on voit éclater le triomphe
de la religion sur la philosophie. La première agit sur l'esprit et le cœur avec une
force et une autorité que l'autre ne peut
jamais avoir, faute d'être secondée par des
motifs aussi puissans que la crainte et l'espérance.

Aussi voyons-nous, dans l'histoire, combien insuffisans, pendant plusieurs siècles,
avoient été les discours et les exemples de
tant de philosophes illustres du paganisme,
pour exciter en nous cet amour de la vertu ;
qu'un petit nombre d'hommes ignorans fit
germer, en peu d'années, sur la face de la
terre, par le seul moyen de la religion ré-
vélée.

C'est ce que j'éprouvai au moment de
l'heureux changement qui s'opéra alors en
mon esprit : j'avois une sœur plus âgée que

moi, pleine de raison, et pénétrée du sentiment le plus profond des avantages qui se
tirent de la religion; elle m'avoit soigné
avec les soins les plus tendres pendant ma
longue maladie ; elle me rendit le service
encore plus important de fixer mes pensées
sur mes devoirs envers l'auteur de mon être;
elle dirigea mes études vers cet objet si es-
sentiel, avec tant de sagesse et de zèle, que
je ne puis assez reconnoître combien je lui
dois à tous égards.

CHAPITRE X.

Second voyage plus heureux en Angle-
terre. — Duchillou devient précepteur
d'un jeune seigneur Anglois. — Carac-
tère de M. Wyche et de sa famille.

PENDANT que je travaillois à mon bonheur, en travaillant à la perfection de mon
être, je reçus des lettres de mon oncle de
Londres, qui me pressoit de revenir en
Angleterre : un seigneur Anglois, riche et
généreux, s'étoit adressé à lui pour le prier
de me faire venir ; il avoit eu le malheur
d'être la cause de la mort d'une épouse qu'il
aimoit tendrement ; il la promenoit un jour
dans un phaéton qu'il conduisoit lui-même ;
il renversa la voiture, et elle mourut de
cette chute. Le mari inconsolable vouloit
se tuer ; ses amis, à force de soins, calmè-
rent son désespoir, mais ne purent bannir
de son esprit une mélancolie noire qui le
minoit ; ils le pressèrent de voyager, et l'un
d'eux, qui me connoissoit, lui dit qu'il ne
pouvoit mieux faire que de m'envoyer chercher pour l'accompagner dans son voyage.

On m'écrivit sur-le-champ, et je fus bientôt décidé à partir. Je pris congé de mes
parens sous de meilleurs auspices que la
première fois, et j'arrivai à Londres rempli des plus belles espérances d'avoir enfin
trouvé le moyen de saisir la fortune par les
cheveux. Je ne tardai pas à me présenter
chez M. M——, qui me parut assez content
de me voir. C'étoit un homme d'environ
quarante ans, de fort bonne mine, vif,
spirituel, avec un air mélancolique que
j'attribuai à la perte qu'il avoit faite depuis
peu; mais dont il sortoit quelquefois, dans
la compagnie de ses amis, pour suivre son
penchant naturel, qui étoit d'être passable-
ment gai. Quelques jours s'écoulèrent sans
qu'il fût question des préparatifs de notre
voyage, et je commençois déjà à m'en
étonner, lorsqu'un jour je vis entrer chez
lui une jeune Dame qui venoit visiter une
parente de M. M——, laquelle vivoit avec
lui. Il me parut que, pour un homme plongé
dans la tristesse, il donnoit beaucoup d'attention à cette jeune Dame que l'on me dit
être veuve, et à laquelle je trouvai un air
séduisant, qui n'étoit pas employé en pure
perte dans cette maison; aussi lui laissa-

t-on le soin de la reconduire. Quelques jours
après, la veuve soupa chez M. M—— avec
plusieurs de leurs amis : le repas fut très-
gai ; et quand le vin eut ajouté à cette gaieté
un peu d'aisance et de liberté, il ne me fut
pas difficile de pénétrer ce qui se passoit, et
je crus voir mon voyage s'en aller en fu-
mée. Je ne m'étois pas trompé : deux jours
après M. M—— me prit à part, me dit qu'il
avoit renoncé au projet de voyager, qu'il
alloit se marier ; et que, dans ce nouvel
arrangement, n'ayant pas besoin de mes
services, il avoit songé à me recommander
à un de ses amis pour être précepteur de
son fils. Il me dit que je serois très-heureux
dans cette nouvelle situation, que j'aurois
affaire avec les meilleures gens du monde,
et qu'il avoit parlé de moi en des termes qui
leur avoient inspiré le plus grand désir de
me posséder. En finissant son discours, il
me mit dans la main quelques billets de banque qui achevèrent de me consoler, et il
me quitta pour aller joindre sa veuve : quelque tems après il l'épousa, et il fut assez
content d'elle pendant quelques semaines ;
mais peu à peu, l'air séduisant disparut,
comme de raison, parce qu'il n'étoit plus

nécessaire, et avec lui tous les charmes de
la divine veuve. On ne la trouva plus qu'une
mortelle assez maussade, aimant à disser-
ter, voulant sans cesse avoir raison, chan-
geant d'avis dix fois le jour, et trouvant
mauvais que l'on ne fût pas toujours du sien.
Le pauvre homme ne put y tenir; il retomba
dans la plus profonde mélancolie ; il ne
voulut plus voir ni sa femme, ni le jour; il
se mit au lit sans être malade, et ne put jamais être persuadé de s'en relever; il vécut
ainsi près de deux ans, et mourut la victime de l'illusion qu'il s'étoit faite à lui-
même.

J'ai voulu achever ici l'histoire de M. M—,
afin de n'avoir pas occasion d'y revenir. Le
jour avant qu'il se maria, il me conduisit
chez son ami ; et pendant tout le tems que
nous mîmes à y aller, il ne cessa de me
parler de la satisfaction dont il alloit jouir
dans la possession d'une femme aimable,
douce, raisonnable, qui n'auroit d'autre
attention que celle de faire son bonheur.

Nous arrivâmes chez M. Wyche, à qui
son ami me présenta, en lui disant tout le

bien possible de moi, et me recommandant
à lui de la manière la plus vive. M. Wyche
étoit un homme de trente-huit à quarante
ans, ayant une physionomie honnête et
douce, l'air simple, uni, la manière de
s'exprimer élégante et naturelle ; parlant
peu et disant beaucoup : ce fut tout ce que
j'aperçus dans notre première entrevue.
Lorsque je le connus mieux par la suite,
je découvris en lui beaucoup d'honneur et
de religion, un profond savoir dans l'histoire naturelle, la chimie et les mathématiques. Il avoit reçu une excellente éducation, qu'il avoit perfectionnée par les voyages ; il savoit parfaitement le grec, le latin,
le françois, et avoit lu les bons auteurs dans
ces langues : son étude favorite étoit l'algèbre, ce qui lui avoit fait contracter une
habitude de méditer sans cesse, qui le rendoit le plus souvent distrait au milieu de
la compagnie et des plaisirs. Il aimoit fort
aussi la physique expérimentale, et sur-
tout celle qui tend à l'utilité du genre humain, qui lui tenoit extrêmement à cœur ; il
étoit de plus doux et bon, civil, gai par
intervalles, se conformant aisément aux
autres dans la conversation, pour s'épar-

gner la peine de contredire. Quand il avoit
dit son sentiment, si vous étiez d'un avis
contraire, il donnoit ses raisons; si vous
ne vous y rendiez pas, à la bonne heure;
il avoit recours à quelque méditation d'algèbre, et vous laissoit le champ de la
dispute entièrement libre. Et quand vous
croyiez qu'il étoit fort attentif au sujet en
question, ou qu'enfin, croyant l'avoir convaincu, vous l'obligiez de répondre, il vous
apprenoit que la racine carrée d'une telle
équation étoit tel nombre, qu'il avoit enfin
trouvé à son grand contentement.

Une demi-heure après que je fus entré,
parut madame Wyche avec son fils; elle
avoit une figure agréable et prévenante,
l'air enjoué, les manières naturelles, et
cette politesse qu'inspire le désir de plaire,
et qui me la fait définir une expression de
la bonté. Je m'aperçus qu'elle m'examinoit
avec beaucoup d'attention et de curiosité,
et je m'imaginai que je ne lui déplaisois pas.
M. Michel nous quitta: je fus mis en possession de mon élève, et l'on me laissa le
maître de faire le plan de son éducation,
et de lui enseigner tout ce que je voudrois.

Ce fut alors que, rentrant en moi-même
pour examiner quelles lumières je pouvois
avoir à communiquer à un autre, je demeurai confus de ma propre ignorance.
Excepté l'histoire, la poésie, les romans,
je n'avois fait aucune lecture ; j'avois même
négligé le latin, que j'entendois à peine ;
et c'étoit avec ce misérable fond de connoissances que je prétendois m'ériger en
docteur, et éclairer l'esprit d'un jeune
homme de condition. Les sentimens d'honneur et de vérité dont je me piquois, pen-
sèrent me porter à avouer mon incapacité ;
mais je pris courage, et fis réflexion qu'il
étoit encore tems d'y mettre ordre. J'étois
jeune, et ne manquois pas de talens ; c'é-
toit-là l'occasion de les employer. Je con-
sidérai que mon élève n'avoit que douze
ans ; qu'il ne seroit pas en état de pénétrer
mon insuffisance, et qu'avant qu'il eût
épuisé toute ma science, j'ajouterois tous
les jours au peu que je savois. Je commençai donc par recouvrer mon latin, ce qui
ne me coûta qu'un peu d'application ; je
me levois dès la pointe du jour, je donnois
à l'étude des bons livres tous les momens
que je ne donnois point à mon élève. Je

lui fis d'abord étudier l'histoire et la géo-
graphie , et j'appris cette dernière science
moi-même en la lui enseignant. Je lui donnai des leçons de latin , et son père auroit
bien voulu que je lui enseignasse aussi le
grec et les mathématiques ; mais je trouvois
toujours quelques raisons pour différer ces
études : enfin il fallut dire la véritable ; et ,
lorsque je craignois de trouver M. Wyche
disposé à me faire des reproches, il me dit :
Que cela ne vous inquiète point ; je voulois
enseigner ces choses à mon fils , mais les
jeunes gens reçoivent avec peine la science ;
j'aurai plutôt fait de vous montrer ce que
je sais , et vous le lui enseignerez ensuite ;
je serai bien aise de relire les auteurs classiques , il semble que cela me rajeunira ;
de cette façon nous gagnerons tous à ce
petit commerce , et nous commencerons
demain. En effet, il eut la patience de nous
expliquer les auteurs grecs et latins, ce qu'il
faisoit avec une clarté admirable, et il étoit
aussi content des progrès rapides qu'il me
voyoit faire que si j'eusse été son fils. Non
content de ces études , je m'appliquai aux
langues orientales , et particulièrement à
l'hébreu que je voulus aussi entendre ;

j'appris aussi l'italien, et sur la foi d'un mot
du milord Oxford, je voulus aussi lire l'espagnol. Ce seigneur aimoit passionnément
la lecture de Don Quichotte ; il en fit faire
une édition magnifique en espagnol à Londres, en trois volumes *in-*4°. qui lui est dé-
diée. Lorsqu'il étoit dans l'administration,
il étoit souvent tourmenté par un membre
du Parlement, de faire quelque chose pour
son fils. Il lui demanda un jour d'un air
mystérieux : Votre fils sait-il l'espagnol ?
Non, Milord, répondit l'autre, mais il le
saura bientôt si vous l'ordonnez. Qu'il l'ap-
prenne donc, dit Milord, il n'aura pas lieu
de s'en repentir. Le père envoie aussitôt
son fils en Espagne, en lui recommandant
de bien apprendre l'espagnol. Un an après
il l'amène à milord Oxford ; Milord, dit-il,
voici mon fils qui entend l'espagnol à merveille, et il est prêt à profiter de votre bonne
volonté pour lui. Ah ! fort bien, dit milord
Oxford, attendez un peu, je reviens à vous :
il passe en disant cela dans son cabinet, et
en sort avec un exemplaire de Don Quichotte qu'il donne au jeune homme. Tenez,
Monsieur, lui dit-il, lisez ce livre-ci dans
l'original, et je puis vous assurer que vous

ne regretterez pas le tems que vous avez
employé à l'entendre. La plaisanterie étoit
un peu forte ; mais, dans le fond, je trouvai
que milord Oxford avoit raison : j'ai lu et
relu plusieurs fois ce livre dans l'original
avec la plus grande satisfaction, et je l'ai
toujours trouvé la lecture la plus propre à
délasser agréablement l'esprit, après des
études sérieuses.

Je passai ainsi deux ou trois années dans
l'application la plus constante ; et j'ose dire
qu'il n'est pas possible de mettre plus d'ardeur et d'assiduité à l'étude que celle que
je fis voir alors. M. Wyche s'applaudissoit
de mes succès, qu'il voyoit avec plaisir passer ses espérances ; il me regardoit comme
l'ouvrage de ses mains, et me traitoit avec
la plus grande bonté. Mon exemple avoit
inspiré à son fils cette avidité pour les livres
que je montrois moi-même ; et il répondit
à nos soins autant que nous pouvions le désirer. Nous avions, il est vrai, quelquefois à
combattre les préjugés et l'ignorance d'une
vieille Dame, qui avait beaucoup de crédit
dans la famille, et qui ne cessoit de décla-
mer contre la science et les savans.

Cette Dame étoit mère de madame Wyche, qui la traitoit avec les mêmes égards et le même respect que si elle eût été encore sous sa tutelle. C'étoit bien le caractère le plus difficile à ménager que j'aie jamais rencontré. Madame Brown, c'étoit son nom, avoit un fond d'amertume dans le cœur qui se répandait sur ce qu'elle faisoit et disoit ; elle n'étoit jamais de l'avis des autres, excepté lorsqu'ils étoient du sien. Elle aimoit surtout à parler politique, et avoit pour maxime constante d'être toujours dans l'opposition, quels que fussent les ministres ou leurs mesures ; car, s'il arrivoit qu'une nouvelle administration adoptât le plan de conduite qu'elle avoit suggéré sous une autre administration, ce n'étoit plus la même chose ; c'étoient des ignorans qui ne voyoient pas que les circonstances avoient changé, et qu'il est imprudent de vouloir aujourd'hui ce qu'il auroit été sage d'avoir fait hier. Elle se réjouissoit de tous les échecs qui arrivaient aux armes du roi d'Angleterre ou de ses alliés ; et je me rappelle qu'elle vint m'annoncer la prise de Port-Mahon avec une joie qu'elle n'étoit pas la maîtresse de cacher. Quand la flotte de Byng

fut battue et Minorque prise, il falloit voir
comme elle triomphoit ; elle assuroit que ,
si on l'avoit crue , cela ne seroit pas arrivé.
Elle portoit cet esprit d'opposition jusque
dans les maisons de ses amis. Le chef d'une
famille étoit toujours sûr d'avoir tort avec
elle ; et son gendre n'étoit pas de ceux en
qui elle trouvoit moins à redire. Il tuoit son
fils à force de le faire étudier ; il négligeoit
les intérêts de sa famille , pour s'occuper
uniquement d'objets de spéculations stéri-
les ; il avoit des parens en crédit à la Cour ;
pourquoi ne pas les voir plus souvent , et
obtenir d'eux des grâces pour lui et pour les
siens ? Ce dernier point, sur-tout, étoit ce qui
lui tenoit le plus à cœur ; car elle avoit de
l'ambition , et il est vrai que M. Wyche, plus
philosophe que courtisan , songeoit moins
à augmenter sa fortune que ses lumières.
Madame Brown avoit attiré sa fille dans son
parti sur ce point-là, et Dieu sait combien
les deux bonnes Dames le tourmentoient ,
quand elles mettoient ce sujet sur le tapis :
il n'avoit point d'autre ressource que de se
retirer en lui-même , et quand il s'étoit une
fois enfoncé dans la contemplation d'un problème d'algèbre ou de géométrie , le caquet

de sa femme ou de sa belle-mère ne l'interrom-
poit pas plus que n'auroit fait le murmure
d'un ruisseau, ou le bruit d'une cascade.

La distraction de M. Wyche étoit sur-
tout plus sensible lorsqu'il marchoit, ou
qu'il montoit à cheval. Un jour que son fils
et moi nous nous promenions à cheval avec
lui sur les dunes de Sussex, il avoit pris les
devans pour n'être point interrompu dans
ses recherches; et, comme s'il eût démontré un problème de géométrie, il traçoit en
l'air des lignes avec le doigt, suivant son
habitude, et n'auroit pas changé ce mo-
ment-là pour la grâce la plus signalée de
la Cour. Il se trouva qu'alors mon élève eut
la fantaisie de faire courir son cheval contre
le mien; j'y consentis, et voilà nos chevaux au grand galop : nous approchâmes
bientôt de M. Wyche, dont le cheval, s'a-
nimant, se mit à courir avec nous; et son
maître, qui ne s'en apercevoit pas, alloit
toujours en avant avec son problème; mais,
ses esprits devenant plus agités par le mouvement extraordinaire du cheval, rien n'é-
toit plus plaisant, que de voir la prompti-
tude avec laquelle il traçoit en l'air des

lignes, de l'air le plus profondément distrait, et comment il augmentoit naturellement de vitesse à proportion que son cheval doubloit de galop. Mais cette trop grande
agitation étant peu compatible avec une
méditation profonde, ses idées vinrent à
s'embrouiller; et, revenant à lui, il s'aperçut que son cheval avoit pris le mors aux
dents; alors, s'écriant : où diable allons-
nous donc? il arrêta son cheval avec bien
de la peine : de notre côté, nous en fîmes
autant; et il résuma ses spéculations après
s'être éloigné de nous.

Le pauvre homme étoit attaqué d'un scorbut invétéré, qui étoit encore le sujet d'une
bonne partie de son attention. Il avoit lu
tous les auteurs sur cette maladie ; il avoit
consulté tous les médecins, connoissoit
tous les remèdes, et les avoit essayés tous ;
il étoit convaincu que cette maladie étoit
l'effet du climat d'Angleterre, et qu'il y
avoit peu de personnes qui n'en fussent at-
teintes. S'il apercevoit un bouton sur le visage de quelqu'un, s'il vous trouvoit le
visage un peu jaune, il étoit fâché de vous
dire que vous aviez le scorbut. Un jour je

crus que madame Brown lui auroit arraché
les yeux, parce que, voyant sa femme avec
une mouche à la joue, il lui dit qu'il craignoit fort qu'elle ne fût attaquée du scorbut. Il m'assura tant de fois, qu'il n'étoit
pas possible de vivre en Angleterre, sans
être plus ou moins sujet à ce mal, que,
quoique je me sentisse en très-bonne santé,
il m'avoit presque persuadé que je n'en étois
pas tout-à-fait exempt. Il ne se passoit pas
de jours qu'il n'essayât quelque infusion,
quelque remède nouveau ; et il n'étoit jamais plus content que lorsqu'il pouvoit obtenir de quelqu'un d'en faire autant. Il
trouvoit sur-tout en moi beaucoup de complaisance là-dessus, et, toutes les fois qu'il
me faisoit avaler de grands verres d'eau de
mer, ou des tuyaux pleins de vif argent,
je voyois briller sur son visage une satisfaction qui m'assuroit que je faisois une partie
de son bonheur. Nous fûmes cependant
obligés de renoncer au vif-argent, parce
que nous avions beau faire ; ce malheureux
remède nous trahissoit à tout moment ; il
nous sortoit par les souliers ; il se trouvoit
sur nos siéges ; nous laissions des traînées
de vif-argent partout où nous allions.

Cette antipathie de M. Wyche pour le scorbut, lui mit dans la tête de chercher les moyens d'en délivrer les gens de mer, qui y sont le plus sujet. Il étoit fort lié avec le docteur Hales, auteur du Ventilateur, et l'un des premiers à imaginer la manière de dessaler l'eau de mer : ils avoient souvent des conférences ensemble sur ce sujet, et le résultat de leurs recherches a été du plus grand service à cette partie utile du genre humain. Jean Gaudron (c'étoit ainsi que M. Wyche appeloit les matelots en général) n'a jamais eu d'amis plus zélés pour son bien-être que ces deux excellens hommes, qui donnoient tout leur tems, leurs soins, leur attention à cette seule pensée. Les végétaux étant regardés comme un des plus grands préservatifs contre le scorbut, afin d'en avoir une certaine quantité, le docteur Hales avoit trouvé le moyen de sécher des navets et des carottes, de façon à pouvoir en embarquer des provisions suffisantes pour un équipage nombreux; et, comme il falloit aussi consulter l'économie dans ce cas, M. Wyche enchérit encore là-dessus. Un jour, après dîner, il me dit qu'il vouloit me faire goûter un fruit nouveau; et,

s'étant fait apporter une assiette remplie de
certaines confitures sèches, il me demanda
comment je les trouvois, m'assurant qu'elles
étoïent apprêtées sans sucre et sans frais ;
et quand je l'eus assuré qu'elles me paroissoient d'un goût fort délicat et fort bon, il
s'écria, d'un air enchanté : Ajoutez qu'elles
sont merveilleuses contre le scorbut, qu'elles
ne coûtent rien ; ce sont des écorces de me-
lon séchées d'une manière particulière, et
cela fera un excellent dessert pour le dîner
de Jean Gaudron.

CHAPITRE XI.

Duchillou perd son élève ; effets que le chagrin cause en lui.

J'avois oublié de dire que, dans le tems que j'étois en France, je reçus une lettre de la mère de mademoiselle Taylor, qui me conjuroit de l'aider à guérir sa fille d'une passion qui faisoit tout son malheur. J'avois déjà perdu presque toute espérance de retourner en Angleterre ; je me rendis donc à la juste sollicitation d'une tendre mère, et j'écrivis à mademoiselle Taylor, que je me voyois obligé de renoncer à l'Angleterre, et que je la priois de m'oublier pour son repos et pour le mien : cependant, quand je revins à Londres, apprenant qu'elle étoit à la campagne, je ne pus résister à l'envie de faire des recherches pour savoir le lieu de sa retraite ; mais ce fut en vain. Quelques mois après mon arrivée, je la rencontrai un jour par hasard dans Park-Street. Je l'abordai ; elle me parla la première : ce n'est pas ici, dit-elle, un endroit propre pour nous entretenir ; le logement

I.   F

de ma mère n'est pas loin d'ici, elle est
absente pour quelques heures ; venez avec
moi, nous aurons tout le tems qu'il nous
faut pour nous donner mutuellement de
nos nouvelles. Je la suivis ; et, à peine fûmes-nous entrés, qu'elle éclata en reproches sur ma légèreté ; elle avoua pourtant
qu'elle avoit découvert que je n'avois écrit
la lettre qu'elle avoit reçue de moi qu'à la
sollicitation de sa mère ; mais elle blâma
une complaisance si peu convenable à un
attachement tel qu'elle avoit imaginé être
le mien. Elle ajouta qu'elle n'en avoit pas
moins conservé les mêmes sentimens, et
qu'elle se regardoit comme liée à moi par
ses promesses, quand je jugerois à propos
d'en réclamer les effets. Je sentis tout le prix
d'une constance aussi rare : il ne me fut
pas difficile de m'excuser ; elle étoit la première à m'en offrir les moyens ; je lui re-
nouvelai mes sermens , et en nous séparant
je lui demandai comment je pourrois la revoir. Ne vous donnez pas la peine de me
chercher, dit-elle, elle seroit inutile. Je
retourne demain à la campagne, où ma
mère a des raisons pour vivre dans la soli-
tude la moins interrompue. Notre retraite

n'est connue de personne ; il n'y a ici qu'un
ami de ma mère qui eu soit instruit ; il ne
nous trahira pas. Je me servirai de son canal pour avoir de vos nouvelles, et j'aurai
soin de vous donner des miennes ; adieu,
ressouvenez-vous de vos sermens. En disant
cela, elle me pressa de partir avant le
retour de sa mère ; et, quoi que je pusse
faire, il ne me fut pas possible d'en tirer
davantage.

Je continuai à donner tout mon tems à
l'étude ; et grâces à la complaisance et à la
patience de M. Wyche, qui secondoit mon
ardeur, je réparai assez bien en trois ans le
tems précieux que j'avois mal employé dans
ma jeunesse. J'eus de plus le bonheur de me
faire aimer de toute sa maison, en sorte qu'il
ne manquoit rien à la vie heureuse que
j'y menois. J'ai toujours été naturellement
prévenant, et empressé de plaire à ceux
avec qui j'ai vécu. Il est rare qu'avec un vrai
désir de se faire aimer, on n'y réussisse
pas ; c'est un compliment tacite que vous
faites, et l'on vous sait déjà gré de témoigner que vous prisez cette amitié que vous
paroissez rechercher. J'avois heureusement

cette disposition très-marquée en moi , et
elle étoit d'autant plus naturelle , que je ne
faisois en cela que me livrer au mouvement
d'un cœur bon , et à l'impulsion d'un esprit
très-porté à juger favorablement des autres.
Les bonnes qualités me frappoient toujours
les prèmières dans les personnes avec qui
je vivois , et si je venois ensuite à leur trouver des défauts , je les leur passois en faveur des bonnes qualités que j'avois remar-
quées en elles. Même , après avoir mieux
appris à connoître les hommes , j'ai eu le
bonheur de conserver cette disposition , à
laquelle , plus qu'à aucun autre mérite , j'ai
attribué le bonheur de posséder un grand
nombre d'amis.

Cette qualité en moi a passé jusque dans
les objets de goût : dans la musique, la poésie, la peinture, la sculpture, j'ai toujours été
frappé des beautés d'un ouvrage avant que
d'en voir les défauts ; et , si j'ose après cela
définir le goût , *le discernement du beau* ,
je crois avoir plutôt lieu de me louer de la
nature , que de me plaindre d'elle de m'a-
voir doué d'une manière d'envisager les
hommes ou les objets , dans un point de

vue avantageux pour eux et agréable pour
moi.

La manière de vivre des gens du moyen
état en Angleterre est peut-être la plus raisonnable de toutes celles que j'aie obser-
vées dans quelle condition que ce soit : partout ailleurs, et en Angleterre même, ils
ne donnent rien à la vanité, et s'ils ont du
luxe, c'est celui de la commodité. Dans le
plan de vivre de M. Wyche, la table, les
habillemens, les maisons de ville et de
campagne, les livrées et les équipages, tout
étoit simple, mais excellent dans son genre.
Les ouvriers et les marchands étoient payés
régulièrement : on n'y avoit point la présomption de vouloir faire meilleure figure
que son voisin. Madame Wyche entroit
dans tous les détails de la dépense, tenoit
les comptes, payoit les mémoires; M. Wyche veilloit aux soins de ses terres, avoit
les yeux sur son intendant, et régloit sa
dépense sur son revenu. Il avoit une terre
dans Leicestershire, où il alloit passer six
mois de l'année, et les autres six mois il
les passoit en ville. A la campagne, nous
étudions le matin, et faisions ensuite des

promenades à pied, à cheval, ou en carrosse : nous dînions rarement seuls ; les
Seigneurs et Gentilshommes de la même
province sont dans l'usage de se traiter les
uns les autres ; et, quand ils dînent chez eux,
ils reçoivent à leur table, indifféremment,
tous ceux qui veulent venir y prendre place.
Il est rare qu'il s'y trouve des parasites ; c'est
une espèce inconnue parmi les Anglois. Le
curé de la paroisse est ordinairement invité
le dimanche, c'est son jour de droit ; et,
s'il est bien avec le Seigneur, il vient plus
souvent. En ville, après l'étude, M. Wyche
s'occupoit de ses recherches, et me les communiquoit après dîner ; et, le soir, madame Wyche avoit toujours quelque partie
de jeu, de promenade ou de théâtre, où
son fils et moi l'accompagnions toujours.
Cette vie tranquille et douce me plaisoit extrêmement, sur-tout avec des personnes
que j'aimois, qui me traitoient comme leur
fils ; et les soins de l'avenir m'inquiétoient
fort peu, lorsque la mort de mon élève vint
troubler le bonheur dont je jouissois.

Il étoit d'une santé fort délicate, qui
faisoit le sujet de beaucoup d'attention et

d'inquiétude pour la mère, et qui occasion-
noit quelquefois de petites altercations entre
elle et son père. Elle venoit souvent nous
l'enlever, dans le moment le plus intéressant
de la solution d'un problème, pour lui faire
prendre l'air ; et tout ce que la géométrie
pouvoit obtenir de la tendresse maternelle,
étoit de remettre la partie à deux heures
de-là : enfin, il empira au point que les
médecins décidèrent qu'il étoit hydropique,
et lui ordonnèrent les eaux de Bristol ; nous
l'y conduisîmes. Nous étions recommandés
au docteur Randolph pour médecin, et à
Smith son substitut l'apothicaire. Smith étoit
un Anglais mal-léché, ignorant, dévoué au
docteur Randolph, bruyant plutôt que jovial, prétendant à la gaieté, et n'ayant que
de la grossièreté. Le docteur Randolph avoit
le maintien plus composé, étoit très-habile
dans sa profession ; et quoiqu'avide de recevoir ses honoraires, il avoit assez de probité pour ne pas entreprendre de retenir
des malades qu'il voyoit ne pouvoir pas
guérir. Or, il n'y a pas de pays en Europe
où la probité d'un médecin soit mise à de
plus grandes épreuves, leurs honoraires
étant payés un louis par visite, même lors-

qu'ils en font trois par jour : aussi en ai-je
connu qui ne gagnoient pas moins de six
mille louis par an. Après avoir donc examiné mon élève, le docteur Randolph me
prit à part, et me dit, qu'il ne pouvoit lui
faire aucun bien, que les eaux de Bristol
ne lui convenoient plus, et qu'il étoit tous
les jours étonné que ses confrères de Londres différassent si long-tems à lui envoyer
des malades qu'ils devoient bien juger eux-
mêmes n'être pas en état de recevoir le
moindre avantage de la salubrité des eaux :
il nous conseilla de retourner à Londres
pendant qu'il faisoit encore beau tems, et
nous suivîmes son avis.

Quelque tems après, madame Wyche
tomba malade de la petite vérole ; et son
mari et son fils ne l'ayant jamais eue, nous
quittâmes la maison, et prîmes dans le voi-
sinage un logement où il m'arriva une aventure que je ne puis m'empêcher de rapporter.
Je m'appliquois alors à l'astronomie, et j'é-
tois sans cesse à braquer de longues lunettes
contre le ciel. Un soir je voulois observer
la lune, qui étoit dans son plein, avec une
lunette longue de vingt pieds : la rue étant

étroite, et les maisons de l'autre côté m'em-
pêchant de bien diriger ma lunette vers la
lune, je résolus d'aller faire mes observations dans le grenier ; je montai seul, n'é-
tant éclairé dans l'escalier que par le clair
de la lune ; arrivé au haut de l'escalier,
j'entre dans un assez grand grenier, où le
premier objet qui s'offrit à ma vue, fut un
spectre blanc, haut de huit ou neuf pieds,
qui fixoit ses regards sur moi. Je n'ai jamais
eu la foiblesse de croire aux esprits ; cependant je fus saisi d'une frayeur involon-
taire, et mon premier mouvement fut de
reculer ; mais, rappelant à moi ma raison,
j'avançai quelques pas pour mieux m'éclair-
cir, et cette figure me paroissant toujours
dans la même attitude, j'avoue que je ne
pus résister à l'épouvante qu'elle me causa ;
je laissai tomber ma lunette, et courus vers
l'escalier. Je n'eus pas descendu une demi-
douzaine de degrés, que je me représentai
la conséquence de la faute que j'allois faire,
si je quittois cet endroit sans me convaincre
de ce que je croyois moi-même n'être qu'une
illusion. Je rentrai dans le grenier, et,
portant ma main en avant, j'avançai vers
le fantôme, et le saisis par un bras ; je n'eus

pas de peine à le renverser par terre, car
je trouvai que ce qui m'avoit tant alarmé,
n'étoit autre chose qu'un peignoir blanc,
pendu à une cheville de bois. Satisfait d'a-
voir terminé aussi glorieusement mon aventure, je résumai mon observation, après
avoir conclu en moi-même que la plupart
des apparitions, si fermement crues par les
esprits foibles, ne sont que des illusions, et
n'ont pas plus de réalité que celle que je
venois de détruire.

Quand Madame Wyche fut rétablie,
nous retournâmes à notre habitation, et
bientôt après mon élève se mit au lit pour
n'en plus sortir. Je passe par-dessus plusieurs détails qui me parurent fort intéressans, et qui pourroient ennuyer ici ; mais
je ne puis taire l'effet étrange que fit sur
moi la perte de ce jeune homme, qui me
fut la plus sensible que j'aie jamais éprou-
vée. Il avoit les qualités les plus aimables
qui pussent se trouver réunies ensemble,
beaucoup d'esprit, de douceur, de docilité,
d'aptitude à recevoir la science, et un desir
extrême de s'instruire ; il avoit de plus une
confiance aveugle en moi, m'aimoit comme
son ami, et n'étoit jamais plus heureux

qu'avec moi ; et lorsque j'étois à côté de
lui, il oublioit tous ses maux, pour s'occuper uniquement du soin d'éclairer son esprit. Et comme il arrive le plus souvent,
qu'à mesure que l'âme se détache du monde,
elle juge plus sainement des choses qui la
regardent, il me tenoit des discours si
sensés, il faisoit des remarques si judicieu-
ses sur ce que je lui disois, que je ne pouvois m'empêcher de l'admirer ; et dans cet
état, il m'aidoit à croire tout ce que j'avois
lu de merveilleux sur les discours de Cyrus,
et de tant d'autres, qui semblent s'être éle-
vés au-dessus de l'humanité au lit de la
mort. Enfin, il mourut dans mes bras, et,
un peu avant de mourir, il perdit connoissance : me regardant alors fixement, il me
demanda, Qui êtes-vous ? Eh ! quoi, lui
dis-je, ne me connoissez-vous pas ? Oh
oui, répliqua-t-il avec un sourire amer, je
vous connois, vous verrez dans peu si je
vous connois ; et, un moment après, il
expira. Ces dernières paroles me frappè-
rent comme un coup de foudre ; le sang se
glaça dans mes veines, et je me jetai sur
le corps de mon jeune ami sans vouloir le
quitter : on m'arracha de là, et l'on me

conduisit dans l'appartement de sa mère, où nous nous livrâmes sans réserve à la plus vive douleur. J'avois de plus que ses parens ces funestes paroles, qu'il me sembloit entendre à tout moment très-distinctement, et qui m'affligeoient cruellement ; je faisois mes efforts pour en trouver le sens et le but, et je n'y trouvois rien qui n'augmentât mon chagrin. Les veilles, la fatigue que j'avois essuyée, en passant plusieurs nuits auprès de lui, avoient tellement abattu mes esprits, que ce qui n'auroit fait dans un autre tems aucune impression sur moi, en faisoit alors une bien profonde. J'étois hors de moi, je souhaitois la mort, et je ne doutois point que le discours qui me tourmentoit n'en fût un présage assuré : sans cesse occupé de cette pensée, je comptois tous les momens qui se passoient, jusqu'au tems où il devoit être enterré. C'étoit un dimanche, à huit heures du matin, qu'on devoit le transporter au tombeau de ses ancêtres en Leicestershire : je ne dormis point de toute la nuit; et, dans le moment où la pendule sonna huit heures, il me parut entendre clairement la voix de mon élève, qui m'appelant deux fois par mon

nom, me disoit, de le suivre ; il ne m'est
pas possible de décrire la situation où je
me trouvai alors. J'eus bien de la peine à
me lever ; je ne savois ni ce que je faisois ;
ni ce que je disois pendant tout le jour ; et
la nuit suivante fut si affreuse pour moi,
que, ne pouvant soutenir plus long-tems
un état aussi terrible, je fus tenté de m'en
délivrer en mettant fin à une si triste vie.
Je me levai même pour me jeter par la fenêtre ; mais à peine avois-je été jusqu'au
milieu de ma chambre, qu'un sentiment de
religion me retint : je me représentai qu'il
ne m'étoit pas permis de quitter le poste où
m'avoit placé l'Être Suprême, sans sa volonté, et que c'étoit à lui à m'en relever,
quand il le jugeroit à propos ; cette idée fut
suivie de quelques autres, puisées dans la
même source, qui fortifièrent mon esprit
et consolèrent ma raison ; mon cœur n'en
demeura cependant pas moins touché, et
plus de six mois se passèrent avant que je
pusse rétablir mes esprits dans leur assiette
ordinaire.

CHAPITRE XII.

Duchillou entreprend d'enseigner une jeune Demoiselle sourde et muette à lire, à écrire et à parler.

CE qui contribua le plus à faire diversion à ma douleur fut une occupation d'un genre fort singulier, auquel je me livrai bientôt après. M. Wyche avoit deux autres enfans, un fils de dix ans qu'il retira du collége pour m'en donner le soin, et une fille de dix-sept, qui avoit toujours été élevée chez une parente à la campagne, et qu'il fit venir en ville pour demeurer avec lui. Mademoiselle Wyche étoit jolie, elle avoit une taille charmante, la physionomie agréable, un air de jeunesse et de fraîcheur naturel à son âge, et ce maintien innocent et doux qui intéresse plus que la beauté même. Elle avoit malheureusement un défaut qui étoit cause que jusqu'alors on l'avoit tenue éloignée de la maison : elle étoit née sourde et muette, et tout l'art des médecins n'avoit pu fournir de remède à cet accident. M. Wyche avoit pris ce malheur en patience,

et n'en aimoit pas moins sa fille. Madame
Wyche en étoit affligée et un peu honteuse ;
mais Madame Brown en étoit indignée , et
ne se lassoit point de dire que c'étoit une
véritable disgrâce dans la famille , qu'il
falloit s'étudier de cacher. Malgré ses re-
montrances , M. Wyche voulut avoir sa
fille auprès de lui , et on l'envoya chercher.

Je ne fis pas d'abord beaucoup d'attention à cette jeune personne ; ensuite elle
m'intéressa par sa figure , son air d'innocence et sa situation , qui sembloient réclamer les secours de toute âme sensible. Je
l'observois avec soin , et je trouvois en elle
une vivacité de sentiment qui me donnoit
la meilleure opinion de son cœur et de son
âme. Peu à peu je me mis à étudier les
signes par lesquels elle rendoit ses idées ; je
fis tant de progrès dans son langage , que
personne dans sa famille ne l'entendoit
mieux que moi : elle me parut touchée de
la manière dont je me distinguois des autres
par mon attention pour elle , et elle s'en
attacha davantage à moi. Elle cherchoit à
s'asseoir toujours à côté de moi ; elle laissoit sans déguisement briller la joie dans

ses yeux quand j'allois prendre l'air avec
elle et sa mère; elle me communiquoit par
signes toutes ses observations sur ce qui se
passoit, et sur les personnes qui fréquen-
toient la maison; et ses remarques avoient
quelque chose de si original, que je prenois le plus grand plaisir à les étudier.
N'ayant jamais reçu aucune instruction,
ses jugemens n'étoient point altérés par les
usages et les préjugés du siècle; tout étoit
décidé à son tribunal par la saine raison;
aussi s'étonnoit-elle de tout ce qu'elle
voyoit, et ne comprenoit-elle rien à la conduite de la plupart des personnes qui l'en-
touroient. A peine avoit-elle été quatre
mois dans la maison, que j'entendois assez
bien ses signes pour tenir une conversation
plus intelligible et plus prompte que je ne
pourrois faire en toute autre langue dans
le même tems; et, dès que je fus aussi
avancé, je pris un plaisir singulier dans
ses entretiens. C'étoit pour moi comme une
étude du livre de la nature; et elle, qui
n'avoit encore trouvé personne qui eût la
patience et la complaisance de causer avec
elle, montroit une satisfaction inexprima-
ble. Elle avoit beaucoup à me demander,

et ses questions étoient si pertinentes,
qu'elles m'ouvrirent les yeux sur mille choses auxquelles je n'avois jamais fait attention, et qui me paroissoient alors, pour la
première fois, des absurdités. Je cherchois,
autant que je le pouvois, à résoudre les difficultés qu'elle élevoit sur tout ; mais cela
n'étoit pas toujours en mon pouvoir, et
celles qui étoient fondées sur son ignorance
de nos principes, me donnoient encore plus
d'embarras que celles qui provenoient de sa
raison.

Un jour, par exemple, nous raisonnions
sur la subordination nécessaire au bon ordre ; de cause en cause, elle m'amena malgré moi à l'Être Suprême, qui gouverne
tout. Je cherchois à éluder ce sujet trop
grand pour sa capacité ; mais elle avoit une
logique naturelle, qui ne lui laissoit jamais
abandonner une question, qu'elle ne fût à
peu près résolue. Elle ne me donna donc
point de repos que je ne lui eusse expliqué
qui étoit cet Être Suprême. Je lui dis que
c'étoit l'auteur de tout ce qui existe, celui
qui gouverne l'univers, règle le cours des
astres, est la cause première de tout ce qui

I. G

arrive, qui a créé l'homme, soutient son
existence, juge ses actions, récompense et
punit : tout ceci lui fut communiqué par
les signes, correspondans, dans son idée,
à des expressions, et elle entendit assez
bien ce discours. Elle me demanda si cet
Être étoit bon, car c'étoit la qualité qu'elle
prisoit le plus : je répondis qu'oui. Eh !
pourquoi donc, reprit-elle avec vivacité,
m'a-t-il fait naître sourde et muette, moi
qui ne l'avois point offensé ? Il m'a mise au
monde imparfaite ; il ne m'aimoit pas dès
ma naissance, et je ne comprends pas pourquoi. Il m'étoit impossible de lui présenter
toutes les raisons qui auroient pu satisfaire
son objection ; je me contentai de lui dire,
que, d'être née sourde et muette n'étoit pas
une raison de se croire un objet de haine ;
que l'Être Suprême lui avoit donné, au lieu
de cela, les moyens de plaire et d'intéresser, qui valoient bien le talent d'entendre
et de parler ; qu'elle voyoit bien que loin
de l'aimer moins, à cause de ce qu'elle
nommoit son imperfection, je l'aimois plus
que je n'aimois son père, sa mère, et tout
le reste de la famille, qui parloient et qui
entendoient, et c'étoit vrai : aussi fut-elle

satisfaite ; et elle me répondit, que puisque
cela étoit ainsi, elle étoit contente, que
chacun avoit son partage ; à quoi elle ajouta,
qu'elle s'apercevoit aussi qu'elle avoit plus
de bonté de cœur que ceux qui parloient
et entendoient, ce qui étoit encore un autre
avantage.

Une autre fois, qu'il faisoit la plus belle
nuit du monde, elle vint à moi avec précipitation, me prit par le bras, et me mena
à la fenêtre, me fit signe de regarder le ciel,
puis, joignant les mains, elle m'exhorta de
faire comme elle, et d'adorer la lune et les
étoiles. Je fus très-surpris de cette idée, et
la priai de s'expliquer : elle me donna à
entendre que, quand sa mère ou sa gouvernante la menoient à l'église, on lui disoit de joindre les mains, de regarder en
haut, et de prier ; que ne voyant rien au-
dessus d'elle que le soleil, la lune et les
étoiles, elle avoit imaginé que c'étoit à eux
que s'adressoient les prières, et qu'en conséquence elle leur avoit toujours adressé les
siennes. Je la repris, et l'assurai que c'étoit
à cet Être Suprême qui avoit fait tout, réglé
tout, que les hommes offroient leurs vœux,

G 2

et que ces êtres qu'elle adoroit étoient son propre ouvrage. Elle demanda pourquoi il ne se laissoit pas voir : je lui dis que je lui expliquerois cela , mais qu'auparavant je voulois la préparer à m'entendre mieux , et je commençai à songer comment je m'y prendrois pour lui communiquer plus facilement mes idées.

CHAPITRE XIII.

Suite de l'entreprise de Duchillou. —
Détails intéressans à ce sujet. — Les
choses commencent à changer de face.

J'eus recours aux livres qui avoient été
écrits sur l'art d'enseigner les sourds et
muets à parler; je consultai Bonnet, Ra-
mirez, Amman, Wallis, Van Helmont,
et je ne trouvai rien qui me fût d'aucun
secours; tous, excepté le dernier, avoient
négligé de parler de la méthode dont ils
s'étoient servis pour enseigner les premiers
élémens du langage. Je m'adressai à un
savant nommé Baker, qui, par une méthode à lui, avoit enseigné à lady Inchin-
quin et sa sœur, et fait quelques autres
élèves; c'étoit un habile homme et un fort
bon homme : il me dit bien tout ce qu'il
avoit fait, mais il me cacha avec soin son
art. Je vis quelques-uns de ses écoliers : ils
m'étonnèrent par la facilité qu'ils avoient
à comprendre ce que je disois, en obser-
vant le mouvement de mes lèvres; ils me

répondoient aussi avec une voix désagréable , parce qu'elle n'étoit point modulée : cependant, si je ne fus pas entièrement satisfait, je ne fus pas découragé ; je résolus de commencer par communiquer à mademoiselle Wyche des idées , dans l'espérance qu'en attendant je trouverois quelque moyen de lui enseigner à les rendre.

Elle ne fut pas long-tems à apprendre à écrire ; pour elle ce n'étoit d'abord que desiner : je lui fis comprendre ensuite , en lui mettant les objets devant les yeux , et les écrivant sur-le-champ , que l'un étoit le signe de l'autre. Elle écrivoit *éventail* , on apportoit un éventail ; *montre* , je tirois la mienne ; *plume* , *chapeau* , tout enfin ce qui tombe sous les sens fut aisément appris ; verbes actifs , comme *marcher* , *courir* , *sauter* , *toucher* , *sentir* ; adjectifs , comme *long* , *court* , *droit* , *uni* , *rude*. Tout cela ne nous coûta que la peine de représenter chacune de ces actions ou de ces qualités , et de les écrire en même tems. Mais quand il fut question de lui faire comprendre les termes généraux et métaphysiques , je me trouvai assez embarrassé : *devoir* , *obliga-*

tion, *croyance*, ne pouvoit s'exprimer par signes ; j'avois besoin de faire naître les occasions pour lui faire connoître les mots ; je lui empruntois de l'argent pour lui faire comprendre *emprunt*, *dette* et *rendre* ; je feignois de ne pas ajouter foi à ce qu'elle venoit m'apprendre pour lui expliquer le mot *croire* ; et peu à peu j'augmentai son dictionnaire au point que, dans six mois de tems, elle étoit en état de se faire entendre par écrit à ceux qui n'entendoient pas ses signes.

Ma jeune élève avoit le plus grand désir de s'instruire ; elle sentoit qu'elle augmentoit son existence, en augmentant ses idées. Je n'avois pas peu à faire pour résoudre tous ses doutes, et répondre aux difficultés qui l'avoient frappée avant de me connoître. Elle étoit revenue souvent à la conversation que nous avions eue autrefois sur Dieu. Elle témoignoit le plus profond respect en le nommant ; mais elle vouloit toujours savoir pourquoi il ne se laissoit pas voir. Enfin, j'essayai un jour de la contenter là-dessus : je commençai par lui dire qu'il étoit présent par-tout, mais d'une manière invisible pour nous : cela l'étonna fort ; elle rêva

long-tems, et conclut par trouver la chose
impossible ; elle n'avoit l'idée d'aucune autre substance que la matière, et tout ce qui
n'étoit point corps, n'étoit rien pour elle.
Elle me communiqua ses doutes : je cherchai à tourner son attention vers la substance pensante en elle ; elle ne savoit ce que
je voulois dire. Je me mis dans l'attitude
d'un homme qui pense, je lui fis signe d'en
faire autant ; et lui touchant le front, je
lui demandai si elle ne trouvoit pas qu'il
se passoit quelque chose en elle, différent
de l'action des corps ; si elle ne sentoit pas
dans sa tête une manière d'être, toute autre
que ce qu'elle sentoit dans les mains et les
pieds. Elle n'entendit rien de tout cela ; et,
craignant que ce ne fût sa faute, elle devint d'une inquiétude extrême ; elle me conjuroit les mains jointes de ne pas me rebu-
ter, et se remettant dans la même attitude
où je l'avois placée, la tête appuyée sur
une main et le regard en l'air, elle me
prioit de continuer ; mais j'eus beau faire
ce jour-là, nous ne fîmes aucun progrès ;
elle pleura beaucoup sur ce qu'elle croyoit
être sa faute, et fut se coucher dans la plus
grande affliction.

Le lendemain, après déjeûné, elle me
dit qu'elle avoit rêvé toute la nuit que nous
nous promenions ensemble dans les jardins
de Kensington. Je saisis cette occasion sur-
le-champ, pour continuer ma leçon de la
veille ; je lui fis comprendre qu'il n'y avoit
point de réalité dans cette idée, puisque
nous avions été séparés toute la nuit ; elle
en convint : j'écrivis alors sur le papier,
et je donnai, à ce qui s'étoit passé la nuit
en elle, le nom d'*imagination*, *rêve*. Elle
comprit cela à merveille, et me conta là-
dessus tous les rêves extraordinaires qu'elle
avoit faits depuis dix ans ; je l'écoutai avec
patience, charmé d'avoir trouvé le fil qui
devoit me tirer du labyrinthe où j'étois entré ; et, quand elle fut bien familiarisée
avec l'idée de *rêve* et de *rêver*, *imagination*
et *imaginer*, je lui dis que *rêver* c'étoit imaginer en dormant, et que *penser*, c'étoit
imaginer en veillant. A peine eut-elle saisi
cette distinction, qu'il parut se passer quelque chose d'extraordinaire en elle. Elle étoit
toute concentrée en elle-même ; mais sa
physionomie, qui étoit fort expressive, me
laissoit aisément apercevoir ce qu'elle avoit
dans l'esprit : je n'ai jamais rien vu de plus

intéressant et de plus animé que son visage
en ce moment. L'extase, le ravissement où
elle se trouva, quand elle se vit frappée du
rayon de lumière qui l'éclairoit, ne peut
être ni peint, ni décrit. Elle finit par laisser
éclater une joie qui alloit au transport;
ensuite, portant son attention vers moi,
elle me dit, avec une volubilité de signes
incroyables, qu'elle m'entendoit parfaitement, et m'en donna sur-le-champ cinquante .
preuves non équivoques. Elle se rappela
d'elle-même tout ce que j'avois dit et fait la
veille, et l'appliqua le plus ingénieusement
du monde à sa situation présente. Quand
je vis qu'elle entendoit bien la chose, je
substituai aux mots *imaginer en veillant*
celui de *penser* que je lui dis avoir la même
signification, et j'ajoutai le mot d'*esprit*
comme synonyme de *pensée*. Elle ne fut
pas long-tems à s'accoutumer à ces idées;
elle montroit une attention infatigable à
toutes les opérations de son esprit; je lui
fis remarquer ensuite la prodigieuse facilité
avec laquelle sa faculté pensante, ou son
esprit, se transportoit d'un lieu à un autre,
faisoit et détruisoit, commandoit à son
corps, et le gouvernoit; elle admiroit cela,

et étoit fort surprise de n'y avoir jamais
réfléchi. Elle comprit alors qu'il y avoit une
différence très-grande entre les opérations
du corps et celles de l'esprit ; et elle sentit
qu'il devoit y avoir une différence dans leur
nature.

Ces choses ainsi , bien établies nous en
revînmes à la nature de l'Être Suprême.
Je lui dis que Dieu étoit un esprit , mais
d'une perfection infinie ; qu'il n'y avoit point
de bornes à sa puissance, et qu'il exécutoit
tout avec plus de facilité que l'homme ne
pouvoit se l'imaginer. Elle approuva ce que
je lui disois , et parut pénétrée d'amour et
de respect pour un Être tout-puissant , et
que je lui disois être aussi bon qu'il étoit
puissant.

On sent bien que cette conversation ne
se passa pas sans difficultés ; et que , sur
un sujet aussi difficile , il fallut employer
tous les moyens imaginables pour me faire
entendre : je crus enfin y avoir réussi, et
les jours suivans j'eus lieu de croire que je
ne m'étois pas trompé. Mon élève ne perdit
pas une occasion de me prouver qu'elle

m'avoit compris ; et je me trouvai amplement récompensé du zèle que je témoignois
pour son instruction, par les progrès qu'elle
faisoit, aussi bien que par le plaisir que je
recevois à approfondir ses idées sur tout.

Elle avoit un bon sens naturel qui la
guidoit merveilleusement sur les objets de
raison et de justice; mais elle avoit si peu
d'idées des lois de la société civile et de la
morale, qu'il n'étoit pas facile de la convaincre sur les choses qui s'opposoient à
ses penchans. Il s'en offrit un jour un
exemple qui me donna de l'inquiétude, et
me fit trembler sur le danger où je m'étois
exposé jusqu'ici. Miss Wiche, à force de
me voir prendre tant d'intérêt en elle, con-
çut de l'inclination pour moi. Nous étions
alors à la campagne avec toute sa famille,
et je passois la plus grande partie du tems
avec elle ; car, dans les parties qui se faisoient pour dîner chez les gentilshommes
des environs, madame Brown ayant obtenu
qu'on ne l'en mettroit point, je ne pouvois
me résoudre à la laisser seule, et je trouvois
toujours quelque prétexte pour dîner au
logis, afin de lui tenir compagnie. C'étoient

les jours les plus heureux de sa vie, et cette
complaisance de ma part empêchoit qu'elle
ne s'aperçût qu'on la négligeoit. Son attachement pour moi croissoit donc de jour
en jour; et, quoique je m'en fusse aperçu,
je n'en étois pas inquiet, l'attribuant à
l'effet de sa reconnoissance des soins que
je prenois pour elle. Un jour que nous étions
seuls, et dans mon appartement, après
m'avoir fait quelques-unes de ces caresses
que je regardois comme très-innocentes, et
auxquelles je m'étois prêté avec la même
intention, elle témoigna moins de retenue
qu'à l'ordinaire. J'avoue que je fus embarrassé de savoir en ce moment quel parti
prendre : j'étois dans l'âge où les passions
parlent fortement au cœur; j'avois une tendresse pour ma jolie élève, que je croyois
fondée à la vérité sur la compassion; mais
ne pouvois-je pas m'être fait illusion? et
les charmes d'une jeune fille de dix-huit
ans n'étoient-ils pas plus propres à m'avoir
inspiré ce sentiment que sa situation infortunée? Quel que fût le motif de l'intérêt
que je prenois en elle, heureusement la
considération de ce que je devois à moi-
même, à une famille respectable, à l'hon-

neur, à la religion, se présentèrent en foule
à mon esprit : j'eus presque honte d'avoir
hésité, et je retins mademoiselle Wyche
d'une main, en lui serrant la main de
l'autre, pour adoucir mon refus. Elle fut
étonnée et même un peu confondue de ma
résistance ; elle me fit des reproches de mon
peu d'empressement, et m'en demanda la
raison. Je savois bien qu'il étoit inutile de
lui parler du bon ordre nécessaire à la
société, qui se maintient par le mariage,
et que de ces deux principes naissent les
règles de la décence et de la chasteté ; cependant je hasardai de lui tenir à-peu-près
ce langage, qui lui parut encore plus in-
compréhensible que celui que j'avois tenu
sur la divinité. Enfin, lasse de ma morale,
qu'elle n'entendoit point, elle me quitta
fort mécontente de moi. Le lendemain,
elle me boudoit : je cherchai à la ramener, et je fus long-tems à y réussir ;
mais je ne fis ma paix que pour résumer le
sujet de la veille : tout ce qu'elle avoit compris de mes raisons, avoit été que le mariage rendoit les caresses légitimes. Elle
me demanda si elle m'avoit bien entendu.
Je dis qu'oui. Eh bien, reprit-elle, marions-

nous, et ne me tourmentez plus avec vos lois
et vos règles. Je lui dis qu'il falloit avoir
le consentement de son père et de sa mère;
qui peut-être ne voudroient pas le donner;
mais que je penserois au moyen de lever
cette difficulté. Elle se retira plus contente
de moi ce jour-là; mais je vis bien qu'elle
n'étoit pas d'humeur à me laisser long-tems
tranquille sur ce chapitre.

Je ne savois quel parti prendre dans la
situation où je me trouvois. Comment proposer à M. Wyche d'épouser sa fille? N'au-
roit-il pas lieu de penser que j'avois abusé
de sa confiance, et de l'innocence d'une
jeune personne dans son état? L'idée qu'un
tel soupçon, aussi injurieux à mon honneur,
pouvoit entrer dans son esprit avec apparence de justice, me fit renoncer absolument
au dessein de m'ouvrir à lui, et je résolus
de travailler à persuader mon élève de se
soumettre à mes intentions sur un sujet aussi
délicat; ou, si je n'en pouvois venir à bout,
de quitter plutôt la maison de son père.
Mais au moment que je faisois ces réflexions,
un événement, qui fut la source de ma fortune, vint me tirer d'embarras.

J'étois lié avec M. Upton, qui a été depuis lord Templeton; il m'avoit procuré la connoissance de M. Wood, premier commis du Bureau des Affaires étrangères. Tous deux s'intéressoient à moi, et cherchoient l'occasion de me servir. M. Upton, qui n'étoit pas riche alors, s'étoit engagé à aller à Turin avec le ministre d'Angleterre à cette Cour, en qualité de son secrétaire; mais, ayant changé d'idée, il songeoit au moyen de rompre son engagement, et de saisir cette occasion de m'être utile; il m'écrivit pour me faire part de son dessein, me pressant de venir à Londres : je n'hésitai point à accepter sa proposition; et l'ayant communiquée à M. Wyche, il m'exhorta lui-même à ne pas la refuser.

La difficulté fut de cacher cette résolution à miss Wyche; mais elle avoit trop de pénétration pour ne pas s'apercevoir que j'allois la quitter : elle m'en parla, et j'eus beau lui promettre que ce ne seroit que pour peu de tems, elle n'en fut pas plus tranquille, et passa tout le tems qui précéda mon départ, à s'affliger et à pleurer. Je fus obligé de lui cacher le moment de notre séparation, et de partir sans lui dire adieu. Enfin, le jour que j'avois fixé étant venu, pendant qu'elle étoit allée à la promenade, je pris congé, les larmes aux yeux, de cette respectable famille, qui me vit partir avec le même regret qu'ils auroient pu témoigner pour le fils le plus chéri; et j'arrivai le lendemain à Londres, pour entrer dans une nouvelle carrière, et me lancer dans le tourbillon d'un nouveau monde, où je devois trouver plus de brillant et moins de repos, plus d'agrémens et moins de bonheur.

FIN DE LA PREMIÈRE PARTIE.

MÉMOIRES
D'UN VOYAGEUR
QUI SE REPOSE.

~~~~~~~~~~~~~~~

SECONDE PARTIE.

~~~~~~~~~~~~~~~

CHAPITRE I.

Duchillou devient Secrétaire de l'Envoyé extraordinaire de la Grande-Bretagne à la Cour de Turin. Portrait de milord Bute et de son frère. Voyage en Italie.

En arrivant à Londres, je fus trouver M. Upton, qui m'instruisit de ce qu'il avoit fait pour me servir. Quoiqu'héritier de quatre-vingt mille liv. de rente, il n'avoit pas le sou, ayant un frère avare qui jouissoit de tout le bien de la famille : cette situation l'avoit déterminé à accepter l'emploi de secrétaire du frère de milord Bute, qui alloit à la cour de Turin avec le caractère d'Envoyé extraordinaire ; mais il s'étoit bientôt repenti d'avoir renoncé à son indépendance, et il avoit résolu de rompre cet engagement. Afin de le faire d'une manière qui ne mît

pas le ministre dans l'embarras , il avoit
songé à me recommander en qualité d'aumônier, se réservant, quand nous serions
en route, de s'excuser le mieux qu'il pourroit d'exercer le secrétariat, et de me proposer pour remplir sa place. Il s'agissoit
pour cela d'entrer dans l'église ; mais il
m'avoit souvent vu étudier le grec, l'hébreu et les commentateurs sacrés , et il ne
doutoit point que je ne fusse en état de
suivre cette carrière. Je remerciai M. Upton
de cette preuve de son amitié , et je ne
trouvai pas la moindre difficulté dans l'exécution de son dessein. Il me présenta à
M. de Mackenzie, c'étoit le nom de notre
Principal ; je fus approuvé : je pris sur-le-
champ les ordres ; quinze jours après je
pris possession de mon emploi , et fus en
état de partir.

Il ne sera pas mal, avant de quitter l'Angleterre, de mettre le lecteur au fait de la
situation dans laquelle se trouvoient les
personnes avec qui j'allois avoir affaire.

Milord Bute avoit l'air noble, les manières aisées, la taille élégante et bien prise;

il étoit doué de beaucoup d'esprit et de lumières, avoit des connoissances très-éten-
dues, et sur-tout une élévation d'âme qui
ne lui permettoit jamais de trouver rien
difficile, et lui faisoit sentir qu'il étoit né
pour avoir part aux plus grandes entreprises. Cependant, l'esprit libre d'ambition,
à peine s'étoit-il marié, qu'il se retira dans
l'île de Bute dont il étoit propriétaire; il s'y
livra à diverses études, et à la jouissance
d'une vie heureuse et tranquille, partagée
entre le soin de ses terres, ses livres et sa
famille. Il y seroit toujours resté, si la des-
cente du Prétendant en Écosse, en 1745,
ne l'eût obligé de changer son plan de vie.
Dans cette circonstance, la plupart des
grands seigneurs Écossois, attachés à la
maison régnante en Angleterre, quittèrent
l'Écosse dans la crainte d'être soupçonnés
d'attachement aux Stuarts, et afin de témoigner leur zèle pour la Cour. Milord
Bute, quoique portant le nom de Stuart, et
l'un des principaux chefs de cette illustre
famille, fut des premiers à se rendre à
Londres, et à venir offrir ses services au
Roi; il parut à la Cour, qui étoit alors di-
visée en deux partis, celui du Roi, et celui

du prince de Galles, lequel étoit souvent opposé aux mesures de son père. Le prince de Galles prit du goût pour milord Bute, et se l'attacha tellement, par les distinctions qu'il lui témoigna en toutes occasions, que bientôt il renonça à tous autres engagemens, et se laissa aller sans réserve à son penchant pour un prince qui le combloit d'honneurs et de caresses. Peu à peu il se rendit tellement nécessaire aux affaires du prince de Galles, et à ses amusemens, qu'on ne pouvoit plus se passer de lui à cette Cour. La mort de ce prince, qui survint quelques années après, loin de diminuer le crédit dont il jouissoit, l'augmenta encore davantage. La princesse de Galles lui donnoit toute sa confiance, et le consultoit, non-seulement sur ses affaires, mais sur l'éducation du prince de Galles son fils. Elle fit tant auprès du Roi, que milord Bute fut nommé premier gentilhomme de la chambre de ce prince; et ce commencement de faveur marquée excita contre ce seigneur la jalousie de plusieurs de ses concurrens, et fut la cause de l'animosité qui éclata si vivement ensuite contre lui.

A mesure que le roi George II avançoit en âge, le jeune prince et la princesse (la-

quelle avoit l'ascendant naturel d'une mère
sur lui) acquéroient plus d'influence. Les
ministres commençoient à ménager cette
Cour; milord Bute , qui en étoit l'oracle,
jouissoit par-là du plus grand crédit.

Ce fut dans ce tems-là que son frère,
M. Stuart de Mackenzie , fut nommé pour
aller à Turin en qualité d'Envoyé extraordinaire:

M. de Mackenzie étoit, de tous les hommes que j'ai connus, celui qui joignoit les
plus belles qualités aux moindres défauts.
Il étoit doué d'une prudence qui lui faisoit
éviter toute possibilité de s'exposer, et
d'une sagesse qui l'éclairoit sur les voies les
plus propres à réussir dans une affaire. Son
plus grand plaisir étoit de faire le bien, son
plus grand soin étoit de le cacher; et, s'il
aimoit la considération, c'étoit pour en
faire recueillir les fruits à ses amis. Il avoit
un fond d'honneur et de vérité bien rare
au tems où il vivoit, et qui ne lui a jamais
manqué dans les circonstances les plus dif-
ficiles et les plus embarrassantes : il étoit
humain , charitable et généreux; il avoit

beaucoup d'esprit et de savoir, l'air aisé et
noble, et l'humeur enjouée dans la société;
il n'aimoit pas les plaisirs bruyans du monde, ni les grandes compagnies; il préféroit
d'appliquer son esprit à l'étude des sciences,
dans lesquelles il étoit fort versé, sur-tout
dans les mathématiques, l'algèbre et l'astronomie.

Son épouse, lady Betty Mackenzie, étoit
fille du fameux Jean, duc d'Argyle et de
Greenwich, qui, pendant trente ans, a joué
un si grand rôle à la tête des armées britanni-
ques et dans la chambre haute du Parlement
d'Angleterre. Elle avoit un air de dignité
et de bonté qui lui concilioient le respect
et l'attachement de tous ceux qui l'approchoient; on remarquoit de plus en elle un
désir de plaire si naturel et si vrai, qu'elle
y fût parvenue, quand même elle n'eût pas
pris pour cela tous les moyens possibles
pour arriver à ce but.

Nous partîmes de Londres au mois d'octobre 1758. L'Angleterre étant alors en
guerre avec la France, une suite nombreuse
de jeunes cavaliers Anglois, qui profitoient

de la permission qu'avoit M. de Mackenzie
de traverser la France, lui formoient un
cortège considérable. Notre entrée à Calais,
après une bourrasque violente, offrit un
contraste assez ridicule. Le prince de Croy,
qui commandoit en Picardie, étoit alors à
Calais; et voulant rendre au ministre d'Angleterre tous les honneurs que sa politesse
pouvoit lui suggérer, il se trouva sur le
port avec une partie de la garnison, pour
donner la main à Milady au sortir du vaisseau. Nous avions malheureusement été
ballottés toute la nuit sur mer, et personne
n'avoit eu là moindre idée de faire toilette,
ayant tous compté, vu les circonstances,
d'entrer à petit bruit dans la ville. Que l'on
se représente le prince de Croy, frisé et
poudré dès huit heures du matin, donnant
galamment la main à Milady, en cornette
de nuit, à la tête des officiers de sa garnison; M. de Mackenzie, tout confus de cette
réception imprévue, suivant, tête baissée,
enveloppé de son manteau, avec son chapeau par-dessus son bonnet de nuit, accompagné d'une douzaine de seigneurs Anglois
pâles et défaits, tous échevelés, la moitié
avec leurs bas sur leurs talons. Ce fut en

cet état que nous traversâmes la ville, tam-
bour battant, et au milieu de la garnison
rangée en haie, à la grande satisfaction
de quelques éveillés d'officiers, que ce
contraste ne manqua pas de frapper. Le
prince quitta Milady à la porte de l'auberge, pour lui donner le tems de se reposer,
après avoir invité la compagnie à dîner avec
lui ; mais M. de Mackenzie avoit tant souffert de la contrainte de cette réception,
que, quoiqu'il eût formé le dessein de
rester un jour à Calais, il pressa son départ ; et, après m'avoir envoyé faire ses
remercîmens et ses excuses à M. le prince
de Croy, il partit précipitamment de Calais,
pour éviter un dîner, le bal et la comédie,
que le Prince lui préparoit. Nous continuâmes notre route assez heureusement
par la France et la Savoie ; et nous arrivâmes à Turin, sans aucune aventure remarquable.

CHAPITRE II.

Tableau de la Cour de Turin. — Portrait du Roi et de ses ministres.—Anecdotes curieuses.

L e roi de Sardaigne est l'allié naturel du roi d'Angleterre (1) ; ils n'ont rien à craindre l'un de l'autre , et leur bonne intelligence est utile à tous les deux ; aussi un ministre d'Angleterre est toujours bien vu à cette Cour , et n'a pas de peine à s'y faire aimer. M. de Mackenzie tenoit à Turin un très-grand état , et Milady son épouse recevoit bien son monde ; ils avoient souvent de grandes assemblées , donnoient des bals ; de grandes fêtes , ensorte que leur maison fut bientôt le rendez-vous le plus agréable de la meilleure compagnie de Turin. Le chevalier Ossorio y étoit alors premier ministre ; le comte de Mercy étoit mi- nistre plénipotentiaire de l'Impératrice- Reine. M. de Chauvelin , ambassadeur de France, le marquis de Carracioli , envoyé extraordinaire du roi de Naples , et le reste

(1) Ceci s'écrivoit en 1775.

du corps Diplomatique , quoiqu'au rang
subalterne , n'étoit pas mal composé.

Le chevalier Ossorio étoit Sicilien de
nation ; il avoit suivi le roi Victor lorsqu'il
renonça au titre de roi de Sicile ; et , après
avoir été son Ministre , et avoir servi ensuite son fils , le roi Charles-Emmanuel , en
différentes Cours étrangères , entr'autres à
Londres, où il avoit resté quinze ans, il avoit
été nommé à la place de Secrétaire d'État
pour les affaires étrangères, regardée dans
cette Cour comme la première et la plus importante. M . le chevalier Ossorio avoit beaucoup de génie et de talent, plus même qu'il
n'étoit nécessaire pour le gouvernement
d'un État qui ne joue pas l'un des premiers
rôles en Europe : il avoit de trop grandes
vues pour cette Cour ; mais elles étoient
toujours sagement modérées par le roi
Charles-Emmanuel. Ses deux émules, en
crédit et en considération , étoient le marquis de Breille , grand Ecuyer , qui avoit été
gouverneur du duc de Savoie , et le comte
de Bogin, ministre de la guerre , qui s'étoit
rendu tellement nécessaire au Roi dans son
département, qu'on ne pouvoit plus se passer de lui.

Le marquis Solar de Breille étoit d'une
grande naissance ; il avoit en sa faveur le
mérite de très-longs services dans l'armée
et dans le ministère , outre celui d'avoir
très-bien réussi dans l'éducation du duc de
Savoie , qu'il avoit rendu un prince ac-
compli. Il possédoit toute la confiance de
son élève , et l'estime du Roi , qui ne l'aimoit pas , mais qui lui rendoit justice. Je
n'ai pas connu de grand Seigneur qui eût
plus vu et mieux vu que lui ; il avoit passé
son enfance avec son père , lorsqu'il étoit
ministre du roi de Sardaigne à Londres ; sa
jeunesse à Paris avec son oncle, qui y étoit
ambassadeur ; il avoit servi sous le prince
Eugène ; avoit été successivement ministre
du Roi son maître à Naples , à Rome , à
Vienne, et dans plusieurs autres négociations. Il avoit beaucoup d'esprit, de vivacité , de politesse ; et quoiqu'il eût près de
quatre-vingt ans , il possédoit une mémoire
qu'on ne trouvoit jamais en défaut. Enfin,
l'avantage qu'il avoit eu de vivre intimement avec les grands hommes de son tems ,
dans tous les genres, rendoit sa conversation brillante , intéressante et instructive.
J'ai eu le plaisir d'en faire l'épreuve dans

le long séjour que j'ai fait à Turin ; il m'honoroit de ses bontés , et j'ai souvent passé
trois heures avec lui , qui me paroissoient
s'écouler comme des momens.

Son entretien rouloit souvent sur des
anecdotes curieuses, et qui pouvoient servir
à redresser les écrivains de son tems. Il faisoit, par cette raison , peu de cas de Voltaire comme historien , et le reprenoit
d'avoir suivi ses propres idées et préféré
quelquefois la vraisemblance à la vérité.
Il m'en donna deux exemples, que je ne
puis m'empêcher de rapporter. Quelqu'un
l'ayant contredit un jour sur quelques circonstances de la détention d'Alexis fils du
czar Pierre , et lui citant Voltaire pour autorité : Permettez-moi , Monsieur , répliqua le marquis de Breille avec vivacité ,
d'être mieux instruit là-dessus que votre
Voltaire : j'étois alors ministre du Roi mon
maître à la cour de Naples , et ce fut moi
qui fus chargé de solliciter secrètement la
détention de ce Prince infortuné.

Parlant un jour avec lui de la mort du
même Pierre-le Grand , j'alléguai le testa-

ment de ce Prince , qu'on avoit produit
devant le sénat de Russie , et j'ajoutai que
Voltaire en avoit nié l'existence dans son
histoire de la Russie. J'ai de meilleures au-
torités à citer , répliqua le Marquis , que
Voltaire et son histoire. Lorsque j'étois
ambassadeur à Vienne , j'étois fort lié avec
l'ambassadeur de Russie , lequel m'a dit
plus d'une fois , qu'il étoit seul avec l'impératrice Cathérine dans la chambre du
Czar lorsqu'il mourut. Avant de déclarer sa
mort, elle voulut s'assurer s'il n'avoit point
fait de testament ; et, n'en trouvant point
dans le bureau de ce Prince , ils convinrent
ensemble d'en faire un , qu'elle dicta à ce
même seigneur Russe qui lui étoit dévoué ,
et c'est le testament qu'on a imprimé depuis. J'avois promis le secret à l'ambassadeur Russe , ajouta le Marquis , et je n'en
parle à présent , que parce que j'ai appris
qu'il est mort depuis plusieurs années.

Une autre fois , nous parlions de l'ava-
rice du fameux duc de Malborough ; et je
disois que je ne pouvois croire ce que l'on
m'avoit dit de lui , qu'un soir , dans un
tête-à-tête , il eût éteint une des deux bou-

gies qui brûloient dans sa chambre. Cela
est pourtant vrai , dit vivement le Marquis ,
c'étoit avec moi : le prince Eugène m'envoya un soir lui donner avis de quelque
disposition qu'il faisoit pour une attaque le
lendemain. Le duc de Malborough étoit
déjà couché , on l'éveilla : je fus introduit
auprès de son lit; un valet-de-chambre posa
deux bougies sur la table de nuit , et se
retira. Au commencement de la conversation , qui sembloit devoir être longue , le
duc de Malborough , tout en m'écoutant,
mit sans rien dire l'éteignoir sur une des
bougies qui brûloient , et continua de prêter attention à ce que j'avois ordre de lui
dire.

Le marquis de Breille pouvoit être nommé
avec raison l'histoire vivante d'un demi-
siècle ; il étoit du petit nombre de ceux
qui ont vu jouer pendant long-tems les
grands ressorts de la balance de l'Europe ,
et qui étoit , mieux que personne , en état
de juger de leur pouvoir. Je le laisse pour
passer au comte de Bogin ; je le retrouverai
dans une situation bien différente de celle
à laquelle on peut s'attendre de le voir.

Le comte de Bogin étoit parvenu, par
tous les degrés du bureau de la guerre, à
en être enfin le chef. C'étoit un homme
d'un caractère fier, d'une fermeté iné-
branlable dans l'exercice de son emploi,
qui ne ménageoit personne, et qui, dans
tous les arrangemens qu'il prenoit, ne con-
sidéroit que le mieux de la chose, sans
s'embarrasser s'il contenteroit tel grand
Seigneur, ou si tel autre seroit mécontent;
un homme enfin tel qu'il le falloit pour le
roi de Sardaigne. Les revenus de ce Prince
étant trop modiques pour récompenser une
noblesse nombreuse, qui se dévoue toute
à son service, et sa bonté naturelle le portant à les voir tous satisfaits de lui, il se
servoit à merveille de l'autorité de son ministre, pour concilier l'impuissance de ses
moyens avec son inclination à faire des
grâces.

Charles-Emmanuel III étoit certainement
un des Princes de l'Europe le plus juste et
le plus sage. Il gouvernoit son royaume en
vrai père de famille : l'on peut dire qu'il
administroit lui-même la justice dans ses
États. L'un des moyens qu'il pratiquoit pour

I. I

s'assurer qu'elle fût rendue à tous ses sujets, étoit de consacrer deux heures le matin et autant le soir aux audiences particulières, dans lesquelles il écoutoit tout le monde indifféremment. J'ai vu dans son anti-chambre, à ces heures-là, des marchands, des artisans, des paysans ; chacun étoit admis à son tour et écouté. Si l'un d'eux avoit à se plaindre justement de l'iniquité d'un juge, ou de l'oppression d'un ministre, et qu'il en apportât la preuve, le Roi lui faisoit rendre la justice la plus prompte et la plus impartiale. Je fus témoin moi-même d'un exemple de cet esprit d'équité, que je vais rapporter ici.

Le comte de Bogin, dont je viens de parler, servoit le Roi depuis vingt ans avec le plus grand succès ; il jouissoit d'un crédit qu'il avoit étendu jusque sur les autres départemens. La sévérité de son caractère le faisoit haïr de la noblesse autant qu'il en étoit craint. L'on accusoit le Roi de lui accorder trop de confiance, et même de s'en laisser gouverner, lorsque l'événement dont je veux parler, survint à propos pour prouver le contraire. Le comte de Bogin avoit acheté

une petite maison de plaisance à deux lieues
de Turin, dans laquelle il se retiroit souvent. Il avoit eu long-tems le désir d'agran-
dir les jardins de cette terre ; mais un chemin qui menoit à la maison d'un nommé
Talpon, valet-de-chambre du Roi, et qui
séparoit quelques prairies qu'il vouloit acquérir, s'opposoit à son dessein. Il pria
Talpon de renoncer à ce chemin, ce que
celui-ci lui accorda ; se réservant cependant
le droit de passage pour lui seul par le terrain du comte de Bogin, lorsqu'un autre
chemin qui lui restoit deviendroit impraticable par les neiges, comme il arrivoit
quelquefois. En effet, deux ou trois ans
s'étant passés sans que Talpon eût eu occasion d'user de son droit, il arriva qu'ayant
trouvé un jour son chemin comblé de neiges,
il crut pouvoir jouir du privilége qu'il s'étoit
réservé, et se mit en devoir de traverser les
possessions du ministre à cheval : mais celui-
ci, ayant aperçu de loin un homme à cheval, lui envoya défendre de passer outre.
Talpon fit dire au ministre que c'étoit lui
qui, en vertu de leur convention, passoit
par son ancien chemin, ayant trouvé l'autre
impraticable ; mais M. de Bogin persista à

I 2

lui refuser le passage , et Talpon fut obligé
de retourner à Turin , la rage dans le cœur.
Il courut droit au Roi , lui raconta l'injus-
tice et l'ingratitude du Comte, et finit par
lui dire : Jugez, Sire, de ce qu'il fait à vos
autres sujets , lorsqu'il me traite ainsi , moi
qu'il sait avoir accès auprès de votre Majesté. Le Roi ordonna à Talpon de garder le
silence le plus rigoureux sur cette aventure , lui promettant de lui rendre justice.
Il envoya sur-le-champ chercher l'intendant des chemins de ses Etats ; et , quoique
beau-frère du comte de Bogin , il le chargea
de s'informer de la vérité de ce fait. Cet
homme savoit que l'usage du Roi , dans ces
occasions, étoit de s'informer secrètement
de plus d'une part, pour être sûr que ses
ministres ne lui en imposassent pas ; il n'osa
donc lui déguiser la vérité , et lui rapporta
quelques jours après , que le récit que Talpon lui avoit fait de ses droits et de son affront étoit un récit fidèle. Alors le Roi ordonna que, sans en parler à son beau-frère,
il mît le lendemain cent hommes à l'ouvrage , pour travailler à rétablir l'ancien
chemin de Talpon ; ce qui fut fait. Que l'on
juge de l'étonnement du ministre, lorsque,

s'éveillant le matin, il aperçut cent hommes
piochant dans son jardin. Plein de surprise
et de colère, il envoie demander la raison
d'une si étrange vision ; on lui répond que
c'est par ordre du Roi, et qu'on n'en sait
pas davantage. Il se rend en ville, et va
trouver son beau-frère, qui le met au fait
de tout. Le ministre sentit qu'il seroit plus
prudent pour lui d'avaler la pillule en silence, et il se tut ; le Roi de son côté ne
lui en ouvrit jamais la bouche, et Talpon
rentra en possession de son ancien chemin.
Je le vis quelques jours après, tout fier de
la victoire qu'il venoit de remporter sur
un ministre tellement en faveur. La noblesse, enchantée de la mortification arrivée au ministre, crut que c'étoit un présage de sa perte ; mais elle se trompoit. Le
Roi, qui connoissoit sa capacité, continua
de s'en servir comme auparavant, et se
contenta de lui avoir donné cette leçon de
modération. Après la mort du roi Charles,
le comte de Bogin se retira des affaires, et
je le visitois souvent dans sa retraite. Je n'ai
guères vu d'homme plus doux et plus poli,
et dont la conversation fût plus intéressante.
A une profonde connoissance des affaires

de l'Europe, il joignoit la plus grande net-
teté dans ses idées et ses expressions ; il
étoit outre cela bon mari, bon ami, vrai
dans ses discours et dans sa conduite, et
chéri de tous ceux qui le voyoient le plus
familièrement : en sorte que, si son ministère n'avoit pas généralement plu, on sentoit qu'il falloit l'attribuer plutôt à la nécessité des circonstances qu'aux dispositions naturelles du ministre.

CHAPITRE III.

*Conduite et sentimens de Duchillou dans
sa nouvelle situation.*

JE me trouvois dans un monde bien différent de celui dans lequel j'avois vécu jusqu'à présent : au lieu de la bonhommie de
M. Wyche, des manières simples et douces
de sa famille et de ses amis, je n'entendois
plus parler que d'intrigues de Cour ; je ne
voyois plus que les manières brillantes des
gens du bel air, les caresses exagérées des
grands Seigneurs, la duplicité des courtisans, et l'orgueil de la noblesse. Peu accoutumé à cette vie, je m'étonnois de tout,
je me recriois sur tout : M. de Mackenzie
et ses amis s'amusoient de mon étonnement ; on me demandoit d'où je venois,
où j'avois passé ma jeunesse, si je voulois
faire revenir l'âge d'or ; et je ne retirois
que de telles plaisanteries pour réponse à
tous mes beaux raisonnemens. Cependant je
m'apercevois que tout cela donnoit bonne
idée de mes mœurs ; et que M. de Macken-

zie n'étoit pas fâché d'avoir un secrétaire ; sur la probité duquel il pût compter.

Il n'y avoit qu'un point sur lequel il ne plaisantoit pas ; c'étoit le système rigoureux que je m'étois fait sur la vérité. Il avoit beau parler sérieusement là-dessus, je n'en voulois point démordre ; et je lui en disois tant ; qu'il finissoit par me reprocher d'être un secrétaire trop dangereux pour un ministre étranger ; et d'ajouter, qu'il n'oseroit me confier le secret de ses négociations. Je le rassurois pourtant, en lui faisant voir qu'avec un peu d'esprit on peut faire face au plus habile politique, et garder son secret sans blesser la vérité ; et je le persuadai enfin que la probité, jointe à la fermeté, pouvoit, même en politique, se concilier avec la vérité la plus exacte.

Nous avions alors sous les yeux un exemple frappant de la sécurité que doit inspirer une vertu, même outrée, par préférence aux maximes du monde qui ne sont appuyées sur aucun principe. Le marquis de Carraccioli, ministre de Naples à la Cour de Turin, avoit un secrétaire, que nous avions déjà trouvé corrompu par milord

Bristol, qui avoit précédé M. de Mackenzie
à la Cour de Turin. Cet homme avoit une
jolie femme, dont les dépenses l'obligeoient
à chercher des ressources; et l'une des plus
efficaces qu'il employoit, étoit de vendre
le secret du Marquis. Il étoit question alors
de la réversion des duchés de Plaisance et
de Guastalla au roi de Sardaigne, laquelle
lui étoit garantie par les traités d'Utrecht
et d'Aix-la-Chapelle, après le décès du roi
d'Espagne, qui se mouroit alors. Les Cours
de Versailles et de Madrid songeoient déjà
à prévenir les effets de ces traités, et à
conserver ces possessions au duc de Parme:
les dépêches qu'écrivoit le ministre de Naples à sa Cour et à celle de Madrid, ainsi
que celles qu'il recevoit, rouloient souvent
sur ce sujet; et le secrétaire du Marquis me
les communiquoit au moyen d'une récompense proportionnée à l'importance de sa
dépêche. Il fut à la fin découvert; son
maître le chassa à petit bruit, et n'en fit
pas plus mauvaise mine; il me pria seulement de lui indiquer les dépêches que j'a-
vois vues; je lui dis que je le ferois avec
plaisir, et que le meilleur moyen pour être
sûr que je ne me tromperois pas, étoit de

me faire voir toute sa correspondance ; ce
qu'il fit, et dans cette révision j'appris encore des choses que je n'aurois pas connues
sans cette inspection.

Nous eûmes une plus belle occasion encore de savoir le secret de la Cour d'Espagne, si la délicatesse de M. de Mackenzie
lui eût permis d'en profiter. M. le comte de
Torre Palma, ambassadeur de cette Cour
à Turin, étant venu le voir un jour, laissa
tomber de sa poche, en sortant, un paquet
de dépêches qu'il avoit reçues ce jour-là.
M. de Mackenzie s'en aperçut un moment
après ; et, malgré la tentation des circonstances d'alors, il courut après son Excel-
lence, et les lui remit sur l'escalier. L'Ambassadeur, touché de ce trait, rentra avec
lui, l'accablant de remercîmes, et exaltant,
autant qu'il le pouvoit, la noblesse de son
procédé. Ceci les mena naturellement à
faire mention de quelques anecdotes du
même genre ; sur quoi l'Ambassadeur raconta, devant moi, ce qui lui étoit arrivé
à Vienne.

Il crut s'apercevoir, à cette Cour, qu'on
voyoit ses lettres ; un jour, sur-tout, il fit

remarquer à son secrétaire, avant de les
décacheter, qu'un tel paquet devoit avoir
été ouvert ; et il en fut convaincu un moment après, lorsqu'ayant trouvé une dépêche qui n'étoit point signée, son secrétaire reconnut l'écriture pour être de main
allemande, et non espagnole ; et l'assura
qu'elle étoit écrite de la main d'un des commis du bureau des affaires étrangères. Il
produisit même des papiers donnés en réponse à quelques-uns de leurs mémoires ;
qui ne laissèrent plus lieu de douter de la
vérité du fait ; et ils s'imaginèrent aisément
que, dans la précipitation où ces choses se
font ordinairement dans les bureaux, on
avoit remis, dans l'enveloppe du paquet,
la copie de la dépêche, au lieu de l'original. L'Ambassadeur, sans perdre de tems,
se transporte chez le prince de Kaunitz ; il
est admis : Mon Prince, dit-il, ordonnez,
je vous prie, que vos commis me restituent
ma dépêche, dont ils m'ont envoyé seulement la copie, et gardé l'original. Ah !
M. l'Ambassadeur, dit le Prince, sans paroître embarrassé, je vous demande mille
pardons de la peine que vous avez eue ; ces
étourdis me font tous les jours de pareils

traits. Disant cela , il sonne , faisant appeler un de ses secrétaires : Allons donc , Monsieur, rendez la dépêche de M. l'Ambassadeur, dont il n'a reçu que la copie ; et ap-
prenez une autre fois à ne point faire de
tels *quiproquo*. Et quand la dépêche fut
produite : M. l'Ambassadeur, dit le Prince ,
en la lui remettant , je suis mortifié que
leur sottise vous ait occasionné ce déran-
gement, et il le reconduisit fort poliment ,
sans paroître attacher plus d'importance à
la bévue qui lui attiroit cette visite.

CHAPITRE IV.

Liaison avec madame Martin.

Je m'accommodois assez bien de cette nouvelle vie ; la dissipation naturelle à la situation où je me trouvois, convenoit à la vivacité de mon esprit ; et je me flattois qu'elle
ne parviendroit jamais à corrompre mon
cœur, lorsqu'un événement qui fait époque
dans mes Mémoires, vint mettre ma morale
en danger. Je fis alors la connoissance de
madame Martin, la plus jolie femme et la
plus piquante qui jamais ait frappé mon
attention : elle avoit à peine dix-huit ans,
et avoit épousé depuis deux ans le plus
riche bourgeois de Turin, qui en avoit quarante-cinq ; elle lui avoit apporté une fortune considérable, dont il lui laissoit dé-
penser le revenu. Avec une figure charmante, une physionomie expressive et spirituelle, elle avoit beaucoup de grâces d'esprit et de corps ; une gaieté vive et pétu-
lante, qui étoit souvent suivie d'un passage
brusque aux raisonnemens solides et sérieux
d'un vrai Caton. Elle étoit généreuse, bonne,

douce, sensible ; aimoit la retraite ou le
plaisir, selon l'humeur où elle se trouvoit ;
enfin, elle formoit un tout si irrésisti-
ble, qu'il étoit difficile de tenir contre la
puissance de ses attraits, quand elle vouloit les mettre en jeu pour captiver ceux qui
l'approchoient. Elle s'amusoit quelquefois
à en faire l'essai, et elle avoit souvent eu
la satisfaction d'atteindre le but qu'elle s'é-
toit proposée : car elle piquoit ses amans
par sa singularité, et les retenoit par la variété de son caractère. Quelque tems avant
de se marier, le comte de Saluces, jeune
Seigneur d'une figure agréable, plein d'esprit, de courage et de talens, l'avoit aimée ;
et elle paroissoit avoir du goût pour lui :
mais son père, qui la destinoit à M. Martin,
la gardoit à vue, et ne lui permettoit pas
de voir le comte. Celui-ci, apprenant le
dessein que son père avoit de la marier à
un autre, lui écrivit que, si elle vouloit
conserver sa liberté, il lui promettoit de
l'épouser aussitôt qu'il seroit libre : mais,
par la négligence d'un confident du comte,
elle ne reçut la lettre qu'après que son sort
fut décidé. Ce contre-tems augmenta l'éloignement qu'elle avoit pour son mari, et son

penchant pour le comte, qui lui rendit des
soins si assidus après son mariage, qu'enfin
l'époux jaloux, non sans quelque fonde-
ment, trouva moyen d'intéresser le ministre en sa faveur, au point de faire donner
ordre au comte de Saluces de joindre son
régiment, et d'y rester l'espace de deux ans.
Madame Martin, piquée contre son mari,
ferma sa porte à tout le monde, et ne voulut
jamais se prêter à l'ambition qu'il avoit d'attirer la meilleure compagnie de Turin dans
sa maison. Ce fut dans cette circonstance
que je vins à lui être introduit par son mari
même, avec qui je m'étois lié depuis quelque tems.

Ce n'étoit pas le moyen d'être bien reçu
d'elle ; aussi me fit-elle un accueil assez
froid, qui ne me rebuta cependant pas. J'y
retournai deux jours après ; et, l'ayant trouvée seule, nous eûmes un entretien assez
long, qui lui plut tellement, qu'elle m'invita à venir la voir souvent : je n'y manquai
pas ; et je m'insinuai si bien dans sa confiance, que nous formâmes bientôt une liaison bien différente de celles qu'elle avoit
sous les yeux.

Elle fut d'abord un peu étonnée que je
ne lui parlasse pas le langage accoutumé
entre de jeunes personnes qui se voient souvent. Elle le fut encore davantage, quand
elle découvrit ma façon de penser et mes
principes : elle m'appeloit son philosophe ;
mais elle faisoit trop d'honneur à la philosophie, en lui attribuant le pouvoir de résister à certaines tentations. La religion
seule peut fournir des armes à l'épreuve des
traits de l'amour et de la volupté. Heureusement pour moi, je n'ai jamais perdu de
vue une ressource aussi efficace qu'elle est
salutaire.

Cette conduite de ma part parut étrange
à ceux qui se laissoient gouverner par d'autres principes ; mais la surprise fut bien plus
grande, lorsque l'on me vit, contre l'usage,
persuader à madame Martin de bien vivre
avec son mari, avec qui elle faisoit table
et lit à part quand je vins à la connoître.
L'ascendant que je commençois à avoir sur
son esprit se fit voir ; premièrement, dans
ce changement que je fis en elle, et ensuite,
dans celui que j'opérai dans sa maison. Son
mari aimoit à recevoir compagnie chez lui ;

je lui présentois les jeunes seigneurs Anglois
et autres étrangers de distinction qui passoient à Turin, et lui formai une société
très-agréable; elle y prit goût, et m'en sut
gré, et me regarda comme le meilleur ami
qu'elle eut.

Le comte de Saluces eut alors la liberté
d revenir à Turin; il désira de se lier avec
moi, et vint me rendre visite : il étoit très-
éclairé, et du petit nombre de ceux qui,
parmi la noblesse, s'étoient appliqués aux
sciences, dans lesquelles il avoit fait de
grands progrès. Il vivoit intimement avec
M. de la Grange, l'un des premiers ma-
thématiciens du siècle, qui fut ensuite appelé par le roi de Prusse pour être le principal ornement de l'académie de Berlin, et
directeur de la classe des mathématiques;
c'est de lui que d'Alembert écrivoit au célèbre Euler : Il en sait autant que nous, et
il en saura un jour davantage ; car il n'a
que vingt ans. Ma liaison avec ces deux personnes distinguées dans les sciences m'a été
depuis très-utile, et m'engagea peu à peu
dans des études solides, qui ont produit les
ouvrages que j'ai publiés dans la suite.

CHAPITRE V.

Anecdotes politiques, importantes.

Le roi d'Espagne vint à mourir dans ce tems-là; et la Cour de France, engagée alors dans une guerre onéreuse, et craignant que le Roi de Sardaigne ne prît le parti de se saisir des duchés de Plaisance et Guastalla, pendant qu'elle étoit occupée ailleurs, lui fit faire des assurances par son ambassadeur à Turin, qu'elle le mettroit en possession de ces Etats à la paix prochaine, ou lui donneroit un équivalent en argent.

Quelque tems après, un prétendu marchand de Saxe se présenta chez M. de Mackenzie, avec une lettre de M. Michell, ministre du Roi d'Angleterre à Berlin. Ce ministre informoit M. de Mackenzie, que le porteur de la lettre étoit le baron de Coccei, général des armées du roi de Prusse; qu'il étoit envoyé secrètement, de la part de ce Prince, pour faire au roi de Sardaigne les propositions suivantes : Que le roi de Sardaigne fît marcher des troupes dans les

États qui lui étoient dévolus par le traité
d'Aix-la-Chapelle, en conséquence de la
mort du roi d'Espagne ; qu'il eût à se rendre maître du Milanois, du Mantouan, du
Bolonois, et de tout le pays en-deçà des
Appennins ; qu'il se fît déclarer roi de Lombardie. Le roi de Prusse avoit envoyé en
même tems un émissaire au roi de Naples,
pour l'engager à s'emparer des États ecclésiastiques et de la Toscane, et de se faire
couronner roi d'Italie ; et, considérant le
roi de Naples comme sous la tutelle de la
Cour d'Espagne, le roi de Prusse avoit dé-
pêché milord Mareschal, qui, sous prétexte
d'aller en Espagne pour sa santé, y alloit
en effet pour persuader le roi d'Espagne
d'acquiescer à cet arrangement. Le roi de
Prusse s'engageoit de son côté, à donner
tant d'affaires en Allemagne et en Flandres,
à la maison d'Autriche et à la France, qu'il
ne seroit pas possible de les troubler dans
leurs opérations. Mais le roi d'Espagne et
le roi de Sardaigne, qui sentoient bien
qu'un tel dessein étoit chimérique, refusèrent de s'y prêter. Celui-ci se servit alors
d'une expression qui peignoit assez bien sa
situation. Il dit au baron de Coccei, que ;

depuis l'alliance entre la maison d'Autriche
et la France, il lui sembloit avoir la tête
entre des tenailles ouvertes, prêtes à se re-
fermer sur lui, dès qu'il paroîtroit vouloir
remuer. Le baron de Coccei passoit pour
Saxon; et je l'ai vu à table assez embarrassé, lorsque, croyant lui faire un compliment, on buvoit à la ruine du roi de
Prusse, qui avoit fait tant de mal à sa patrie. Un jour, cependant, qu'il alloit visiter le monastère de la Superga, situé sur
la plus haute montagne des environs de
Turin, il y fut reconnu par un Piémontois,
qui avoit déserté des armées du roi de
Prusse : cela le fit partir plutôt qu'il n'avoit
résolu, quoiqu'il eût déjà perdu toute espérance de réussir. A peine fut-il parti, que
M. Mackenzie reçut un courrier de Londres,
où l'on avoit été informé par M. Michell
de ce singulier projet. Ce courrier apportoit
des ordres de traverser cette négociation,
qui tendoit à bouleverser le système de l'Europe; mais M. de Mackenzie, qui avoit bien
senti que cette idée ne pourroit pas plaire
à l'Angleterre, avoit déjà, sous main, représenté au Chevalier Ossorio tout ce qui lui
avoit paru propre à faire manquer cette

affaire, et il eut à s'applaudir d'avoir si bien
deviné les intentions de sa Cour.

Fort peu de tems après (l'été de 1760),
le bailli de Froulay, ambassadeur de Malthe
à Paris, fut trouver M. le duc de Choiseul,
et lui communiqua une lettre qu'il venoit
de recevoir du roi de Prusse, qui lui adressoit le baron d'Edelsheim, jeune Gentilhomme du Hanau, de vingt-deux ans, en
qui il avoit remarqué beaucoup de prudence
et de sagesse; et qu'il le prioit de présenter
secrètement au ministre de France, comme
chargé de sa part de quelques propositions
de paix. Le duc de Choiseul ne fut pas peu
surpris d'une telle mesure, d'autant plus
qu'il n'ajoutoit pas foi aux bonnes dispositions du roi de Prusse. Il jugeoit même que
ceci ne pouvoit bien n'être qu'un jeu de ce
prince, pour avoir occasion d'indisposer les
alliés de la France, et sur-tout l'Impératrice-Reine, en les informant qu'on écoutoit des propositions de paix à leur insu.
Cependant, M. le duc de Choiseul ne communiqua point ses idées au bailli de Froulay; mais il lui dit qu'il falloit que M. le
baron d'Edelsheim, comme Allemand, se

fît présenter à la Cour par le comte de Stahremberg , ambassadeur de leurs majestés
impériales , afin d'éviter tout soupçon ; ce
qui fut fait , sans que le comte de Stahremberg se doutât le moins du monde qu il présentoit un ministre secret du plus grand
ennemi de ses maîtres. La négociation s'entama , quoique M. le duc de Choiseul n'en
augurât rien de bon ; et, peu de tems après,
il donna par écrit à l'ambassadeur de Malthe la réponse du roi de France, qui étoit :
Qu'il ne vouloit entendre à aucune proposition de paix que de concert avec ses alliés ;
ajoutant qu'il regardoit la commission du
baron d'Edelsheim comme finie , et qu'il
le prioit de se retirer au plutôt, afin de ne
pas nourrir les soupçons que feroit naître
un plus long séjour dans l'esprit du comte
de Stahremberg, à qui il feroit part de cette
affaire. On croyoit le jeune Baron parti ;
quinze jours après , le duc de Choiseul fut
fort surpris de le voir à son lever : piqué
de n'avoir pas été mieux obéi, il le fit arrêter le même soir, et conduire à la Bastille.
Le lendemain il fut le trouver à son nouveau gîte ; lui fit une apologie sur la nécessité où sa conduite l'avoit mis de le loger à

la Bastille ; lui dit, qu'il étoit de conséquence
que le comte de Stahremberg ne fût autorisé à former le moindre doute sur la sin-
cérité de sa communication, à quoi cependant il l'avoit exposé en restant plus long-
tems que le terme prescrit ; mais qu'il étoit
libre de partir, et qu'il le feroit accompagner jusqu'aux frontières. Le jeune Baron
voulut sortir de France par l'Italie ; il vint
à Turin, où je le vis. Il s'adressa à M. de
Mackenzie, lui communiqua cette affaire,
et lui dit : Que les chiffres lui ayant été
enlevés pendant sa détention à la Bastille,
il le prioit de permettre qu'il communiquât
au roi de Prusse ce qui lui étoit arrivé, par
le moyen de sa correspondance en chiffres
avec le ministre d'Angleterre à Berlin. M. de
Mackenzie y consentit ; et je passai toute la
nuit à chiffrer la dépêche du jeune Baron,
qui contenoit plus de quarante pages de chiffres, ce qui m'attira une longue et violente
inflammation sur les yeux. La réponse du roi
de Prusse étoit plus courte ; il paroissoit en
colère contre le duc de Choiseul ; et je me
rappelle une expression de sa lettre, qui
étoit : *Si ces gens de Paris vous écrivent,
ne leur répondez point.* Le jeune Baron

passa ensuite à Londres, où il fut conseiller
d'ambassade avec M. de Kniphausen : je
le vis onze ans après à Berlin, dans le tems
qu'il venoit d'être nommé ministre du roi
de Prusse à Vienne. Et quinze ans après,
étant chez M. le duc de Choiseul à Chan-
teloup, je trouvai le moyen de faire tomber
la conversation sur cette affaire. Le duc fut
d'abord surpris de m'en voir si bien informé,
et me la raconta de la manière que je viens
de la rapporter. Je vis, par le récit de M. le
duc de Choiseul, que le Baron avoit déguisé,
en quelque chose, la vérité dans sa dépêche
au roi de Prusse ; car il y parloit beaucoup
de belles espérances qu'on lui avoit fait concevoir à Paris pour le succès de sa négociation, sans doute afin de faire valoir davantage ses services auprès du roi : mais le récit
de M. le duc de Choiseul, joint à l'autorité
de son caractère, me parut le plus naturel
et le plus vrai.

CHAPITRE VI.

Marquis de Prié. Conduite de quelques
jeunes Voyageurs Anglois.

Les affaires de M. de Mackenzie ne m'oc-
cupoient pas tellement, que je n'eusse le
tems d'être souvent avec madame Martin,
et de fréquenter quelques autres maisons
piémontoises : celle du marquis de Prié
entr'autres m'étoit ouverte, et ce seigneur
me fit des offres d'amitié si obligeantes, que
je me sentis bientôt prévenu en sa faveur.
Il avoit épousé l'une des plus jolies femmes
de la Cour de Turin, dont il étoit fort jaloux ; mais il étoit tranquille à mon égard,
et j'étois du petit nombre de ceux qui avoient
l'entrée libre chez lui. M. de Prié étoit petit-
fils du célèbre marquis de Prié, qui avoit
été gouverneur des Pays-Bas : il étoit riche,
libéral, aimoit le faste et la magnificence,
avoit les manières nobles, aisées, et une
grandeur d'âme naturelle qui ne l'abandonnoit jamais, tant qu'il avoit de quoi
subvenir à ses dépenses excessives ; car,
manquoit-il d'argent? il étoit capable d'employer des ressources indignes d'un grand

seigneur pour s'en procurer. Il étoit sujet
de l'Impératrice-Reine, ayant un fief dans
l'Empire, près de Trieste, qui lui donnoit
le titre de comte de l'Empire, et le droit
de nommer à un évêché. Il écrivoit un
jour de là à l'abbé Bentivoglio à Turin :
« Je suis arrivé dans mes états; l'évêque
» est venu me saluer, à la tête de trois mille
» de mes sujets; je vais détourner une ri-
» vière, bâtir un pont, aplanir une mon-
» tagne : il faut bien faire quelque chose à
» la campagne pour s'amuser ». Une autre
fois, qu'il avoit une querelle avec le comte
Pertingue, son proche parent, l'abbé Bentivoglio, qui étoit également lié avec les
deux cousins, entreprit de les réconcilier;
le Marquis lui écrivoit : « Vous êtes comme
» Pomponius Atticus, l'ami de César et de
» Pompée ».

Je fus le voir un matin, et je le trouvai
encore couché, ayant une table couverte
d'environ deux mille pistoles d'or, qu'il
avoit gagnées la veille. Il donnoit audience
à quelques auteurs faméliques, et à certains
artistes, qui avoient déjà appris sa bonne
fortune; il écoutoit un air d'un musicien,

et le renvoyoit avec une poignée d'or; qu'il
prenoit sans compter sur la table ; il en faisoit autant à un peintre, qui lui avoit apporté un dessin de sa composition , et de
même à un pauvre diable d'auteur, qui
avoit déjà fait un sonnet sur l'événement
de son jeu. Dans le même tems, on lui apporte un billet d'une Dame , qui commençoit ainsi : « M. le Marquis, ayant appris
» que vous aviez gagné hier une somme
» considérable, je prends la liberté de vous
» prier de donner une marque de votre libé-
» ralité à une pauvre famille, pour laquelle
» je m'intéresse, etc. » Voyez, dit-il, comme
on m'écrit; et faisant entrer le porteur du
billet : Mon ami , dites à votre maîtresse
que je ne fais jamais la charité que quand
je perds. Je dînois un jour chez lui avec
un tiers, le chevalier Tomasi; après dîner,
il nous dit : Si vous n'êtes point engagés,
je vous ferai entendre de la musique bonne
et nouvelle. Nous passâmes dans un grand
appartement, que nous trouvâmes magni-
fiquement éclairé. Je lui demandai s'il attendoit grande compagnie. Non , dit-il,
c'est un concert que je me donne; vous en
profiterez. En effet, il avoit rassemblé tout

ce que Turin fournissoit alors de plus grands
musiciens et musiciennes. La célèbre Gabrieli y chantoit, Pugnani y jouoit du vio-
lon, les frères Besozzi y jouoient du haut-
bois et du basson. Après le concert, on
apporta des rafraîchissemens, et un valet-
de-chambre entra avec une grande corbeille
couverte. Le Marquis leva la serviette, et
prit dans la corbeille une tabatière d'or
qu'il donna à la Gabrieli, une épée riche
à Pugnani, un étui à l'un, une montre à
l'autre; et les renvoya tous aussi satisfaits
qu'il paroissoit l'être lui-même. Il avoit de
la vanité; mais je n'ai vu que lui en qui ce
défaut ne paroissoit pas haïssable : il disoit,
aussi naturellement que pouvoit l'avoir dit
le duc de Villeroi : A-t-on mis de l'or dans
mes poches ? Il jouoit très-noblement et
très-heureusement. Il gagna une fois dix
mille louis à M. de Chauvelin, ambassadeur
de France. Il reçut la moitié comptant, et un
billet du reste payable en six mois. L'argent
comptant ne lui ayant duré que trois semaines, il vendit le billet de cinq mille
louis de l'Ambassadeur à un juif de Turin,
pour la somme de trois mille louis : l'Ambassadeur, piqué d'apprendre que son billet

eût passé entre les mains d'un juif à un si
bas prix, emprunta l'argent qui lui manquoit de M. le prince de Conti ; il fut trouver ensuite le Marquis, et demanda à retirer son billet : celui-ci ayant été obligé
de convenir qu'il l'avoit vendu à un juif,
l'Ambassadeur s'en plaignit au chevalier
Ossorio, et insista à payer son billet en
entier entre les mains du Marquis. Le chevalier Ossorio obligea le juif à rendre le
billet au marquis de Prié, qui reçut, malgré lui, la somme entière de l'Ambassadeur.   •

Enfin, quoique, en trois ou quatre années de tems, ses amis comptoient qu'il
avoit gagné soixante-quinze mille louis,
et qu'il eût d'ailleurs un bien considérable,
sa profusion excessive dérangea tellement
ses affaires, que le roi de Sardaigne fut
obligé de séquestrer ses biens pour le paie-
ment de ses dettes ; et il se retira à Venise,
d'où il ne voulut jamais revenir à Turin,
malgré les ordres répétés qu'il en reçut du
Roi : il fit pourtant un voyage secret, pour
rendre visite à une Dame qu'il aimoit, à
trois milles de Turin. Il trouva moyen de

s'introduire chez elle, en dépit de son sur-
veillant de mari, et passa vingt-quatre
heures dans la cave de la maison ; mais il
ne la vit qu'un moment, et retourna à Venise. Le Roi ayant appris cette équipée,
fulmina contre lui ; mais il n'y fit aucune
attention, et passa en Angleterre, où il
disoit que le roi de Sardaigne et lui étoient
brouillés ensemble.

J'avois fait connoissance encore avec le
comte de Stortiglione, président de la
Chambre du Commerce : il me fournissoit les lumières dont j'avois besoin sur les
manufactures, les arts, le commerce, les
taxes, l'agriculture du Piémont. C'étoit
un homme qui parloit bien, et débitoit à
merveille de belles sentences sur les devoirs
de l'homme, la religion et la probité. Le
mot d'honneur étoit constamment dans sa
bouche. Il avoit souvent avec lui un jeune
homme très-habile à imiter toutes sortes
d'écritures anciennes et modernes : il faisoit du vieux papier, du vieux parchemin ;
fabriquoit un contrat de deux cents ans de
date, propre à tromper le notaire le plus
expérimenté. Dans ce tems-là on s'aperçut

qu'il couroit plusieurs billets de la banque
de Turin qui étoient faux; les soupçons
tombèrent sur Lavini (c'étoit le nom du
jeune homme) : le chevalier Ossorio l'envoya chercher, et lui dit qu'il étoit accusé
d'avoir falsifié ces billets, qu'il lui produisit:
Voici comment il se lava de l'imputation :
Monseigneur, dit-il, ceci n'est qu'un vrai
barbouillage; si j'avois entrepris de contrefaire les billets de banque, je me flatte que
j'y aurois mieux réussi; j'en donnerai la
preuve, et je ne demande que deux jours
pour cela. En effet, après deux jours, il
apporta six billets de banque, parmi lesquels il dit qu'il y en avoit un de lui, et
qu'il défioit le plus habile de le reconnoître : on en convint; et ce qui avoit formé
la présomption, lui servit de moyen de jus-
tification.

Cet homme avoit plus d'un talent : il
m'offrit ses services, et j'en fis usage dans
une occasion où j'en eus besoin. Je désirois
fort avoir un détail des revenus, des ressources et des dépenses du roi de Sardaigne;
c'est le plus grand secret de tous les États,
et l'information la plus difficile à acquérir.

Cela ne se trouvoit bien exposé, et dans un ordre net et précis, que chez un des Ministres d'État : n'importe, il entreprit de me les procurer. Il entra, pour cet effet, en négociation avec le valet-de-chambre du ministre en question, qui, pendant trois nuits consécutives, en déshabillant son maître, prenoit la clef de son cabinet dans sa poche ; et, pendant la nuit, on travailloit à faire des extraits des cahiers qui traitoient de ces matières, et le tout, pour la modique somme de douze louis, qui furent partagés entre le valet-de-chambre et l'homme aux écritures. Ce ne fut qu'à regret que je me mêlai dans cette affaire ; et je me le suis reproché plusieurs fois, quoique les casuistes politiques n'y regardent pas de si près ; mais j'avois une délicatesse qui ne s'accordoit guère avec les ruses de ce métier.

Cependant, les talens supérieurs de notre écrivain avoient arrêté les yeux du Gouvernement sur lui : on étoit informé qu'il faisoit de longues et secrètes retraites avec le comte de Stortiglione ; on les examina de près : enfin, on découvrit que le comte de Storti-

glione employoit son substitut à contrefaire
des billets de banque, et que c'étoit lui qui
les passoit dans la société. Ils furent arrêtés
tous les deux; leur procès fut porté devant
le Sénat; les premiers billets faux furent
reconnus avoir été faits par eux dans leur
apprentissage; et tous deux furent con-
damnés à être enfermés pour le reste de
leurs jours, et privés de livres, papier,
plume et encre. Deux ans après cet événement, étant allé à Turin, j'appris qu'ils
étoient pleins de vie, et enfermés encore,
chacun séparément, dans différens châ-
teaux.

Un des agrémens de la situation où je me
trouvois, étoit les liaisons que je formois
avec la jeune noblesse de la Grande-Bretagne et d'Irlande, qui s'arrêtoit à Turin
en allant en Italie. Je dis agrément; car il ne
s'en est pas trouvé un dont la connoissance
m'ait été de la moindre utilité, et qui m'ait
fait ensuite le moindre accueil, lorsque je
retournai en Angleterre; quoique je leur
dévouasse tous mes soins, et une bonne
partie de mon tems, pour leur procurer
des amusemens, et même des avantages

pendant leur séjour à Turin. J'étois le cher
ami de la plupart d'entr'eux, dans le tems
qu'ils promenoient leur inutilité ; mais, précisément ceux qui avoient eu la plus grande
part à mes soins et à mes attentions, ont
été ceux qui m'ont traité avec le plus d'in-
différence à mon retour. C'est un reproche
que l'on fait assez généralement à la nation
angloise, de ne pas reconnoître assez les
politesses qu'ils reçoivent hors de chez eux.
Ils répondent à cela, que leur genre de vie
en est cause. Aussitôt qu'ils reviennent dans
leur patrie, ils tournent immédiatement
leurs pensées aux affaires du public. La plus
grande partie des gens de condition, en
Angleterre, sont, ou dans la Chambre des
Pairs, ou dans la Chambre des Communes,
membres de la législation ; les affaires du
Parlement occupent tout leur tems pendant
qu'ils sont en ville, et à la levée du Parlement ils se retirent sur leurs terres. Cette
excuse a quelque apparence de raison, mais
elle ne suffit pas pour les justifier entièrement; et j'en ai connu plusieurs, parmi les
plus occupés, qui font exception à la règle
générale, et qui trouvent bien le moment
de rendre les politesses qu'ils ont reçues

au-dehors, parce qu'ils y sont sincèrement
disposés.

Une bonne partie de la jeunesse angloise
entroit à l'académie de Turin, que le roi
de Sardaigne avoit fort à cœur de bien régler ; mais les Anglois gâtoient tout. Leur
esprit d'indépendance ne leur permettoit
pas de s'assujétir aux règles ; et, malgré
l'indulgence dont on usoit à leur égard, ils
trouvoient qu'on exigeoit trop d'eux. La variété de leurs caractères fournissoit tous les
jours des scènes fort divertissantes ; car leurs
folies ou leurs excès n'étoient jamais crimi-
nels, et ne servoient qu'à manifester la singularité du génie de cette nation. Quelques-
uns s'appliquoient, mais ceux-là étoient
rares ; milord Moray étoit de ce petit nombre. Il avoit des maîtres de danse, de clavecin, d'italien, de françois, de jurispru-
dence, et faisoit des progrès rapides dans
ses études et ses exercices. Quand il se crut
un peu avancé, il commença à ne plus
prendre ses leçons dans l'ordre accoutumé ;
mais, lorsque le maître de danse venoit, il
le prioit de l'écouter jouer du clavecin, et
de lui dire ce qu'il pensoit de son jeu. Il

faisoit jouer un menuet au maître de musique, dansoit devant lui, et lui demandoit
son avis sur sa danse, et chacun d'eux lui
donnoit des éloges sur la partie qui lui étoit
étrangère. De même, il parloit françois au
maître. de langue italienne, et italien au
françois, tous deux l'assuroient qu'il faisoit des merveilles, et milord Moray écrivoit en toute vérité à son père, qu'il faisoit
des progrès dans ses exercices, et que *tous
ses maîtres* étoient très-contens de lui.

M. Dillon (1) et le chevalier Gascoine,
étant à l'académie, firent une partie de
chasse à Rivoli pour un jour ou deux; puis,
y ayant pris du goût, ils envoyèrent en ville
chercher du linge, et dire à leurs gouverneurs, qu'ils alloient jusqu'à Suze en chassant, et reviendroient dans trois ou quatre
jours. Dès qu'ils furent à Suze, ils appri-
rent que milord Abingdon étoit venu de
Genève avec ses chiens pour chasser sur le
Mont-Cenis. Ils formèrent aussitôt le dessein
d'être de la partie, et arrivent au moment
où milord, après avoir chassé, s'étoit retiré

_____

(1) A présent lord Dillon, en 1805.

du côté de Genève. Ils le suivent, et ne l'at-
teignent qu'aux faubourgs de cette ville.
Alors ils s'aperçoivent, un peu tard, qu'ils
s'étoient émancipés ; cependant, se trouvant
presqu'à moitié chemin de Paris, ils prirent
la résolution d'y aller passer quelques jours.
Ils partent en poste, à franc-étrier, après
avoir écrit à leurs gouverneurs de ne point
s'inquiéter, qu'ils seroient de retour en peu
de jours. Le gouverneur de M. Dillon,
M. Néedham, se désespéroit de l'absence
de son élève, qu'il croyoit perdu ; mais l'autre, plus gai, ne faisoit qu'en plaisanter,
et il écrivit au dessus de sa porte et de celle
de M. Néedham, en gros caractères : *Gouverneurs à louer présentement.*

CHAPITRE VII.

Débat singulier entre M. Pitt et le duc de Newcastle. Duchillou reste chargé des affaires du roi d'Angleterre à Turin.

Dans ce tems-là , George II, roi d'Angleterre, vint à mourir (25 octobre 1760). Sa mort causoit un très-grand changement , non-seulement dans les affaires de l'Europe, mais dans les nôtres en particulier. Ce prince avoit été engagé depuis quelques années dans une guerre contre la France , qui lui avoit acquis beaucoup de gloire. Vivement attaché à ses possessions en Allemagne , que les François avoient envahies, il portoit avec vigueur ses succès, par mer, dans les régions les plus éloignées , et ses armes triomphoient dans les quatre parties du monde.

M. Pitt et le duc de Newcastle étoient alors à la tête de l'administration angloise ; celui-ci, qui avoit vieilli dans le ministère , avoit le premier poste dans le gouvernement. M. Pitt, par son éloquence dans le

Parlement, sa faveur parmi le peuple, la
grandeur de ses desseins, la vigueur de son
esprit, avoit tellement pris le dessus dans
les Conseils, qu'il étoit en effet le premier
ministre, et gouvernoit presque despotiquement une nation qui paroît peu faite pour
porter le joug, mais qui se laisse entraîner
quelquefois par la chaleur de ses guides,
et par son enthousiasme pour eux. Le duc
de Newcastle étoit dans le ministère depuis
plus de trente ans, et se trouvoit alors chef
de la trésorerie, département qui, en Angleterre, dispense tous les emplois, d'où
découlent (sous le Roi) toutes les grâces,
et de-là constitue le premier ministre; mais
M. Pitt avoit subjugué tous les esprits, formoit tous les plans pour la guerre, et laissoit au duc de Newcastle le soin de trouver
l'argent pour les mettre en exécution, ainsi
que l'agrément de donner les places qui ne
dépendoient point de ses mesures. Ils avoient
souvent des démêlés ensemble pour soutenir leur crédit; et M. Pitt l'emportoit toujours sur le duc, qui étoit forcé de céder,
malgré qu'il en eût. Il arriva un jour un
trait assez plaisant, dans une contestation
qu'ils eurent ensemble : il étoit question

d'envoyer l'amiral Hawke en mer, pour observer M. de Conflans ; c'étoit dans le mois
de novembre, tems orageux, et dangereux
pour une flotte. M. Pitt étant retenu au lit
par la goutte, se trouvoit obligé de recevoir ceux qui avoient à lui parler, dans une
chambre à deux lits, où il ne pouvoit souffrir d'avoir du feu. Le duc de Newcastle,
qui étoit fort frileux, vint le trouver au
sujet de cette flotte, qu'il répugnoit à envoyer en mer. A peine fut-il entré, qu'il
s'écria tout grelottant de froid : Comment,
vous n'avez point de feu? Non, dit M. Pitt,
je ne puis le souffrir quand j'ai la goutte.
Le duc de Newcastle, obligé d'en passer
par-là, s'assit à côté du malade, enveloppé
dans son manteau, et commença à entrer
en matière ; mais, ne pouvant résister long-
tems à la rigueur de la saison. Permettez,
dit-il, que je me mette à l'abri du froid dans
ce lit qui est à côté de vous : et sans quitter
son manteau, il s'enfonce dans le lit de lady
Esther Pitt, et continue la conversation sur
le sujet qui l'avoit amené. Le duc n'étoit
point du tout d'avis de risquer la flotte dans
le mois de novembre. M. Pitt vouloit absolument qu'elle mît à la voile ; et tous deux

s'agitoient avec chaleur. Je veux absolument que la flotte parte, disoit M. Pitt, en accompagnant ses paroles des gesticulations les plus vives. Cela est impossible, elle périra, répliquoit le duc, en faisant mille contorsions. Le chevalier Charles-Frédéric, du département de l'artillerie, arrivant là-dessus, les trouva dans cette posture ridicule ; et il eut toutes les peines du monde à garder son sérieux, en voyant les deux ministres d'État délibérer sur un objet aussi important, dans une situation si nouvelle et si singulière.

La flotte partit cependant ; et M. Pitt avoit eu raison, car l'amiral Hawke défit M. de Conflans ; et ce fut la victoire la plus décisive que les Anglois remportèrent sur la France pendant cette guerre.

La mort du roi apporta un changement considérable dans la cour de Londres, par l'accession du nouveau roi. Milord Bute, qui jouissoit de la plus grande faveur auprès de lui, se vit à la tête des Conseils, et bientôt après fut déclaré secrétaire d'État. M. de Mackenzie profita de cette circonstance

pour se faire nommer à l'ambassade de Venise, où il avoit beaucoup d'amis, et qu'il
étoit bien aise de revoir avant de quitter
l'Italie; il me demanda à la Cour pour secrétaire d'ambassade, commission très-hono-
rable en Angleterre, et sur un pied bien différent de ce qu'elle est dans les autres Cours,
où ce sont de simples particuliers, dépen-
dans de l'ambassadeur ; au lieu qu'à la cour
de Londres, un secrétaire d'ambassade a
rang de ministre, avec lettres de créances,
et vingt mille livres d'appointemens, si bien
que des personnes de la première qualité,
comme les frères du duc de Richmond, de
milord Buckinghamshire, et de milord Gran-
tham, ont rempli cet emploi de nos jours.

Je fus pénétré de la bonté de mon généreux protecteur; d'autant plus que, précisément dans le tems qu'il me donnoit cette
preuve de sa bienveillance, il avoit peut-
être quelque sujet de se plaindre de moi. Il
étoit une affaire très - importante, où je
devois nécessairement intervenir; et dans
une circonstance de cette affaire, il avoit
requis de moi que je répondisse un oui pour
un non à une question qu'il savoit que l'on

me feroit sans avoir aucun droit de me la
faire. Il étoit vrai aussi que le mensonge,
en ce cas, pouvoit être innocent, ne devoit
nuire à personne, et produisoit même un
grand bien ; mais l'entêtement que j'avois
pour l'exacte vérité, me fit refuser d'acquiescer à sa demande : il insista ; je per-
sistai, et le priai de ne pas me mettre à l'é-
preuve ; mais il me quitta en me chargeant
de bien faire attention aux conséquences
de ce qui alloit se passer. Je fis de sérieuses réflexions sur ce que M. de Mackenzie
venoit de me dire ; cependant, malgré les
suites fâcheuses que je prévoyois, je ne pus
m'empêcher de dire le malheureux *non*. Il
fut tellement piqué de ce qu'il appeloit mon
opiniâtreté, qu'il ne voulut pas me voir de
plusieurs jours. Cependant l'estime et l'a-
mitié l'emportèrent sur son ressentiment ;
et ayant reçu dans cet intervalle la nouvelle
qu'il étoit nommé ambassadeur à Venise,
et qu'on lui accordoit que je fusse secrétaire
d'ambassade, il passa dans mon appartement, où j'étois malade ; et après m'avoir
représenté le risque que j'avois couru de
l'indisposer contre moi, il me dit qu'il me
rendoit sa confiance que j'avois perdue pour

quelque tems ; enfin, pour m'en donner
une preuve, il m'apprit ce qu'il avoit fait
pour moi. Je fus tellement confondu d'une
bonté si peu attendue , que je m'embarras-
sai dans un beau discours , que j'essayai de
faire pour lui témoigner ma sensibilité à ses
bienfaits ; mais il m'interrompit , en me serrant dans ses bras : tout fut oublié , et nous
prîmes des mesures pour quitter Turin.

Mais dans le tems que nous nous préparions à partir, M. de Mackenzie reçut un
courrier de son frère , qui lui annonçoit la
mort de leur oncle Archibald , duc d'Argyle. Cela dérangeoit un peu nos desseins :
depuis long-tems ce seigneur avoit eu le
ménagement des affaires d'Écosse , et avoit
été le dispensateur de toutes les places et de
toutes les grâces qui s'accordoient dans ce
royaume. Il importoit à milord Bute que ce
département fût entre les mains de quelqu'un sur qui il pût compter , et il ne voyoit
personne plus propre à cela que son frère.
Il lui mandoit donc de renoncer à l'ambassade de Venise , et de se rendre au plutôt à
Londres , pour être chargé de l'emploi de
secrétaire d'État pour les affaires d'Écosse.

Quelque flatteur que fût un poste aussi considérable, M. de Mackenzie ne renonça pas
sans regret à l'idée agréable dont il s'étoit
nourri, de revoir ses anciens amis de Venise ; mais tournant tout-à-coup ses vues
sur la perspective qui lui étoit offerte, il
arrangea tout pour son départ. Il avoit la
permission de me laisser à la cour de Turin,
chargé des affaires du roi d'Angleterre ; ce
qui me consola aisément de la perte des espérances que j'avois fondées sur le rôle que
je devois jouer à Venise.

Je fus donc présenté au roi de Sardaigne
et à toute la Cour dans ce caractère ; et
quoique ce fût la première fois que je voyois
une Cour, je n'y fus pas fort embarrassé.
Le duc de Savoie fit cependant une question
assez imprévue à M. de Mackenzie à mon
sujet : Son nom est françois, dit ce prince ;
n'est-il pas né en France ? Il est vrai,
Monseigneur, repris-je aussitôt ; mais je
suis Anglois à tous égards, excepté la naissance. Il est certain que ma situation devenoit singulière : né François, élevé en
France, je me trouvois ministre du roi
d'Angleterre à une cour étrangère, en tems

de guerre avec la France. Aussi, lorsque
Wilkes et sa faction se mirent à écrire contre
milord Bute et son parti, ils ne manquèrent
pas de relever cette circonstance, et d'en
faire un crime au Gouvernement ; mais heureusement, cela ne fit aucune impression
dans le moment, quoique j'aie tout lieu de
croire que l'on y fit attention dans la suite,
et que j'eusse reçu des marques de distinction plus signalées, sans cette considération.

Lorsque M. de Mackenzie fut sur le point
de partir, il me fit appeler dans son cabinet : Oh ça, mon cher Duchillou (1), me
dit-il, je vous ai mis en assez bon train de
vous faire honneur ; il s'agit de ne point
démentir la bonne opinion que j'ai conçue
de vous. Je vous laisse ma maison, mes équipages, un maître-d'hôtel et mes domestiques, qui seront à mes gages et vous servi-
ront ; vous trouverez mon cellier assez bien
garni pour vous, et du reste, je songerai
à vous procurer des appointemens ; mais
en attendant qu'ils viennent, vous pouvez

---

(1) Duchillou étoit le nom d'une petite terre dans ma famille.

tirer sur moi jusqu'à la somme de six cents
louis par an. Je remerciai mon généreux
bienfaiteur, comme je le devois, d'un procédé si noble et si rare. Il partit; je fus même
si touché de ses bontés pour moi, que j'étois
tout honteux d'être si aise intérieurement;
et je me voulus du mal de n'avoir point
versé des larmes en le quittant : mais je
n'étois occupé que de la situation brillante,
selon moi, dans laquelle il me laissoit, et
dont je brûlois d'impatience de jouir. Il me
sembloit, enfin, que je devenois un héros
de roman, et que les contes les plus éton-
nans des favoris de la fortune alloient se
réaliser en moi.

CHAPITRE VIII.

Le duc et la duchesse de Grafton viennent à Turin.

J'ÉTOIS tellement pressé d'entrer en fonc-
tion, que, dès le jour même du départ de
M. de Mackenzie, j'écrivis une dépêche à
M. Pitt, pour laquelle je m'étois réservé
quelque intelligence, dont je n'avois point
fait part à mon principal. Ensuite, j'or-
donnai mon équipage, et fus me montrer
à la Cour et aux promenades publiques.
Je puis me rendre justice, que je n'étois
point animé en ceci par une sotte vanité
d'occuper les autres de moi, et encore moins
par l'orgueil de m'occuper de moi-même ;
je sentois trop bien que j'étois le geai paré,
pour un tems, des plumes du paon, et que
ce tems-là ne pouvoit pas durer. Mais je
voulois profiter de l'occasion qui se présentoit, de voir de près cette chimère du
grand monde et de la Cour, et, sur-tout,
je voulois jouir de tous les avantages dont
j'étois le maître, ne fût-ce que pour un
court espace de tems. Heureusement pour

moi , l'inflammation qui m'étoit survenue
aux yeux , en déchiffrant la longue dépêche
du baron d'Édelsheim , duroit encore : je
dis heureusement pour moi ; car cette in-
commodité , devenue fâcheuse et doulou-
reuse , m'obligea de mener une vie plus
retirée et plus appliquée , ce que (de l'humeur dont je me trouvois) je n'eusse pas
fait sans cela. Je ne m'en affligeai point ;
au contraire , je me connoissois assez porté
à abuser de ma situation , pour sentir alors
le bien que ce mal me faisoit. Je me remettois sans cesse devant l'esprit cette maxime :
que tous les événemens de la vie ont deux
anses , l'une bonne , et l'autre mauvaise ;
et qu'il dépend de nous de les saisir par la
bonne. J'en fis usage pour lors ; et je trouvai
plus avantageux pour moi de me livrer ,
comme je fis , à la société des gens de lettres ,
que me procura le comte de Saluces. Si mes
yeux ne me permettoient pas de lire , j'a-
vois au moins des oreilles pour tirer parti
de leur conversation , qui me devint très-
utile.

Je songeai aussi à me lier avec des personnes qui pussent me servir dans ma cor-

I. M

respondance avec ma Cour. L'abbé Bentivoglio me parut le plus propre à cela. C'étoit
un homme d'esprit et d'intrigue, et qui vivoit dans la plus intime confiance avec le
chevalier Ossorio. Il étoit gai, aimoit la
table et le jeu d'échecs. J'avois d'excellent
vin, j'aimois les échecs, et j'étois naturellement gai : nous nous convînmes à merveille;
et il me donnoit la plus grande partie du
tems qu'il ne passoit pas avec le chevalier
Ossorio. Quoique cette liaison ne me mît
pas tout-à-fait dans le secret de l'État, elle
servoit à m'empêcher de faire de fausses
conjectures, et me procuroit souvent des
informations capables de me faire honneur
auprès du ministère Anglois : en effet, j'eus
la satisfaction de recevoir souvent l'approbation du Roi et du Secrétaire d'État. Une
occasion, sur-tout, se présenta, qui fit voir
que je n'en étois pas tout-à-fait indigne.

On craignoit à la Cour de Londres que
le roi d'Espagne ne se joignît à la France.
Je trouvai le moyen alors (c'étoit en octobre
1760) de transmettre partie d'une dépêche
de M. de Squillaci, ministre d'État à la Cour
de Madrid, dans laquelle il disoit que le

Roi son maître ne resteroit pas long-tems
tranquille spectateur de la guerre : je communiquai cette information à' ma Cour.
Une telle disposition, si bien autorisée, fit
prendre à M. Pitt le parti de proposer au
Conseil du Roi de prévenir la Cour d'Espagne, et de prendre les devants quant aux
actes d'hostilité. La Cour de Londres ne
jugea pas à propos de suivre son idée : il
insista ; et, voyant qu'on ne vouloit pas le
croire, il aima mieux résigner son emploi
que de se rendre responsable des suites de
la faute que l'on feroit, selon lui, à tarder
plus long-tems à se déclarer ; et ce fut la
véritable raison qui le fit renoncer aux affaires. Milord Egremont le remplaça.

Tout alloit assez bien pour moi jusqu'ici,
lorsque j'appris que le duc et la duchesse de
Grafton, qui étoient à Genève, se dispo-
soient à venir à Turin.

Le duc de Grafton, descendant de Charles II, roi d'Angleterre, se trouvoit parent
du roi de Sardaigne, qui, en parlant de
l'arrivée du Duc, s'avança jusqu'à dire que
l'on ne pouvoit lui faire plus de plaisir qu'en

faisant politesse au duc et à la duchesse de
Grafton, et en leur rendant le séjour de Turin agréable. Ce discours ne manqua pas
d'exciter, dans plusieurs Dames de la Cour,
le désir de témoigner leur zèle ; et ce fut
à qui obtiendroit l'honneur distingué de
conduire la duchesse à la Cour. Il falloit
s'adresser à moi pour cela ; et madame la
comtesse de Saint- Giles fut la première à
m'en parler, et à me signifier qu'elle seroit
bien aise que je lui procurasse cet avantage :
à quoi je répondis par une simple révérence,
qui n'exprimoit ni acquiescement, ni refus.
Elle prit cela pour une affaire arrangée ;
mais j'avois d'autres idées là-dessus. Il faut
que je dise un peu qui étoit cette Dame, qui
a joué pendant si long-tems un grand rôle à
Turin.

Madame la comtesse de Saint-Giles avoit
été déjà plus de trente ans dans le monde ;
elle y étoit entrée dès l'âge de dix-sept ans,
qu'elle avoit épousé le comte de Saint-Giles,
et y avoit paru avec tous les agrémens et les
avantages que peuvent donner l'esprit, la
jeunesse, les grâces, et une gaîté naturelle
qui ne l'abandonnoit jamais. Elle aimoit le

monde, en avoit un grand usage, et sa maison avoit été le rendez-vous de la meilleure
compagnie de Turin , et de tous les étrangers de distinction qui y venoient ; cette
constance à tenir maison ouverte , l'avoit
rendue maîtresse de tous les secrets de la
ville et de la Cour, et lui avoit acquis un
crédit sans bornes : elle avoit des manières
aimables et engageantes qui lui concilioient
la plus grande partie des esprits ; et, quant
à ses ennemis ou ses envieux (car qui n'en
a pas !) elle savoit leur en imposer par le
pouvoir et le nombre de ses amis. Elle pro-
fessoit sur - tout une grande prédilection
pour nos jeunes Anglois ; et elle avoit près
de cinquante ans , qu'elle inspira encore
un amour très-vif à lord Charles Spencer et
à M. Boothby, dont je fus témoin. Depuis
que je fréquentois la maison de madame
Martin , elle avoit vu une défection marquée parmi les Seigneurs de cette nation ,
que je conduisois tous chez mon amie , où
ils s'amusoient davantage ; cela l'avoit in-
disposée contre moi ; mais elle le fut encore
davantage lorsque , voulant faire plaisir au
marquis de Prié, je m'adressai à la Marquise
son épouse , pour présenter la duchesse de

Grafton. Tout étoit arrangé quand le duc et
la duchesse de Grafton arrivèrent.

Ils descendirent à l'auberge, où je fus les
visiter, et leur offrir ma maison, qui n'é-
toit pas la mienne, quoique je crusse être
en liberté d'en disposer : ils refusèrent d'a-
bord ; mais vinrent dîner le lendemain chez
moi, avec le marquis et la marquise de Prié.
La duchesse fut enchantée de la marquise,
qui, en effet, étoit fort douce et fort aimable, et avoit toutes sortes d'attentions pour
elle. La marquise accompagna la duchesse
à la Cour ; le duc obtint les entrées chez le
roi, et eut l'honneur de souper avec M. le
duc de Savoie. Enfin, je leur persuadai de
prendre un appartement dans la maison que
j'occupois ; et ils étoient si mal à l'auberge,
qu'ils furent obligés d'accepter. Je leur
fournis un équipage brillant, qui avoit été
à Milady B. M., et leur cédai ma loge à
l'opéra. Je donnai une grande assemblée et
un bal à la duchesse, afin de lui faire connoître la principale noblesse de Turin ; et
je leur procurai si bien toutes sortes d'a-
musemens, qu'au lieu de huit jours qu'ils
s'étoient proposé de passer à Turin, ils y
passèrent deux mois.

J'étois si peu au fait de l'air du bureau
en Angleterre, que j'ignorois que le duc
de Grafton fût brouillé avec la Cour. Il avoit
des principes opposés à ceux du ministère
en place, et il avoit refusé de concourir
avec eux dans les mesures qu'ils poursui-
voient. Avec certaines administrations en
Angleterre, c'est presqu'un crime que d'a-
voir des liaisons avec ceux qui sont dans
le parti de l'opposition; et mes amis à Londres tremblèrent pour moi, quand ils appri-
rent les attentions que j'avois témoignées au
duc de Grafton et à la duchesse son épouse.
Mais heureusement, j'avois affaire à gens
raisonnables : le Roi comprit que je n'étois
pas encore initié dans les subtilités des ma-
nœuvres parlementaires, et se contenta de
rire avec quelques-uns de mes amis, de mon
zèle erroné pour mes illustres hôtes. On
m'avertit cependant du tort que je pouvois
me faire; j'en conçus de l'inquiétude, et le
duc de Grafton, qui s'en apperçut, eut la
délicatesse de se prêter à me tirer d'embarras. Il prit un appartement en ville; et loin
de trouver mauvais que mes craintes l'eussent mis dans le cas de s'incommoder, il fut
le premier à me rassurer, et ne m'en fit que

meilleure mine. À mon retour en Angleterre, il m'invita à venir le voir, et me fit
des offres de service, qui ne furent suivis
d'aucun effet.

On a eu beau dire ensuite, on n'est jamais parvenu à me faire comprendre qu'il
faille courir-sus à tout ce qui est attaché au
parti de l'opposition aux mesures du Roi.
Que ceux qui soutiennent ces mesures ob-
tiennent les grâces ; à la bonne heure ; mais
que les subalternes, qui, par honneur, par
amitié, ou quelquefois par reconnoissance,
sont attachés aux grands Seigneurs de l'un
ou l'autre parti, doivent être la victime tour
à tour de leurs sentimens honnêtes et dé-
licats, c'est ce que j'ai toujours condamné
comme une rigueur, peut-être nécessaire
(selon les maximes du Gouvernement),
mais toujours injuste. Pour moi, je crois
que le peu de conséquence dont j'étois, me
servit plus que cette considération ; d'ailleurs j'avois eu le bonheur d'acquérir des
amis dans tous les partis, et il ne pouvoit
plus se former un nouveau ministère, qui ne
me fournît les moyens de me consoler du dé-
placement des uns par la rentrée des autres.

CHAPITRE IX.

Caractère des Piémontois — Duchillou
quitte la cour de Turin.

Les Piémontois ont beaucoup de qualités
aimables ; les gens de condition sont honnêtes, prévenans, braves, aimant beaucoup
les étrangers, excepté les François, contre
lesquels ils ont une antipathie naturelle, qui
leur vient de ce qu'ils ont presque toujours
été en guerre avec eux ; ils sont fort curieux, et très-fins pour découvrir le secret et le caractère des étrangers sur-tout.
N'ayant rien à faire qu'à causer, le moindre sujet nouveau qui leur arrive est bientôt
sur le tapis, et n'est point abandonné qu'il
n'en reste plus rien à dire ; dès qu'il se présente quelqu'un qui mérite leur attention,
on va le voir, on lui fait politesse, on le
fait parler ; et le soir, dans les sociétés, tout
ce que l'on en a appris, tout ce qu'il a dit
est pesé, et il est mieux connu à Turin en
trois jours, qu'en trois mois à Paris ou à
Londres. Le bourgeois a une bonhommie
qui n'est pas dépourvue de finesse ; au

contraire, il est très-industrieux pour arriver au but qu'il se propose ; il est doux,
sociable et laborieux.

Les femmes à Turin sont très-jolies, c'est
le plus beau sang qu'il y ait en Europe ;
mais elles ne sont pas si bien faites que les
Angloises. Elles sont vives, spirituelles,
bonnes, aux petites tracasseries près, naturelles à ce sexe dans tous les pays du
monde, et qui règnent toujours parmi elles,
plus ou moins, à proportion du degré de
galanterie établi sur les lieux. Quoique la
Cour soit austère, les Dames et les femmes de
la première bourgeoisie n'en vont pas moins
leur train ordinaire, qui est d'avoir un ami ou
un amant déclaré, qui les accompagne partout. Toute l'attention que l'on apporte à
ceci, est que, dans les premières années du
mariage, jusqu'à ce que le mari ait eu un
héritier, sa famille indique l'ami de la jeune
femme qui doit l'accompagner, et qui est
tel qu'on n'ait rien à craindre ; mais, après
quelques années, on y fait moins d'attention. En général, les femmes sont assez
disposées à la galanterie ; quelques-unes
naturellement, d'autres par ton, et pour

n'avoir pas l'air d'être délaissées. Il est des liaisons, cependant, qui sont fort innocentes ; mais elles sont rares.

M. de Chauvelin, ambassadeur de France à la Cour de Turin, me faisoit l'honneur de vouloir que je fusse des sociétés qu'il fréquentoit. Je ne pouvois aller chez lui, parce que nous étions en tems de guerre, mais je le voyois en maisons tierces ; et comme il étoit très-aimable, et que je saisissois toutes les occasions de lui faire ma cour, il m'appeloit l'honnête ennemi. J'ai oublié de dire, au sujet de la duchesse de Grafton, qu'il en avoit paru fort épris ; et quoiqu'il ne pût la voir chez elle, ou dans sa maison, il se trouvoit partout où elle alloit, et étoit de toutes les fêtes qu'on lui donnoit. C'étoit à peu près vers le tems que nous avions pris la Martinique, la Guadeloupe, et beaucoup d'autres îles françoises. Il vouloit l'engager à rester plus long-tems à Turin ; et, après avoir employé plusieurs raisons, il lui dit un jour : Ah ! Madame la Duchesse, que puis-je vous dire de plus ? Je vous offrirois une île pour vous faire rester, si nous en avions encore ; mais vous nous les avez toutes prises.

Rien ne manquoit aux agrémens de mon
séjour à Turin, lorsque je reçus avis de
M. de Mackenzie, que M. Pitt (depuis lord
Rivers) venoit d'être nommé Envoyé extraordinaire à la cour de Turin; que je devois l'attendre jusqu'à ce qu'il arrivât, pour
le mettre au fait des affaires; après quoi je
reviendrois à Londres, où M. de Mackenzie
avoit besoin de moi, pour l'aider dans le
nouveau département auquel il venoit d'être
appelé. Cette nouvelle m'affligea sensible-
ment. Elle mettoit fin au beau songe que je
faisois, et me présentoit, pour toute perspective, la dépendance dans laquelle je
rentrois; il fallut cependant se soumettre.
Peu à peu, j'envisageai des avantages plus
solides qui m'attendoient; car je connoissois trop M. de Mackenzie pour ne pas m'assurer qu'il ne me laisseroit pas au dépourvu.
Il en avoit le pouvoir, et j'étois convaincu
qu'il en avoit aussi le désir.

M. Pitt arriva; je restai deux mois avec
lui, et je partis (le 12 mai 1762) avec des
passe-ports pour la France. J'étois en compagnie de milord Tavistock, fils du duc de
Bedfort, qui fut tué quelques années après

à la chasse par un coup de pied de cheval.
C'étoit un très-aimable Seigneur, généralement estimé, et qui fut regretté, non-
seulement de tous ses amis, mais de toute la
nation, à qui il devenoit cher. M. Needham
(tant bafoué depuis par Voltaire) et quelques autres Anglois, étoient de la partie.
Nous arrivâmes à Paris, où je trouvai un
ordre de M. de Mackenzie, d'aller voir le
bailli de Solar, ambassadeur du roi de Sardaigne à la cour de France, et de prendre
de lui mes instructions pour le tems de mon
départ. On avoit déjà entamé une négociation pour la paix, par le canal des ministres du roi de Sardaigne, le bailli de Solar
à Paris, et le comte de Viry à Londres ; et
il pouvoit arriver que, selon la tournure
que prendroient les affaires, on auroit besoin de moi à Paris, où je devois rester jusqu'à nouvel ordre. Je ne fus pas fâché de
recevoir cette nouvelle, et je commençai
par me loger chez un ami intime, M. Va-
lette, banquier à Paris, avec qui j'avois été
lié étroitement dès ma plus tendre jeunesse.

CHAPITRE X.

Bailli de Solar. — Sterne , quiproquo ridicule. — Madame de Boufflers. — Prince de Conti. — Retour à Londres. — Histoire du lieutenant Campbell. — La paix se fait.

M. LE BAILLI de Solar me reçut fort poliment ; il me fit part de l'état de la négociation entamée , et me dit de rester à Paris jusqu'à nouvel ordre : je ne demandois pas mieux ; il m'invita à dîner chez lui ; et , sachant que j'étois connu de son père, le marquis de Breille , il me fit beaucoup d'amitiés , et me traita avec la plus grande confiance. Il m'en donna sur-tout une preuve , par un trait qu'il me raconta un jour après dîner , que j'étois resté seul avec lui. Nous parlions de M. le duc de Choiseul , avec qui je savois qu'il étoit très-lié. Il l'avoit connu à Rome , où il étoit ambassadeur , lorsque M. de Choiseul y vint avec le même caractère , et contracta une amitié intime avec lui. Se trouvant ensuite ambassadeur à la cour de France, lorsque M. de Choi-

seul entra dans le ministère, il s'attacha
entièrement à lui, et gagna sa confiance,
par le zèle qu'il montra pour la gloire de
son ami, ses soins et son assiduité. M. de
Solar avoit beaucoup d'esprit et de génie;
il passoit souvent des heures entières seul
avec M. de Choiseul. Cela donna lieu de
dire que M. de Choiseul se régloit par ses
avis; et il se trouva des gens, jaloux de sa
faveur, qui ne manquèrent pas d'en avertir
le Ministre, sûrs de l'effet qu'un tel bruit
produiroit dans son esprit. Tout à coup,
sans savoir pourquoi, M. de Solar s'aper-
çoit que M. de Choiseul n'étoit plus le même
avec lui; loin de le chercher, il l'évitoit, et le
traitoit même avec réserve. Il le prit un jour
à part, et lui en demanda la raison. M. de
Choiseul vouloit se défendre d'entrer dans
un éclaircissement; mais le Bailli l'ayant
pressé, il ne put s'en dispenser, et lui avoua
que le changement qu'il avoit remarqué en
lui, étoit causé par le bruit qui se répandoit
dans le monde, que le Bailli le gouvernoit.
Celui-ci sentit combien il lui importoit,
de ne pas laisser une telle impression dans
l'esprit de son ami. Mais, M. le duc, ré-
pondit-il sur-le-champ, vous savez vous-

même si je vous gouverne ? Eh ! vraiment,
je sais bien que non ; mais il ne faut pas
même qu'on puisse l'imaginer. Le Bailli,
continuant, lui dit : Il faut pourtant prendre un parti : que vous proposez-vous de
faire ? C'est précisément ce qui m'embar-
rasse, dit le Duc ; je serois mortifié de vous
voir moins souvent, et d'un autre côté, il
ne me convient point d'autoriser des idées
aussi injurieuses pour mon honneur. Voulez-vous m'en croire ? reprit le Bailli : si,
après l'avis qu'on vous a donné, l'on s'aper-
çoit que vous m'éloignez de vous, l'on aura
juste sujet de penser que vous vous êtes
rendu à un avis fondé, et que je vous gouvernois en effet. Le seul moyen de faire voir
qu'il n'en étoit rien, c'est de vivre avec
moi comme auparavant ; par-là vous ferez
voir que ces conjectures étoient sans fon-
dement, n'y ayant personne qui pût rai-
sonnablement s'imaginer que vous voudriez
autoriser de tels rapports, pour peu que
vous eussiez à craindre d'y avoir donné
lieu. Vous avez raison, mon cher Ambassadeur, s'écria M. de Choiseul en l'embrassant : et il continua de vivre comme il
avoit toujours fait avec le Bailli, qui eut le

bonheur de détourner ainsi le coup qui menaçoit la ruine de son crédit.

Nous étions au tems de l'anniversaire de la naissance du roi d'Angleterre : milord Tavistock invita ce jour-là le peu d'Anglois qui étoient à Paris à dîner avec lui pour le célébrer. Je fus de la partie, où je ne trouvai de ma connoissance que ceux avec qui j'étois venu à Paris. Je fus assis entre milord Berkeley, qui alloit à Turin, et le fameux *Sterne*, auteur de *Tristram Shandy*, regardé comme le Rabelais de l'Angleterre. On fut fort gai pendant le dîner, et l'on but à l'angloise, et selon le jour. La conversation vint à tomber sur Turin, où plusieurs de la compagnie alloient ; sur quoi M. Sterne m'adressant la parole, me demanda si j'y connoissois M. D*** en me nommant ; je lui dis qu'oui, et même fort intimement. Toute la compagnie se prit à rire, et Sterne, qui ne me croyoit pas si près de lui, s'imagina que ce M. D*** devoit être un homme assez bizarre, puisque son nom seul faisoit rire ceux qui l'entendoient. N'est-ce pas un homme un peu singulier ? ajouta-t-il tout

I.   N

de suite. Oui, repris-je, un original. Je m'en étois bien douté, continua-t-il ; j'ai entendu parler de lui, et là-dessus il se mit à faire mon portrait, auquel je fis mine d'acquiescer ; et voyant que le sujet réjouissoit la compagnie, il se mit à inventer, dans la fertilité de son esprit, plusieurs contes à sa façon, qu'il fit durer, au grand plaisir de tous, jusqu'à ce que l'heure vint de se séparer. Je sortis le premier, et à peine fus-je hors de la maison, qu'on lui dit qui j'étois : on lui donna à entendre que, par respect pour milord Tavistock, je m'étois contenu ; mais que je n'étois pas traitable, et qu'il pouvoit s'attendre à me voir, le lendemain, lui demander raison des méchans propos qu'on lui persuada qu'il avoit tenus de moi. Il crut, en effet, qu'il avoit poussé la raillerie trop loin ; car il étoit un peu gai. Il vint le jour suivant me trouver, et me demander pardon de ce qu'il pouvoit avoir dit qui m'eût déplu ; s'excusant sur la circonstance et sur la démangeaison qu'il avoit eu d'amuser un peu la compagnie, qu'il y avoit vu si bien disposée dès qu'il avoit prononcé mon nom ; mais je l'arrêtai tout court, en l'assurant que je m'étois

amusé de son erreur autant qu'un autre ;
qu'il n'avoit rien dit qui pût m'offenser , et
que , s'il connoissoit l'homme dont il avoit
parlé , aussi bien que je le faisois , il en
auroit pu dire beaucoup plus de mal. Il fut
enchanté de ma réponse , m'embrassa, me
demanda mon amitié, et me quitta fort
satisfait de moi.

J'avois à présenter , de la part de M. Pitt,
une lettre à madame la comtesse de Boufflers. M. Murray , frère de milord Elibank,
(que l'on appeloit à Paris le comte Murray)
étoit de ses amis ; il m'y conduisit. Je n'ai
jamais vu tant d'esprit , de grâces et de
beauté réunis ensemble. Madame de Boufflers , à l'âge de trente ans , avoit alors
toute la fraîcheur d'une personne de vingt.
Elle a passé , avec raison , pour la plus aimable femme de son tems ; et plus on la
connoît , plus on lui rend cette justice :
j'aurai souvent occasion de parler d'elle. Je
me contenterai d'en dire à présent que j'en
sortis enchanté de son air , de sa figure et
de son esprit. Quelques jours après, le comte
Murray lui donna à dîner avec le bailli Solar, et m'invita à être de la partie. Je n'eus

des yeux et des oreilles que pour regarder
madame de Boufflers, et l'écouter; tout
ce qu'elle me disoit me paroissoit tourné
différemment de ce que disoient les autres :
je n'ai vu qu'elle qui ne perdît rien de son
naturel, en ayant toujours de l'esprit. J'eus
l'honneur de la voir plusieurs fois; elle me
dit qu'elle vouloit aller à Londres aussitôt
que la paix sera faite : je lui offris mes services; elle me fit plusieurs questions relatives à ce voyage, qu'elle avoit très-grande
envie d'entreprendre.

Je retournai chez elle un jour où M. le
prince de Conti y étoit. Elle me présenta à
lui; il me fit plusieurs questions sur les raisons que j'avois eu de renoncer à la France
pour m'attacher à l'Angleterre; et après
que je les eus exposées, il se tourna vers
madame de Boufflers, en disant : Ma foi,
Madame, il a raison, nous le méritons bien.
Ce n'est pas ici le lieu de parler de M. le
prince de Conti, qui a mérité de si grands
éloges; j'attendrai que je sois à cette partie
de ma vie où j'ai eu le bonheur de l'approcher de plus près, quoique je craigne fort
que le sentiment que j'ai de son mérite, ne
soit pas secondé par une plume capable de

bien l'exprimer. Il avoit pour madame de
Boufflers le plus vif attachement, et n'a
jamais cessé de lui en donner des marques
constantes et non interrompues. Elle étoit
bien faite pour sentir le prix d'une amitié
aussi précieuse, et elle y répondoit d'une
manière propre à la mériter.

Il y avoit environ un mois que j'étois à
Paris; lorsque M. le Bailli de Solar me dit,
qu'il étoit inutile que je restasse plus long-
tems; qu'il croyoit la négociation interrompue; et que, si elle se renouoit, il la
reprendroit avec le comte de Viry à Londres.
Je partis donc avec un passeport pour passer
par Calais, et j'arrivai à Londres, où je fus
descendre chez M. de Mackenzie, qui me
reçut comme il eût pu faire son propre fils.
Quelques jours après il me présenta au Roi;
j'eus l'honneur de lui baiser la main, à mon
grand regret, car mes appointemens ces-
soient dès ce moment. Sa Majesté me fit
cependant la grâce de dire quelques mots
obligeans pour moi à M. de Mackenzie,
qui relevèrent un peu mes espérances.

Le lendemain, M. de Mackenzie me fit
appeler, pour l'aider à rédiger quelques
mémoires; c'étoit un travail aride, qui ne

me plaisoit en aucune façon. S'il vaquoit
un emploi, il recevoit vingt sollicitations
qui le désoloient, parce qu'il ne pouvoit
obliger qu'une seule personne, et faisoit
nécessairement dix-neuf mécontens. Son
cœur sensible et compatissant en souffroit;
mais aussi il en étoit bien dédommagé quand
il contribuoit à la fortune de ceux qu'il aimoit, et je puis dire qu'il ne les oublioit pas.
Il se gardoit bien d'en rien dire que tout ne
fût conclu; et il étoit alors beaucoup plus
heureux que ceux dont il faisoit le bonheur.
Ce sentiment lui aidoit à soutenir un fardeau qui lui pesoit beaucoup; mais rien ne
me dédommageoit, moi, qui avois le tracas
d'une besogne désagréable, sans prévoir à
quoi cela me meneroit. M. de Mackenzie
me disoit de tems en tems : Vous êtes de
mes amis, vous pouvez attendre; il faut
servir les plus pressés, vous n'y perdrez
rien. J'entrois dans ses raisons, et reprenois
courage, quelquefois même je voulois faire
l'essai de ma faveur pour obliger quelques-
uns de nos solliciteurs; mais il avoit son plan
et ses créatures, et je n'avois pas même la
seule consolation qui pouvoit me rendre
cette situation supportable.

Je voyois souvent sur-tout un vieil officier
de soixante et treize ans, nommé Campbell,
grand, maigre, estropié, tel à peu près que
Gilblas décrit le vieux Commandeur qu'il
servit si bien auprès du comte de Lerme.
Tout ce que je pus faire d'abord, fut de lui
procurer une audience ; mais sa requête
fut mise à l'écart, et l'on n'y pensa plus.
Il venoit me trouver souvent, et se rappeler
à ma mémoire. Je lui présentai un jour
un fauteuil ; il ne voulut pas le prendre.
Hélas ! Monsieur, me dit-il, ce n'est pas à
moi à prendre mes aises, quand je n'ai pas
de pain. Il me conta ses aventures : il avoit
servi toute sa vie ; il n'étoit encore que lieutenant, même réformé, à mi-paie ; il avoit
vu successivement trois de ses fils tués à côté
de lui ; il ne lui restoit plus d'appui. Il me
fit pitié ; je résolus absolument de faire une
nouvelle tentative en sa faveur. Je hasardai, le soir après souper, de le mettre sur
le tapis : Eh ! mon cher, me dit M. de
Mackenzie, trêve de sollicitations le soir,
j'en ai tant tout le long de la journée ; je
crois être dans mon sanctuaire, lorsque je
suis retiré dans le sein de ma famille ; ne
me faites pas, je vous prie, perdre cette idée.

Il avoit raison ; je me tus. Mais j'avoue que
mon sommeil fut troublé cette nuit-là de
l'idée du pauvre lieutenant Campbell : ce
fauteuil qu'il avoit refusé d'une manière si
touchante, ces trois fils tués à côté de lui,
n'être que lieutenant réformé, et n'avoir pas
de pain ; tout cela me trottoit dans l'esprit
de manière à ne pas me laisser tranquille.
Je me levai de bon matin ; M. de Mackenzie
étoit allé à une petite maison de plaisance
qu'il avoit à une lieue de Londres, où il se
retiroit de tems en tems. Je me rappelois
qu'il aimoit beaucoup Gilblas ; nous le li-
sions quelquefois ensemble, et rien ne le
divertissoit davantage. Le capitaine don
Annibal Chinchilla me revint à l'esprit ; je
trouvai beaucoup de ressemblance entre le
capitaine Campbell et la description que
fait Gilblas de Chinchilla. J'écrivis à M. de
Mackenzie un mémoire que je signai Gilblas
le cadet, dans lequel je sollicitois ses grâces
en faveur d'un second Chinchilla. J'appris
par le domestique qui lui avoit remis le
billet, qu'il avoit souri en le lisant, et avoit
été le faire lire à Milady ; cela me parut de
bon augure. Deux jours après, il revint de la
campagne, me fit appeler dans son cabinet,

et me dit d'écrire sur un livre (qu'il tenoit
pour conserver les noms des personnes qui
lui étoient recommandées); je fus agréablement surpris lorsqu'il dicta, entr'autres,
le lieutenant Campbell, recommandé par
M. **; et m'apostrophant en même-tems,
Eh bien, Gilblas le cadet, me dit-il, en souriant, êtes-vous content? Je ne manquai
pas de le remercier, et je fus, avec joie,
annoncer à mon protégé qu'il étoit nommé
à une recette de finances dans sa patrie en
Écosse. Le pauvre homme versa des larmes
de joie, et partit en me comblant de bénédictions.

La négociation de la paix se renoua : le
Roi la désiroit ; le duc de Newcastle, qui
ne la vouloit pas sérieusement, avoit ré-
signé le poste de premier Ministre ; et milord Bute avoit pris sa place, pour travailler
de bonne foi à amener cet ouvrage à une
heureuse fin. Voici comment se conduisoit
cette grande affaire : milord Bute prenoit
les ordres du Roi, et les communiquoit à
son frère ; M. de Mackenzie en faisoit part
au comte de Viry, ministre du roi de Sardaigne, en qui on avoit la plus grande con-

fiance; le comte de Viry en écrivoit au bailli
de Solar à Paris, qui conféroit avec le duc
de Choiseul, et quand on étoit d'accord sur
un article, on le faisoit passer ministériel-
lement par le canal de milord Égremont.
Pour lever les grandes difficultés, milord
Bute et le duc de Choiseul s'écrivoient; et
j'étois quelquefois employé à traduire en
françois partie d'une lettre ou quelques phra-
ses, car on ne me communiquoit pas tout;
mais j'en voyois assez pour deviner le reste,
sans le donner à entendre. Quand les préli-
minaires furent établis, vers la fin de 1762,
M. le duc de Bedford fut envoyé à Paris,
et M. le duc de Nivernois vint à Londres
pour les signer. Ce fut à cette occasion,
qu'à l'arrivée du duc de Nivernois, qui étoit
petit et maigre, M. C. Townshend dit en le
voyant : Qu'on avoit envoyé les prélimi-
naires d'un homme, pour signer les préli-
minaires de la paix.

Le comte de Viry, qui eut une si grande
part à cette négociation, étoit l'homme le
plus extraordinaire et le plus fin politique
de l'Europe, ou, pour mieux dire, le politique qui usoit le plus de finesses. Tout ce

qui lui étoit arrivé servoit à le caractériser
ainsi. Il étoit d'une ancienne maison de Savoie ; son père et sa mère, qui ne l'aimoient
pas, l'avoient forcé, dans sa jeunesse, à
entrer dans un couvent, et à se faire moine
dans l'ordre des Bernardins. Il avoit fait ses
vœux avec beaucoup de répugnance ; et son
frère le cadet, baron de Viry, après la mort
de leur père, entra en possession des biens
de la famille. Mais le comte de Viry trouva
le moyen de se faire relever de ses vœux
par le Pape, et de rentrer en possession du
patrimoine de ses pères. Il passa ensuite en
Sardaigne, où il eut quelque emploi. Il en
revint pour être premier commis du bureau
de la guerre, sous le comte de Bogin ; mais,
comme il étoit placé là par le marquis d'Ormea, qui gouvernoit alors ce pays, contre
le gré du comte de Bogin, celui-ci le laissoit
morfondre dans le bureau, sans lui rien
communiquer. Ennuyé de cette situation,
le comte de Viry demanda avec instance à
en être tiré : on l'envoya ministre du Roi
en Suisse, d'où il passa en Hollande. Il vint
ensuite en Angleterre, et joua si bien son
rôle, qu'il plut à tous les partis ; mais quand
il prévit que la fortune se déclareroit pour

milord Bute, il s'attacha ouvertement à lui,
et gagna sa confiance. Il vouloit faire passer
son emploi à son fils ; et il écrivit à sa Cour,
dans le tems que M. de Mackenzie y étoit,
que sa santé ne lui permettant plus de rester
à Londres, il demandoit à être rappelé, et
prioit le Roi de nommer son fils à sa place.
Le Roi lui accorda la moitié de ce qu'il
demandoit : il le rappela ; mais il nomma
le comte de Lascaris à sa place. Le comte
de Viry, frustré dans son attente, voulut
rester ; et, pour cet effet, il fit agir le ministère Anglois, auprès de sa Cour, avec
tant de force, que M. de Mackenzie eut
ordre de représenter au roi de Sardaigne,
que l'on verroit avec plaisir le comte de Viry
continuer de rester à la cour de Londres.
Sur le refus que fit le Roi de Sardaigne d'y
consentir, ou lui fit entendre que, s'il rap-
peloit le comte de Viry, il pouvoit se dispenser d'envoyer le comte de Lascaris ; car
on ne le recevroit point. Le roi de Sardaigne
comprit bien que le comte de Viry avoit fait
jouer tous ces ressorts, et fut fort piqué
contre lui ; il dit même, que le comte
méritoit qu'il lui mît la tête aux pieds :
mais il ne voulut point témoigner alors

son ressentiment , ni se roidir contre le
désir de la Cour de Londres , ayant à cœur
que ses ministres , à Londres et à Paris ,
fussent les négociateurs de la paix , dans
l'espérance que ses prétentions sur Plaisance et Guastalla en seroient mieux dis-
cutées.

Il est certain que le comte de Viry fut
nécessaire dans cette négociation ; il s'y
conduisit avec toute la prudence et l'habileté d'un Ministre consommé dans les
affaires. Il y mettoit seulement trop de
finesse et de précautions , et attachoit trop
d'importance aux petites choses. Je l'ai vu
ensuite , à la cour de Turin , traiter des
bagatelles avec le même mystère avec lequel il avoit traité de la paix : il avoit toujours un secret à vous dire , et ce secret
n'étoit rien ; et , comme Timante dans le
Misantrope , jusqu'au bon jour , il disoit
tout à l'oreille.

J'eus alors une belle occasion de faire une
fortune considérable , si j'avois voulu la
saisir. On sait que les fonds publics en Angleterre sont le baromètre de l'État ; ils
haussent ou baissent selon que les affaires

vont bien ou mal. La paix devoit les faire
hausser considérablement ; et quiconque
avoit le secret et savoit profiter du moment
favorable pour acheter des fonds, faisoit
un profit immense sans rien débourser.
Plusieurs banquiers me firent proposer de
me mettre à moitié du gain qu'ils feroient,
si je voulois les avertir du moment favorable pour acheter des fonds ; mais je refusai constamment leurs offres, et je ne
pus me résoudre à entrer dans un tel commerce, croyant que c'étoit, en quelque
sorte, trahir la confiance qu'on mettoit en
moi.

CHAPITRE XI.

Infortune de Milady Molesworth et de sa famille (1).

Il arriva, dans ce tems-là, un accident particulier, qui sembla intéresser tout Londres aussi vivement que l'événement général dont on attendoit l'issue. Il fut accompagné de circonstances si extraordinaires et si touchantes, que je crois qu'on ne sera pas fâché d'en trouver ici les détails, que je pris soin de recueillir d'après les témoignages les plus authentiques.

Milady Molesworth étoit veuve de lord Molesworth, feld-maréchal des armées du roi d'Angleterre ; c'étoit une personne accomplie, belle, spirituelle, vertueuse et douce, donnant tous ses soins à l'éducation d'une famille charmante qui l'adoroit. Un malheureux accident détruisit en quelques heures une suite de bonheurs de plusieurs années : le feu prit à la maison de lady

_____

(1) Mai 1763.

Molesworth à quatre heures du matin ; on
ignore comment. Elle étoit couchée avec sa
fille aînée d'environ seize ans ; elle l'éveille
avec précipitation : Henriette, dit-elle,
j'entends du bruit ; je suis suffoquée de fu-
mée ; le feu seroit-il à la maison ? Mademoiselle Molesworth saute aussitôt hors du lit,
court à la porte de la chambre, veut l'ouvrir ; mais la poignée de la serrure étoit déjà
si chaude qu'elle lui brûla la main. Se trouvant presque étouffée, elle court à la fenêtre
pour se donner de l'air ; en l'ouvrant, la
porte cède aussi-tôt à la violence des flammes, qui, remplissant la chambre dans
l'instant, force mademoiselle Molesworth
à se jeter par la fenêtre ; la chute fut si
terrible qu'elle lui ôta tout sentiment. Les
maisons de Londres sont entourées de grilles
de fer terminées en pointe ; mademoiselle
Molesworth tomba sur un des barreaux,
elle se fracassa les cuisses et les jambes : on
la relève, elle est portée dans une maison
voisine, c'étoit celle de milady Grosvenor.
Milord Grosvenor, son fils, qui avoit été
averti que le feu étoit dans le quartier de
sa mère, y étoit accouru. Il reçoit le premier cette jeune infortunée, qu'il connois-

soìt et qu'il aimoit. Pour milády Molesworth
on n'entendit plus parler d'elle ; on suppose,
qu'ayant perdu la respiration , un moment
après qu'elle avoit appelé sa fille, elle n'eut
pas la force de se lever ; car on trouva son
anneau au milieu de ses os et des débris du
lit où elle étoit couchée.

Revenons à mademoiselle Molesworth :
comme on la portoit en haut chez milády
Grosvenor, elle ouvre les yeux , sur l'escalier , les fixe sur milord Grosvenor ; et ,
sans le reconnoître , lui demande : Monsieur , êtes-vous mon oncle ? Il lui répond ,
non ; qu'il est lord Grosvenor. Hé bien ,
milord Grosvenor , je vous prie , ayez soin
de moi ; et elle retombe dans son évanouissement. Le chirurgien avoit déjà été appelé ;
on décide qu'elle ne peut pas vivre, si on
ne lui coupe la jambe au-dessus du genou ;
et l'opération se fait sans qu'elle revienne
de son évanouissement. Quand elle eut repris ses sens, on ne jugea pas à propos de
lui dire qu'elle avoit perdu cette jambe, de
crainte que le chagrin n'augmentât sa fièvre,
et ne troublât le repos qui lui étoit si nécessaire ; et cette fièvre durant long-tems, elle

resta dans cette ignorance près de deux
mois. Pendant ce tems, elle se plaignoit
souvent des élancemens douloureux qu'elle
ressentoit à cette jambe, et quelquefois à
ce pied, qu'elle n'avoit plus. Cette illusion,
dans le sentiment de la douleur, s'explique
aisément. La sensation est dans les nerfs,
dont les extrémités, autrefois au pied,
aboutissoient alors au-dessus du genou :
l'âme, accoutumée à rapporter la douleur
aux différentes parties des nerfs, et ignorant ce qui en avoit été retranché, continuoit
à rapporter les douleurs qui se faisoient sentir aux extrémités, comme si elles eussent
atteint encore la jambe ou le pied. Pour
cacher à mademoiselle Molesworth le manque de cette jambe, l'autre étoit renfermée
dans un appareil de carton et de bandages,
et un autre appareil semblable servait à lui
cacher la perte qu'elle avoit faite. Une
Dame de ses parentes, qui étoit toujours
auprès d'elle, et qui devoit lui annoncer
la nouvelle de sa perte, m'a dit, qu'elle fut
plus de quinze jours à prendre différens dé-
tours pour l'instruire de son état, de manière
à ne pas rendre une nouvelle aussi étrange
fatale à sa santé, tant elle lui trouvoit de

répugnance à se résigner. Pour cet effet,
peu-à-peu on lui dit que le mal empiroit,
qu'on seroit obligé de faire l'amputation;
enfin on la mena au point de souhaiter,
qu'elle eût été faite, pendant qu'elle n'a-
voit nul sentiment; et l'on prit ce moment
pour lui dire, que c'étoit fait. A cette nouvelle elle pâlit, garda le silence une ou deux
minutes; et levant les yeux sur son amie,
Eh bien, dit-elle, je suis bien aise que la
chose ne soit plus à faire.

Pendant six mois qu'elle fut dans la maison de milady Grosvenor, Milord son fils,
ne laissa point de lui témoigner toutes les
attentions qui pouvoient contribuer à adoucir ses maux. Lorsqu'elle fut en état de le
recevoir, il passoit la plus grande partie de
son temps auprès d'elle, et faisoit tous ses
efforts pour l'amuser; tantôt par une compagnie choisie qui lui fût agréable, ou par
de petits concerts, enfin par des soins tellement assidus, qu'on crut qu'il s'y mêloit
de l'amour. En effet, il étoit amoureux,
mais la délicatesse et la générosité de sa conduite n'en furent pas blessées : son amour
se contint dans les bornes les plus scrupu-

leuses de la compassion et du respect ; il prit toutes les précautions possibles pour en cacher même les effets. Entr'autres, ayant été trouver le tuteur de mademoiselle Molesworth, il lui remit une somme considérable, dont il le pria de disposer en faveur de sa pupille, au cas que l'accident arrivé à sa famille eût préjudicié à sa fortune, en détruisant les papiers de sa maison ; et lui recommanda le secret le plus rigoureux : aussi ne fut-ce que quelques années après, lorsque mademoiselle Molesworth n'eut pas besoin de ce secours, que son tuteur en parla.

Le jeune lord Molesworth étoit au collége de Westminster ; sa mère l'avoit envoyé chercher la veille de l'accident, pour passer quelques jours avec elle ; mais je ne sais par quelle méprise il n'avoit point reçu le message, sans quoi il eût probablement péri.

Deux enfans de huit à neuf ans furent brûlés dans leur lit, sans qu'on pût arriver à leur secours.

Deux autres jeunes Demoiselles, de douze à treize ans, montèrent avec leur

gouvernante sur le toit de la maison. Là,
les flammes les poursuivirent ; le peuple
assemblé avoit jeté des matelas et des lits
de plumes sur le pavé, et leur crioit d'es-
sayer à se jeter dessus : la gouvernante se
jeta la première, mais tomba sur le pavé, et
fut écrasée misérablement par sa chute aux
yeux de ses élèves. L'aînée, effrayée de la
hauteur qu'elle avoit à franchir, dit à l'autre : Ma sœur, je vois qu'il n'y a pas d'autre
moyen de nous sauver que de nous jeter en
bas, mais je n'en ai pas le courage ; pous-
sez-moi, je vous prie, et jetez-vous après
moi. La plus jeune, sans attendre davantage, pousse sa sœur, se jette après elle,
et toutes deux tombent heureusement sur
les lits de plumes qu'on avoit préparés, et
furent sauvées.

J'omets le regret de ces jeunes personnes,
et sur-tout ceux de mademoiselle Molesworth, sur la perte de leur mère ; mais je
ne puis m'empêcher de rapporter un trait
bien singulier du malheur qui poursuivoit
celle-ci. Quelques années après cet accident, un jeune Seigneur, riche et aimable,
devint amoureux de Mlle. Molesworth.

Elle devoit l'épouser, le mariage étoit arrêté, le jour pris ; lorsque, dans une promenade qu'ils faisoient ensemble à cheval,
le jeune homme fut jeté par terre, se cassa
la tête, et mourut aux yeux de sa maîtresse.

L'une des deux plus jeunes, qui avoient
sauté du toit de la maison en bas, a épousé
M. Ponsonby, fils du Président de la Chambre basse en Irlande, et passe pour une des
plus aimables femmes de Dublin.

CHAPITRE XII.

*Duchillou se prépare à retourner à Turin.
— Voleurs de grands chemins anglois.*

Enfin la paix fut conclue vers la fin de
l'hiver en 1763. Ce fut le terme du ministère
de milord Bute. Il n'avoit accepté les sceaux
que pour opérer ce grand ouvrage, et résolut
de les résigner immédiatement après qu'il fut
terminé. Le Roi voulut, en vain, le persuader
de rester à la tête des affaires. Milord Bute,
quoiqu'ayant la meilleure et la plus saine
partie de la nation dans ses intérêts, ne
pouvoit résister à tous les désagrémens
d'une autorité souvent contredite ; sa santé
en souffroit ; il dit au Roi : Sire, je puis
bien mourir dans votre service ; mais je ne
puis pas y vivre. Le Roi lui répondit : En
ce cas, j'aime mieux perdre mon Ministre
que mon ami ; et il accepta sa résignation.

M. de Mackenzie ne m'oublia pas dans
cette occasion ; il sollicita une pension pour
moi, avant que son frère quittât le ministère, et ce fut le dernier brevet qu'il signa.

Le Roi m'accorda donc, à sa demande, une
pension de deux mille écus sur sa cassette,
et milady B. M. fut chargée de me l'apprendre. Je sentis, comme je le devois, ce nouveau bienfait de M. de Mackenzie. Je me
voyois enfin indépendant, assuré d'une
subsistance plus que suffisante à mes be-
soins, et qui me laissoit libre de choisir le
genre de vie qui me plaisoit le plus ; qu'on
juge si j'étois heureux et reconnoissant !
Aussi je ne manquai pas de le faire paroître
à mon bienfaiteur ; et je dois dire que sa
satisfaction étoit aussi sincère que la mienne,
et que je ne l'ai jamais vu si content d'a-
voir servi quelqu'un, que dans cette occasion.

Aussitôt après la paix, madame la comtesse de Boufflers voulut venir en Angleterre, et m'écrivit son projet : je pris des
mesures pour lui témoigner mon zèle à lui
être utile ; et, entr'autres choses que je crus
lui devoir être agréable, je lui écrivis à
Douvres que milady Mary Coke, sœur de
lady B. M., viendroit la voir à son arrivée
à Londres, et s'offroit pour la présenter à
la Cour. Elle vint ; je fus des premiers à lui

offrir mes services ; mais elle trouva tant
d'amis et de connoissances parmi les personnes de la Cour, que les miens ne pouvoient pas lui être d'un grand avantage.
Cependant je la voyois souvent, et tout ce
que je vis d'elle me confirma dans l'opinion
que j'en avois formée à Paris. Il est inutile
de dire qu'elle fut parfaitement bien reçue
à la Cour et à la ville. Outre qu'elle parut
infiniment aimable , on s'empressoit de la
voir comme un objet rare et merveilleux ;
on lui faisoit un mérite de sa curiosité de
voir l'Angleterre ; car on remarquoit qu'elle
étoit la seule Dame Françoise de qualité qui
fût venue en voyageuse depuis deux cents
ans : on ne comprenoit point, dans cette
classe , les Ambassadrices ni la duchesse
de Mazarin, qui y étoient venues par nécessité.

Cependant M. G. Pitt désiroit fort retourner en Angleterre, pour arranger ses affaires domestiques ; il m'écrivit pour m'engager à venir le trouver à Turin, dans l'espérance que, lorsque j'y serois, il obtiendroit
plus facilement la permission de s'absenter,
si j'étois là pour être chargé des affaires du

Roi : je ne demandois pas mieux. Quel que
fût mon attachement pour M. de Mackenzie,
celui que j'avois à Turin m'attiroit trop fortement pour ne pas désirer d'y retourner ;
d'ailleurs la situation dans laquelle je devois
m'y trouver encore , me plaisoit plus que
la vie obscure mais tranquille que je menois
à Londres. Je n'osai pourtant pas proposer
moi - même la chose à M. de Mackenzie :
j'écrivis à M. Pitt, à qui il ne pouvoit rien
refuser, de me demander à lui. M. Pitt écrivit; et M. de Mackenzie m'en parla, comme
d'un parti dont il me laissoit le maître , mais
qu'il imaginoit que je n'accepterois pas. Il
fut surpris de s'être trompé ; et, voyant
que je persistois, il consentit, quoiqu'à regret, de me laisser partir. Pendant que je
me préparois à quitter Londres, M. de Ma-
kenzie , qui ne prévoyoit rien d'avantageux
pour moi dans ce projet, m'en proposa deux
autres plus éligibles : l'un étoit d'accompagner lord Hertford, qui alloit ambassadeur
à Paris , et me donnoit l'espérance d'être
nommé Secrétaire d'ambassade après le chevalier Bunbury, qui ne devoit pas rester
long-tems dans cet emploi ; l'autre étoit
d'aller en Irlande avec le duc de Northum-

berland, qui étoit envoyé vice-roi de ce
royaume. Il avoit parlé de moi à ces deux
seigneurs, et je les vis de sa part ; mais
j'étois tellement empressé d'être dans cette
même situation qui m'avoit paru une fois
si agréable, que je n'écoutai rien. Je voulus
absolument aller à Turin; et je partis, après
avoir pris congé de M. de Mackenzie, non
sans répandre des larmes bien sincères en
le quittant.

Je passai en France sans qu'il m'arrivât
rien de remarquable sur la route, excepté
la terreur panique que j'essuyai sur la route
de Londres à Douvres. Les chemins étoient
infestés de voleurs, qui sont assez communs
en Angleterre en tems de paix, mais bien
plus encore immédiatement après la guerre,
dans le tems d'une réforme générale. Précisément dans l'endroit de la route le plus
suspect, un homme à cheval, d'assez mauvaise mine, accourt vers ma chaise à travers
les champs au grand galop, et ordonne au
postillon d'arrêter. Cette manière étant le
prélude des vols de grands chemins, je me
crus volé, et tirois déjà ma bourse pour la
lui donner (car on ne court point d'autre

risque dans ce pays-là que de perdre son
argent) lorsque le cavalier ôtant son chapeau, me dit que le général Craufurd étoit
à sa maison de campagne à un mille de là,
qu'il avoit su que je devois passer, et me
prioit de venir dîner avec lui. J'acceptai
avec plaisir l'échange de compliment, et
fus trouver le Général. Nous rîmes ensemble de ma peur; et, à cette occasion, il me
conta un trait assez plaisant d'un Seigneur
de sa connoissance qui avoit été ainsi volé
sur le grand chemin.

Milord O — étoit un homme impérieux,
brusque, et de plus il étoit sourd. Un jour
qu'il dormoit sur la route dans sa chaise de
poste, il fut arrêté par un voleur à cheval
qui l'éveilla : Que demandez-vous? dit Milord un peu en colère. — De l'argent, Milord. Comment de l'argent? tu es donc un
voleur? Mais voyez ce coquin qui vient me
réveiller ainsi en sursaut! Allons vite, dit
l'autre, je n'ai pas le tems d'attendre; il
me faut votre bourse. Ma bourse, dit Milord, je ne veux pas, moi; vraiment, tu
fais là un joli métier! Et disant cela, il tire
sa bourse qui étoit pleine; met tranquille-

ment deux doigts dedans; en prend deux
ou trois guinées qu'il donne au voleur, en
disant : Tiens, c'est assez pour un maraut
comme toi, que je verrai pendre un de ces
jours. Le voleur enrageoit de voir le sang-
froid de Milord , qui resserra sa bourse en
traitant toujours cet homme de coquin et
de maraut, qu'il espéroit voir pendre bientôt ; et qui lui en imposa tellement par sa
manière , que l'autre n'eut pas la hardiesse
d'insister à avoir toute la bourse , malgré
l'ascendant que lui donnoit un pistolet qu'il
avoit à la main. Boulter étoit son nom. Il
fut pendu , en effet, quelque tems après
(en 1778) , et on le plaignit , parce qu'il
avoit montré quelques traits d'humanité ,
qui ne sont pas rares cependant parmi les
gens de cette classe en Angleterre. On dit
de lui entr'autres , qu'étant un jour à cheval sur le grand chemin , il rencontra une
jeune femme qui pleuroit et se désoloit.
Touché de compassion , il s'arrêta pour lui
demander ce qui l'affligeoit ; elle lui dit ,
sans savoir qui il étoit , que , dans cette
maison qu'il voyoit , il étoit survenu un
créancier, accompagné d'un huissier, qui ,
pour une dette de trente guinées, menaçoit

de faire conduire son mari en prison : il lui
donna les trente guinées, et lui dit d'aller
payer la dette, et délivrer son mari : elle y
court, en comblant l'honnête gentilhomme
de bénédictions. Pour lui, il attendit quelque tems, jusqu'à ce qu'il vît sortir le créancier; et, l'ayant attaqué, il reprit ses trente
guinées, et tout ce qu'il pouvoit avoir de
plus sur lui.

J'ai connu plusieurs personnes qui ont
été volées en Angleterre ; rien n'est plus
commun , quoique je ne me sois jamais
trouvé dans le cas. Toutes s'accordent à
rendre justice aux égards des voleurs anglois pour ceux qu'ils mettent à contribu-
tion : je me sers de cette expression, parce
qu'elle semble propre à faire connoître exactement leur manière d'agir. Il arrive souvent
qu'ils rendent aux voyageurs de quoi subvenir à leur dépense pour le reste de leur
route ; d'autres, plus galans, rencontrant
un équipage où il y a des Dames, ne volent
que les hommes, et point les femmes, des-
quelles ils exigent quelquefois un baiser.

Deux Dames de mes amies, la mère et
la fille, venant un jour de Dartford, furent

volées à Blackheath par un homme fort
jeune, assez bien mis, qui arrêta leur équipage; et, mettant son pistolet dans leur carrosse, leur demanda la bourse. Ces Dames
effrayées, le prièrent de retirer son pistolet;
il le fit sur-le-champ, leur demanda pardon
de la frayeur qu'il leur avoit causée, et les
assura que la nécessité seule la plus pres-
sante pouvoit le porter à l'action qu'il faisoit : il accompagna ces paroles d'une manière si polie et si touchante, qu'il intéressa
ces Dames pour lui; et, comme elles étoient
les meilleures personnes du monde, elles
entrèrent en conversation avec lui. Une
d'elles lui dit : Vous êtes bien jeune, Monsieur, pour en être déjà où vous êtes, et
vous vous exposez à un terrible danger.
Hélas ! Mesdames, leur dit-il, c'est la première fois de ma vie, et la situation la plus
affreuse me force à l'action que je fais; la
mort me sembleroit mille fois plus douce.
Je suis tellement convaincue de ce que vous
dites, répondit la mère, que je suis vraiment
mortifiée que vous ne nous ayez pas ren-
contrées quand nous allions à Dartford, où
j'ai payé quarante guinées qui auroient été
à votre service; mais voici tout l'argent qui

nous reste à ma fille et à moi, et je suis fâ-
chée qu'il n'y en ait pas davantage. Il prit
ce que ces Dames lui donnèrent, qui ne se
montait pas à plus de quatre guinées : il re-
fusa leurs montres, qu'elles lui offrirent; et
se retira en répétant, de la manière la plus
touchante, ses excuses de les avoir retenues.
Le lendemain la mère reçut de lui cette
lettre, que j'ai trouvée si bien écrite, que
je ne crois pas qu'il y ait un de mes lecteurs
qui me sache mauvais gré de la rapporter.

MADAME,

« Le crime que j'ai commis est tellement
indigne de ma naissance et de mon éducation, et les réflexions qu'il fait naître en
mon esprit m'accablent d'une si grande confusion, que je me flatte que vous m'excu-
serez, si je vous tais mon nom et mon état.
Vous devez vous être aperçue, Madame,
par la violente agitation d'esprit dans laquelle j'étois, lorsque j'arrêtai votre carrosse, samedi au soir, que c'étoit-là ma
première tentative : je retirai mon pistolet,
autant dans la crainte de vous effrayer que
par l'appréhension que le tremblement excessif qui m'avoit saisi ne fût la cause d'un

mal bien éloigné de mon intention; car mes
armes étoient plutôt destinées contre moi
que contre tout autre, et je les avois avec
moi comme des amis sûrs, lesquels, si
j'eusse été poursuivi, auroient été ma dernière ressource, pour me soustraire à la
disgrâce d'une exécution publique.

« Après avoir commis l'action désespérée
de vous voler, je fis semblant de m'éloigner
de la ville; mais je revins bientôt après
à Londres dans le dessein de me cacher,
pour éviter d'être découvert; et m'entendant demander à la barrière si j'avois été
volé, je compris que vous aviez donné
l'alarme, et que l'on feroit les poursuites les
plus rigoureuses après moi : je me hâtai
d'arriver à Londres, et je vins, à la vue de
votre carrosse, précisément dans le tems
que vous entriez en ville; et comme il y
avoit toute l'apparence d'un cœur si extra-
ordinairement humain et compatissant dans
l'intérêt que vous aviez paru prendre à mes
malheurs, et dans les avis charitables que
le sentiment de mon danger vous avoit sus-
cités en ma faveur, je fus porté à descendre
de cheval et à suivre de loin votre carrosse,

afin d'apprendre la demeure de cette Dame
qui avoit témoigné tant de bienveillance et
d'humanité pour un malheureux qui s'en
trouvoit tellement indigne. Et réfléchissant
en moi-même qu'il seroit fâcheux pour moi
de périr d'une manière ignominieuse, pour
une seule action imprudente à laquelle la
dernière misère m'avoit absolument forcé,
j'ai pris la liberté de vous adresser cette lettre, dans l'espérance que la même bonté qui
vous a fait plaindre ma destinée, vous por-
teroit à ne pas me faire rechercher ; ou,
si mon malheur vouloit que je fusse pris,
que vous voudriez bien ne pas déposer
contre moi.

« Je ne mettrai point sous vos yeux la
scène affreuse des maux que j'ai éprouvés,
et je ne vous ferai point la triste énumération de toutes les disgrâces qui ont occasionné ma ruine et accumulé sur moi les
plus grands malheurs. Je craindrois qu'un
tableau si funeste ne vous causât quelques
inquiétudes, et ne troublât cette tranquillité
d'esprit que je prie le Ciel de vous conserver
à jamais sans la moindre interruption : j'ajou-
terai seulement que, s'il vous étoit possible

de concevoir la plus foible idée des vives
angoisses que le sentiment de ma faute
excite en moi, vous penseriez que j'ai déjà
souffert plus que la mort : et, si le pardon
que vous m'accordez est aussi entier que
ma repentance est sincère, vous seriez disposée à plaindre le coupable, quoique vous
détestiez le crime.

« Permettez, Madame, au plus infortuné
de tous les hommes (en témoignage de sa
reconnoissance pour toutes les bontés que
vous lui avez montrées) de se souscrire,
votre très-humble, etc. »

Ces Dames me communiquèrent cette
lettre, et me consultèrent sur les moyens
qu'elles pourroient employer pour secourir,
dans le malheur, un homme qui, par ses
sentimens et ses expressions, paroissoit mériter la compassion des âmes sensibles. Je
pris copie de la lettre, que je lus dans quelques cercles ; elle fit un tel effet, que je
pouvois compter de lever une somme de
cinq cents louis pour lui, si j'eusse pu le
découvrir. Je pris toutes sortes de mesures
pour cet effet, et sur-tout je fis mettre dans

les gazettes ou affiches du jour , un avis qui
eût dû lui inspirer la confiance de s'adresser à moi ; mais soit qu'il ne le vit pas , ou
qu'il eût quelque méfiance , je ne pus jamais
en entendre parler.

CHAPITRE XIII.

*Duchillou va voir son père ; arrive à Turin.
— Différens de M. Pitt avec sa femme. —
Présentation bizarre.*

JE restai quelques jours seulement à Paris,
pour consulter les plus habiles chirurgiens
et oculistes de cette capitale, sur l'inflammation de mes yeux qui duroit toujours,
et commençoit à m'inquiéter ; ils me dirent
ce que les plus habiles en cet art m'avoient
dit à Londres, que ce ne seroit rien : mais
aucun ne me guérit.

Je brûlois d'impatience de revoir mes parens, et de les rendre témoins de mes succès.
Ma patrie n'étoit pas directement sur la route
de Turin ; mais je pris le plus long. Je les
avois prévenus de mon dessein ; et le hasard
voulut que la gazette de France fit mention,
dans le même tems, que j'allois relever
M. Pitt dans son ministère ; en sorte que mon
arrivée à la porte de mon père fut une espèce
de triomphe pour lui ; et, comme il étoit
tout naturel qu'il y fût sensible, j'eus l'at-

tention d'envoyer un courrier une heure
avant , et d'arriver avec un air d'importance et un fracas qui servoient à relever
l'idée qu'on pouvoit avoir de ma fortune.

Tous les objets de vanité sont relatifs.
Un petit événement fait la même sensation
dans une petite ville, que le plus grand
dans la capitale ; la différence est, que le
bruit de l'un s'étend plus loin. Mon père et
ma mère furent enchantés de me voir ; tous
eurs amis et leurs voisins venoient prendre
part à leur joie, et les féliciter d'avoir un
fils qui faisoit honneur à sa patrie : pour
moi, qui savois apprécier ma situation , et
qui ne la voyois pas si brillante qu'elle leur
sembloit, j'étois véritablement honteux de
paroître une plus grande merveille que je
ne l'étois , et je ne me prêtai à cette comédie que pour la satisfaction de mon père ,
qui me disoit que je lui avois mis du baume
dans le sang, et qui me promenoit de maison en maison, afin de me faire voir à ses
amis.

Le succès que j'eus alors dans ma patrie
ue se démentit point, parce que je prévis

que l'engouement ne pouvoit pas durer, et
je partis avant qu'il s'affoiblît. Je pris congé
de mon père, en disant que les affaires du
Roi mon maître ne me permettoient pas de
rester plus long-tems; et je les quittai, fort
content d'avoir répandu une joie parfaite
dans le cœur de mes dignes parens. Je
m'examinai bien après mon départ; je trouvai que c'étoit là le véritable motif qui m'a-
voit animé, et, sans vouloir approfondir si
je n'aurois pas dû être encore plus modeste,
je suspendis la rigueur de l'examen, et je
conclus qu'il étoit heureux pour moi que je
n'eusse pas porté la vanité plus loin.

J'arrivai enfin à Turin, où M. Pitt m'attendoit avec impatience; je le trouvai en
possession de la meilleure société de la Cour.
Il y avoit réussi, comme il avoit accoutumé
de réussir partout où il se trouvoit; il étoit
bel homme, et avoit les manières insinuan-
tes; aussi personne n'avoit été plus que lui
à la mode en Angleterre, et il y avoit eu les
mêmes succès qu'il avoit à Turin.

Lorsqu'il étoit fort jeune il avoit épousé
madame Pitt, la plus belle femme de son

tems, dont il étoit passionnément aimé
et amoureux. Ils continuèrent à s'aimer
quelques années après leur mariage ; mais
la dissipation dans laquelle ils se jetèrent
tous les deux, fit diversion à leurs amours ;
une amie de madame Pitt acheva le reste :
je nommerai cette femme Amarante, pour
ne pas l'appeler par son nom, parce que je
ne puis pas en dire du bien. Elle avoit été
liée d'amitié avec madame Pitt depuis plusieurs années, et passoit la plus grande
partie du tems en ville et à la campagne
avec elle. M. Pitt la vit trois ou quatre années chez lui sans faire beaucoup d'attention à elle : mais, enfin, son heure arriva ;
elle lui plut, il le témoigna, ils s'arrangè-
rent, et Amarante supplanta madame Pitt
dans le cœur de son mari. Non contente
de cela, elle voulut régner dans la maison
de son amie ; elle excitoit le mari contre
sa femme, elle assujettissoit celle-ci à ses
fantaisies, et prétendoit tyranniser ses goûts
et ses volontés. Ils en étoient là, quand
M. Pitt fut envoyé à la Cour de Turin.
Madame Pitt devoit aller le joindre, mais
elle cherchoit des prétextes pour reculer ;
et M. Pitt m'écrivit alors d'aller la trouver,

et de la décider à venir à Turin. Après plusieurs entretiens sur ce sujet, madame Pitt
me mit au fait de sa situation, et me dit
qu'elle étoit prête d'aller trouver son mari,
pourvu qu'Amarante s'engageât à ne plus
venir dans sa maison lorsqu'elle y seroit.
Je croyois connoître cette femme, qui affec-
toit de prendre le plus grand intérêt au
bonheur de ces personnes ; je fus la voir,
et lui appris à quoi la réunion des deux
époux tenait. Ce fut alors qu'elle leva le
masque ; elle dit qu'elle étoit trop bonne
amie de M. Pitt pour consentir à ce qu'on
exigeoit d'elle ; qu'il importoit à son repos
d'être séparé de sa femme, et qu'il valoit
mieux que la chose arrivât plus tôt que
plus tard. Elle me conta mille noirceurs
de madame Pitt, que je ne crus point :
elle me fit voir une lettre qu'elle écrivoit
à M. Pitt, où elle lui révéloit des torts
que sa femme, disoit-elle, avoit envers lui.
J'eus beau lui donner des preuves que les
choses les plus graves dont elle accusoit
madame Pitt, étoient absolument fausses,
elle étoit de celles à qui l'on ne prouve
rien contre leurs intérêts ; elle s'obstina à
envoyer sa lettre. J'écrivis à M. Pitt pour

détruire ces impressions : je lui en parlai quand je le vis à Turin ; mais cette Amarante étoit tellement maîtresse de son esprit , qu'il n'écoutoit rien. Nous nous querellâmes même un jour à ce sujet ; si bien que nous fûmes obligés de convenir que nous ne le mettrions plus sur le tapis ; et il se mit en devoir de partir pour Londres, afin de travailler à une séparation dans les formes, qu'il effectua ensuite.

C'étoit dommage, car ils étoient tous les deux fort aimables. Madame Pitt me disoit un jour, avec toute l'ingénuité possible : N'est il pas bien singulier que M. Pitt et moi ne vivions pas bien ensemble ? Il est bel homme , et l'on dit que je ne suis pas laide ; il a de l'esprit, et je n'en manque pas ; il aime le monde , et moi aussi ; il est toujours d'une humeur égale , et je suis fort douce ; il est galant, et je ne hais pas qu'on me trouve belle, et qu'on me le dise ; je ne suis point jalouse de lui , il ne trouve pas à redire à ma conduite ; et cependant nous allons nous séparer, au grand étonnement de ceux qui ne savent pas quels ressorts a fait jouer cette méchante femme , que je

croyois mon amie ; tant il est vrai qu'on ne
peut pas porter de jugement sain sur la plupart des choses que l'on voit arriver, à moins
que d'être bien instruit de toutes les circonstances.

J'ai connu peu d'hommes, en effet, avec
qui il fût plus aisé de vivre qu'avec M. Pitt :
il avoit une gaieté douce, une humeur égale
et facile, beaucoup d'esprit sans prétention,
le cœur droit et vrai ; en sorte que, s'il étoit
dans l'erreur, il étoit toujours de bonne foi.

Lui connoissant cette dernière qualité
comme je faisois, je n'ai jamais pu comprendre une chose assez ridicule qui se passa
entre lui et moi.

La première fois que j'étois seul à Turin,
il m'étoit arrivé d'avoir présenté à madame
la duchesse de Savoie cinq gentilshommes
Anglois à-la-fois, dont les noms baroques
formoient une cacophonie singulière en
les prononçant tous ensemble : c'étoient
MM. Dutton, Kenrick, Melikan, Kelliken
et Carmichael. Cette présentation fit une
sensation d'un moment, parce que quelques-unes des plus jeunes Dames d'honneur

de madame la duchesse de Savoie s'avisèrent
'd'en rire; et m'ayant demandé les noms de
ces Messieurs par écrit, elles se firent un
jeu d'imposer une peine à ceux qui man-
queroient de bien prononcer vite ces noms.
J'avois conté un jour ce trait à M. Pitt, et
il en avoit ri. Deux ans après, à mon retour
de Londres, ayant tous les Ministres étrangers à dîner avec lui, on vint à parler des présentations singulières à la Cour; chacun dit
la sienne; et M. Pitt entr'autres raconta qu'il
avoit eu occasion de présenter MM. Dutton,
Kenrick, Melikan, Kelliken et Carmichael,
ce qui avoit fort diverti le Roi et toute la
Cour. Je ne revenois point de mon étonnement, de voir avec quelle confiance il s'attribuoit, devant moi, une chose qu'il tenoit
de moi-même, comme lui étant arrivée.
Quelques-uns des Ministres, qui avoient
été à Turin dans le tems, se regardèrent en
souriant; je ne dis rien, et le conte passa.
Je n'osai pas le lui rappeler ensuite, de
crainte de le mortifier, et j'imaginai qu'il
devoit l'avoir raconté si souvent, qu'il étoit
parvenu à croire que cela lui étoit réelle-
ment arrivé; ce qui, en deux ans de tems,
étoit pourtant un peu extraordinaire.

CHAPITRE XIV.

Marquis de Breille. — Comte de Viry,
Ministre d'État à Turin.

JE trouvai la petite cour de madame Martin augmentée d'un nouveau sujet très-considérable. Le marquis de Breille, dont j'ai parlé au commencement de cette partie, en étoit devenu amoureux : à quatre-vingt-un ans il avoit toute la vivacité, la mémoire et la gaîté d'esprit de sa première jeunesse ; il passoit sa vie avec elle, et l'amusoit plus que ne faisoient tous les jeunes gens dont elle étoit environnée. Dès le matin, il lui envoyoit un bouquet ; à midi, il alloit lui-même savoir de ses nouvelles. Il la quittoit pour aller dîner chez lui, et revenoit après-dîner passer le reste du jour avec elle ; enfin, elle m'assuroit qu'elle préféroit infiniment l'attachement d'un vieillard, tel que le marquis de Breille, qui ne songeoit qu'à lui plaire, à l'amour d'un jeune freluquet, qui ne songe qu'à se plaire à lui-même, et ne doute pas un moment qu'il ne fasse le même effet sur toutes les femmes. Le

Marquis avoit vécu si long-tems dans la
meilleure compagnie de l'Europe, qu'il
étoit un excellent répertoire des anecdotes
curieuses et amusantes de son tems : il avoit
une grâce et une facilité à les narrer qui
y donnoit un nouveau prix ; et madame
Martin, qui avoit un esprit juste et délicat,
savoit apprécier ce mérite. Elle étoit flattée,
d'ailleurs, des assiduités d'un homme qui
donnoit du relief au pouvoir de ses charmes :
elle avoit su tirer le parti d'en imposer par-là
à son mari, qui n'osoit pas être d'un autre
avis que celui de M. le marquis de Breille ;
et puis le Marquis exigeoit si peu d'elle,
qu'il étoit impossible d'obtenir tant d'avantages à des conditions moins onéreuses. Me
trouvant toujours chez elle, aux heures où
il y alloit, je mettois à profit le commerce
qu'il avoit avec elle.

Le marquis de Saint-Germain, qui avoit
été Ambassadeur à Paris, étoit alors Secrétaire d'État pour les affaires étrangères ;
mais il se mouroit, et chacun commençoit
à jeter les yeux sur celui qui pourroit le
remplacer. On nommoit quelquefois le
comte de Viry, qui, s'étant fait un mérite

de la négociation de la paix , avoit enfin
obtenu de la Cour la permission d'être succédé à Londres par son fils. Il avoit reçu de
magnifiques présens des rois de France et
d'Angleterre , entr'autres un portrait enrichi de très beaux diamans et une tenture
des Gobelins de Sa Majesté Très Chrétienne;
il avoit eu de Sa Majesté Britannique une
pension de vingt mille livres , et s'étoit ensuite retiré dans ses terres en Savoie. Sur
le prétexte de sa santé , il avoit différé jusqu'alors de venir à la Cour ; mais la vérité
étoit qu'il n'ignoroit pas que le marquis de
Saint-Germain ne pouvoit le souffrir : il
avoit raison de croire aussi que le Roi avoit
encore sur le cœur d'avoir été forcé de le
laisser à Londres, malgré qu'il en eût, par
les moyens qu'il avoit employés pour cela.
Ces raisons l'avoient empêché jusqu'ici de
venir faire sa cour au Roi , et il avoit toujours trouvé quelques excuses pour reculer
son voyage à Turin ; mais quand il apprit
que le marquis de Saint-Germain étoit mourant, il se mit en chemin.

La vie est comme le jeu du trictrac ; le
plus habile se tire le mieux d'affaire ; le dez

ne dépend pas de nous dans l'un, non plus
que les événemens dans l'autre; mais la
manière d'en user est ce qui fait la différence
dans le succès. Le comte de Viry excelloit
sur-tout à tirer le meilleur parti de tout ce
qui lui arrivoit; il le fit bien voir dans cette
occasion : il voyageoit fort lentement, pour
ne pas être à Turin avant la mort du marquis
de Saint-Germain; il recevoit secrètement
tous les jours, sur là route, des nouvelles
de l'état où il étoit; et il prit si bien ses
mesures, qu'il arriva au moment où il étoit
à l'agonie. Il fut à la Cour le lendemain;
et, quelques jours après, il fit présent au
Roi de la magnifique tapisserie des Gobelins que le roi de France lui avoit donnée.

Il voyoit le Roi en particulier, restoit
long-tems avec lui, et, du reste, il ne se
montroit point à la Cour, ni en public.
J'allois le voir souvent; il étoit toujours
fort empressé de savoir ce qu'on disoit dans
le monde de la nomination d'un Secrétaire
d'État : je lui rapportois ce que j'entendois
dire; et, quand je lui disois qu'on le dési-
gnoit parmi les concurrens, il rejetoit bien
loin cette idée. Sa santé étoit en si mauvais

état; il étoit si las des affaires, il avoit un
pied dans la fosse; comment pouvoit-on
être assez simple pour imaginer qu'il iroit
encore monter sur la scène bruyante des
Cours, de la politique? Un soir, entr'autres,
il prit tant de soin de me bien représenter la
force de toutes ces raisons, que je m'y rendis : j'approuvai ses argumens, j'admirai sa
sagesse et sa modération, et fut prêt à parier
avec M. Pitt, que M. le comte de Viry ne
serait jamais Secrétaire d'État. Le bon étoit
qu'alors qu'il me parloit ainsi il étoit nommé,
et qu'il avoit eu, ce jour même, l'agrément
du Roi, qui le déclara le lendemain, à son
lever, aux Ministres étrangers. On se mo-
qua de moi, et j'étois si piqué de la fausseté
du nouveau Ministre, que j'hésitois si j'irois
lui faire mon compliment; mais, comme je
devois avoir affaire avec lui, je cachai mon
ressentiment, et je crois avoir de plus à me
reprocher d'avoir loué sa prudence. La duplicité est un vice inutile, et dont la première dupe est celui qui s'en sert : le comte
de Viry croyoit avoir trouvé moyen de démentir la maxime, parce qu'il arrivoit toujours à ses fins. Mais s'il eût réfléchi, qu'il
n'étoit pas démontré qu'avec plus de fran-

I.   Q

chise il eût manqué son but, et que son
caractère étant une fois connu, il se privoit
de l'estime et de la confiance de ceux qui
avoient à négocier avec lui, sans doute il
eût pensé que la bonne foi et la vérité l'auroient servi plus efficacement. M. Pitt partit
pour Londres le lendemain, et me félicita
d'avoir à négocier avec un Ministre si honnête et si franc.

Je l'ai vu porter la ruse jusqu'à la petitesse :
je sollicitois auprès de lui une affaire qui
intéressoit fortement un de mes amis ; il me
dit de le lui envoyer, qu'il feroit tout pour
le servir : il le vit, et il le traita à merveille.
Quelque tems après, il me fit appeler dès
huit heures du matin ; il me parla avec éloge
de mon ami, et me dit, qu'il regardoit sa
cause comme la sienne, que c'étoit à lui à
m'exciter à pousser ma pointe avec zèle, et
me renvoya fort satisfait. A peine fus-je
chez moi, que mon ami entra en riant ; et,
voyant que je me mettois en devoir de lui
rendre compte de mon entrevue avec le Ministre, il m'interrompit en me disant : J'ai
tout entendu ; le comte de Viry m'a fait venir à sept heures, il a voulu que je fusse
témoin de la manière dont il prenoit mon

affaire à cœur, et il m'a fait cacher derrière
un paravent pendant qu'il vous parloit. Malgré les bonnes dispositions où il vouloit que
nous le crussions pour mon ami, son affaire
ne se fit point ; et il se flattoit de nous avoir
persuadés qu'il avoit fait son possible pour
la faire réussir. Il n'y avoit pas un homme
qui pût se vanter d'avoir le secret du comte
de Viry ; et, comme il faut cependant paroître avoir de la confiance pour ceux dont
on veut la gagner, il vous tiroit à part, dans
l'embrasure de la fenêtre, pour vous apprendre des nouvelles qui étoient déjà publiques : et si vous lui disiez que c'étoit dans
la gazette ; Oui, répondoit-il, mais la gazette
n'est pas une autorité, et moi j'en suis une.
Il me tint une fois, pendant trois semaines,
dans l'attente d'une information importante
qu'il vouloit me donner, et qui me feroit
honneur à ma Cour : il me faisoit venir, à
ce sujet, tous les jours de courrier, disant
que la nouvelle n'étoit pas mûre ; enfin,
après un prélude d'une heure, il me dit ce
grand secret. Eh, Monsieur, lui dis-je, il y
a un mois que je l'ai écrit à ma Cour ! N'importe, répliqua-t-il, écrivez-le encore ; et
dites que vous le tenez de moi.

Je pensai une fois lui rompre en visière :
il y avoit alors à Turin cinq ou six jeunes
Anglois, tous plus étourdis les uns que les
autres; il n'étoit sorte de fredaines dont ils
ne fussent coupables tous les jours. L'un
chassoit à coups de pied un ouvrier qui lui
demandoit de l'argent; un autre jeta son
cocher en bas de son siége, parce qu'il ne
le menoit pas assez vite, et conduisit lui-
même son carrosse; un troisième voulut
aller à cheval sur les remparts de la ville,
en dépit de la sentinelle qui vouloit l'arrêter, et il le menaça de lui brûler la cervelle
s'il s'opposoit à son dessein; un autre, enfin, tira l'épée sur une sentinelle qui vouloit
l'empêcher d'aller derrière les coulisses à
l'opéra : le comte de Viry s'en plaignit à moi,
et l'auteur de cette affaire en avoit souvent
de semblables sur son compte. Ce même
jeune homme fut, précisément alors, nommé Ministre du roi d'Angleterre en pays
étranger; je le présentai dans ce caractère
au comte de Viry, qui s'étendit long-tems
sur le discernement que faisoit voir le Roi
en choisissant un jeune homme dont la prudence et le mérite étoient si généralement
reconnus de tout le monde; mais le jeune

Anglois n'en fut pas la dupe ; il fut le premier en sortant à rire des éloges qu'il avoit
reçus et qu'il ne se soucioit guère de mériter.

Il portoit cet esprit de réserve jusque
dans l'intérieur de sa maison ; le moindre
message dont un domestique étoit chargé,
devoit être un mystère pour tous les autres :
s'il étoit malade, c'étoit le secret de l'État.
Il eut un jour un ulcère à une jambe ; il
envoya chercher un chirurgien pour le traiter ; quelques jours après, le même accident
lui étant survenu à l'autre jambe, il en remit
le soin à un autre chirurgien, afin que l'on
ne sût point qu'il eût mal aux deux jambes
en même tems, et ce fut la cause de sa
mort. Lord Townshend fut plus habile ;
étant vice-roi d'Irlande, il avoit des varices
aux jambes, dont il n'avoit jamais pu guérir. Deux chirurgiens sollicitant alors pour
la charge de premier chirurgien de l'armée,
et lord Townshend ne sachant auquel la
donner, il s'avisa de leur confier à chacun
une de ses jambes, promettant la place à
celui qui guériroit le plus promptement la
jambe dont il étoit chargé. Ils y mirent à

l'envi tant de soin et d'attention que le Vice-
Roi fut agréablement surpris de se trouver
radicalement guéri de ses deux jambes. Il
donna la charge à l'un des deux, et dédom-
magea amplement l'autre de ne l'avoir pas
obtenue. Pour revenir au comte de Viry, il
s'étoit fait une telle réputation de réserve
pendant toute sa vie, que, lorsqu'il mourut, quelqu'un étant venu savoir de ses nouvelles, son Secrétaire dit : Il est mort, mais
il ne veut pas qu'on le sache : et le roi de
Sardaigne dit, en l'apprenant, qu'il en feroit un mystère s'il le pouvoit.

CHAPITRE XV.

Productions littéraires. — Duc de Crillon;
duc de Savoie. — Duchillou rappelé, et
comment il prend congé du roi de Sar-
daigne.

Un jour que j'étois chez le comte de Saluces, un chirurgien en second de l'hôpital
de Saint-Jean, qui le visitoit, voyant que je
souffrois des yeux, me demanda la permission d'y regarder ; je le laissai faire : il me
dit ce que c'étoit, et que, si je voulois me
mettre entre ses mains, il me guériroit en
trois jours. Je ne l'écoutai seulement pas.
Quand il fut sorti, mon ami me pressa d'es-
sayer Penchienati (c'étoit son nom), ajoutant que, quoiqu'il ne fût pas encore célèbre, il le regardoit comme très-habile en
son art : à force de me répéter cela pendant
huit jours, il me persuada. Penchienati vint
chez moi ; me démontra que mon mal venoit
d'une obstruction au conduit lacrymal, me
seringua l'œil, dégagea le passage, et je fus
en effet parfaitement guéri en trois jours.
Cette cure étonna tous ceux qui m'avoient

vu fort mal depuis quelques années. Le roi
de Sardaigne, qui avoit la vue foible, eut
mal aux yeux alors ; le marquis d'Ormea, à
mon instance, lui proposa d'appeler Penchienati : il guérit le Roi, devint son chirurgien, et obtint peu de tems après la
chaire de Professeur de l'Université de Turin. L'histoire de mon œil est celle de presque toutes les maladies : les grands médecins
manquent la plus grande partie des guéri-
sons, parce qu'ils croient voir la cause
d'une maladie sur-le-champ, et n'y donnent
pas assez d'attention ; un autre, plus habile
et moins célèbre, examine la cause du mal,
et le guérit.

Le premier usage que je fis de mes yeux,
fut de réparer le tems que j'avois perdu. Je
m'appliquai plus que jamais à l'étude, et
formai le projet de rendre un service important à la république des lettres, en donnant
une édition des *OEuvres de Leibnitz.* Depuis
cinquante ans qu'il étoit mort, cinq ou six
savans Allemands avoient entrepris de recueillir tous ses ouvrages en un corps, et
tous avoient succombé sous la difficulté de
cette entreprise. Ces morceaux étoient dis-

persés dans tous les ouvrages périodiques de
son tems, ou réunis avec ceux des écrivains
contemporains, ou manuscrits dans la pous-
sière des bibliothèques publiques. Il falloit
beaucoup d'activité, de tems et d'argent,
pour les réunir; cela ne me rebuta point.
J'imprimai un *prospectus*, j'écrivis à tous
les savans de l'Europe, et les invitai à secon-
der mon dessein. Je puis dire que je trouvai
beaucoup d'encouragement de leur part;
on m'envoya de tous côtés, non-seulement
ce qui me manquoit, mais plusieurs lettres
manuscrites de mon auteur, et beaucoup
de morceaux ignorés. Je réduisis le tout par
ordre de matière, je fis des notes, j'écrivis
des préfaces : tout fut prêt en un an de
tems, et Leibnitz parut au jour quatre ans
après, imprimé en six gros volumes *in-*4°.
Au commencement de cette entreprise, Voltaire écrivoit : « Les écrits de Leibnitz sont
» épars comme les feuilles de la Sibylle,
» et aussi obscurs que les oracles de cette
» vieille. » Mais quand je lui envoyai un
exemplaire de cet auteur complet, et bien
relié, il me mandoit : « Vous êtes comme
» Isis, qui rassembla les membres épars
» d'Osiris, et qui les fit adorer. »

Je ne veux pas omettre de faire mention
ici d'un trait singulier de hasard et de bonheur. Parmi environ cinq cents pièces d'ouvrages détachés qui composent l'édition de
Leibnitz, un seul me manquoit, intitulé
Notitia Opticae Promotae; c'est une disser-
tation adressée au fameux Spinosa, qui
avoit consulté Leibnitz sur l'optique : tous
les objets de mes recherches, pour découvrir ce morceau, avoient été déjà remis à
l'imprimerie. Passant à Paris, à mon retour
à Londres, un ami me dit, que, fouillant
dans les cartons de la bibliothèque du Roi,
il avoit vu dans le carton D, des papiers
relatifs à ma famille : je fus à la bibliothèque
pour les visiter ; je trouvai les papiers indi-
qués, et rendant le porte-feuille, ou carton,
au bibliothécaire (M. Caperonier), nous le
laissâmes tomber, et toutes les feuilles vo-
lantes furent dispersées au gré du vent, qui
souffloit dans la galerie : j'aidois à les ra-
masser, en faisant mille excuses à M. Caperonier, lorsque je fus frappé du titre d'une
brochure *in-4°.* de seize pages, que je trouvai être *G. G. Leibnitii Notitia Opticae
Promotae.* Charmé de la découverte, j'ex-
primai ma surprise par une exclamation, et

j'obtins la permission d'emporter la brochure que le hasard m'avoit présentée si
heureusement. Je ne suis pas mathémati-
cien, et cette partie étant la plus considérable des ouvrages de Leibnitz, je n'avois
été décidé à donner l'édition de ce philosophe, que par la promesse que m'avoit
fait M. de la Grange d'écrire la préface aux
mathématiques; mais, quand il en fut tems,
il s'en défendit, sous prétexte d'autres occupations. Je fus obligé de m'adresser à
M. d'Alembert, qui refusa aussi de m'assister : pressé de faire moi - même cette
préface, et me défiant de mes forces, je ne
hasardai rien ; je suivis en l'écrivant une
méthode historique, qui rendoit compte
des progrès de l'auteur dans ses découvertes
mathématiques. M. de la Grange l'approuva
fort; M. d'Alembert m'écrivit, que c'étoit
la meilleure préface de toutes celles de l'é-
dition ; ce qui auroit suffi pour m'autoriser
à ne plus écrire que sur les matières que je
n'entendois pas. Il est certain qu'en écrivant
sur un sujet qui ne nous est pas familier, on
se donne plus de soin pour l'entendre ; et,
en se l'expliquant à soi-même, on le rend
plus intelligible aux autres.

J'écrivis encore à Turin un ouvrage, où j'attribuois aux anciens les découvertes que les modernes revendiquoient dans les sciences; il eut du succès, mais me fit des ennemis. La gent philosophe, ou soi-disant telle, crut y apercevoir que je n'étois pas incrédule; c'en fut assez pour les avertir de se mettre en garde contre moi. Cependant comme j'avois la réputation d'être un assez bon homme dans la société, et que mon orthodoxie n'étoit pas encore bien constatée par cet ouvrage, cela ne m'empêcha pas de me lier avec quelques-uns de leurs chefs l'année suivante.

Ce qui me plaisoit à Turin étoit la facilité d'y rencontrer les étrangers de distinction, qui y abordoient de toutes parts pour visiter l'Italie. Princes souverains, Noblesse de tout pays, Ministres retirés ou disgraciés, jeunes et vieux, hommes déjà célèbres, ou qui le sont devenus depuis, tous vont à Rome et passent par Turin. Dans cette dernière classe le duc de Crillon, qui y vint pendant mon dernier séjour, m'a frappé le plus. A soixante-dix ans, venant de Madrid dans le mois de janvier 1780, il alloit à Rome avec le courrier, ayant un procès à finir, et devoit

retourner en février à Madrid pour aller de
là faire le siége de Minorque, qu'il prit. Je
n'ai jamais vu pareille activité ; c'étoit un
homme poli, vif, gai, plein de saillies.
Pendant une demi-heure que je le vis, il
me raconta deux ou trois anecdotes plus
plaisantes les unes que les autres : je n'ai
garde d'omettre celle qui suit.

Le duc de Crillon étoit à Avignon quand
le duc d'Ormond y mourut; étant entré dans
sa chambre, au moment où il étoit agoni-
sant, il fut presque témoin d'une scène
singulière, qui venoit de se passer entre ce
Seigneur, qui étoit un vrai modèle de politesse, et un Baron Allemand, l'homme de
sa nation le plus civil. Le Duc, se sentant
mourir, se fit mettre dans son fauteuil; puis
se tournant vers le Baron, Excusez, Monsieur, lui dit-il, si je fais quelques grimaces
devant vous, mais mon médecin dit que je
vais entrer en agonie. Ah ! M. le Duc, reprit le Baron, je vous supplie de ne pas
vous gêner pour l'amour de moi.

Plus je restois à Turin, plus j'en aimois
le séjour; j'y avois beaucoup d'amis, j'étois
répandu dans la meilleure compagnie, et

j'étois bien vu à la Cour ; le duc de Savoie
même m'honora de ses bontés, au point de
me permettre de lui faire quelquefois ma
cour en particulier. Je profitai de la grâce
qu'il me faisoit, pour avoir la satisfaction
d'admirer de plus près un Prince pour qui
je sentois une inclination mêlée du plus profond respect. Ses lumières, ses vertus, sa
douceur, et le désir qu'il avoit de plaire à
ceux qui avoient le bonheur de l'approcher,
m'inspiroient pour Son Altesse Royale les
sentimens les plus agréables à mon cœur ;
j'étois toujours porté dans ces momens à
regretter que la fortune ne m'eût pas mis
dans le cas d'être attaché à sa personne.
On lui trouvoit toutes les qualités qu'on
auroit désiré de trouver dans un maître, et
s'il ne fût pas né pour être Souverain, on
aurait souhaité de s'en faire un ami (1).

Le cardinal des Lances me témoignoit
aussi beaucoup d'amitié. J'allois souvent le
voir, et les fréquentes et longues visites

---

(1) Tel étoit ce Prince avant son avénement au trône. On
l'a jugé différemment quand il a été Roi, non qu'il ne fût plus le
même, mais parce que cette bonté, qui faisoit adorer le duc de
Savoie, embarrassoit souvent le roi de Sardaigne, et l'a exposé plus d'une fois à des difficultés, dont la fermeté du Roi son
père l'eût délivré.

d'un Ministre du roi d'Angleterre chez un
Cardinal , dont la piété étoit si généralement reconnue, donnèrent lieu de dire qu'il
travailloit à ma conversion ; mais il ne nous
est jamais arrivé de faire de la controverse
un sujet de conversation. Son Éminence
avoit beaucoup d'esprit, de savoir et de connoissance du monde ; elle me faisoit politesse , et cela me suffisoit pour attirer mes
assiduités. Comme on voyoit mon carrosse
à sa porte, aussi souvent qu'à celle de Madame Martin , le marquis de Caraccioli ,
Envoyé de Naples à Turin , prit sujet de là
d'imaginer une plaisanterie , que madame
de Boufflers me dit lui avoir entendu raconter. Il arriva qu'une fois, étant chez un
libraire , mon cocher ayant quitté son siége,
les chevaux effrayés par quelque accident
prirent la fuite ; et, après avoir traversé
plusieurs rues , furent enfin s'arrêter à la
porte de madame Martin. Le marquis de
Caraccioli aima mieux dire , que les chevaux , ayant pris le mors aux dents, brisè-
rent leurs harnois, et que l'un courut chez
madame Martin , et l'autre chez le cardinal
des Lances.

Cependant M. de Mackenzie , qui veilloit

toujours à mes intérêts, m'écrivoit que le
duc de Northumberland, alors Vice-Roi
d'Irlande, lui avoit offert un Doyenné en
Irlande pour moi : je le remerciai de la bienveillance dont cette pensée étoit le gage ;
mais je le priai de me dispenser d'aller en
Irlande. Quelque tems après, je reçus une
autre lettre de lui, qui m'annonçoit que le
Duc, par un autre arrangement, me réser-
voit un prieuré de dix mille livres de rente
en Angleterre, et me conseilloit de venir
en prendre possession : je pensai qu'il étoit
prudent de ne pas laisser échapper cette occasion ; je fus annoncer mon départ pro-
chain à M. le comte de Viry, qui me dit
qu'il vouloit me donner une preuve non-
équivoque de l'amitié qu'il avoit toujours
eue pour moi ; et, après m'avoir remis de
jour en jour à me faire connoître son dessein, il me dit enfin d'aller prendre congé
du Roi, et que j'aurois lieu d'être content.
Je ne m'attendois en conséquence à rien
moins qu'à recevoir un portrait magnifique
ou quelque riche présent, que le comte de
Viry, dans la plénitude de son amitié, avoit
suggéré au Roi de me donner. Je me présentai chez le Roi, et j'eus l'honneur d'être

admis à une audience particulière qui dura
trois quarts-d'heure. Pendant que Sa Majesté me parloit avec cette affabilité qui lui
étoit si naturelle, il tira une tabatière d'or,
que j'imaginai être avec son portrait, et pour
moi; mais il prit une prise de tabac rapé,
et la remit dans sa poche. Un quart-d'heure
après, le Roi mit la main dans une autre
poche, et en tira encore une tabatière, que
j'aurois juré être celle qui m'étoit destinée.
Je songeois déjà au remercîment que je devois faire, lorsque Sa Majesté prit une prise
de tabac d'Espagne, serra la tabatière, et
me congédia avec bonté. Je retournai chez
le comte de Viry, dans la supposition qu'il
s'étoit réservé la circonstance du présent;
mais aussitôt qu'il me vit entrer, Eh bien!
me dit-il, il me semble que vous devez être
content; je sais déjà que le Roi vous a entretenu trois quarts-d'heure; vous m'êtes
redevable de cela; et c'est une distinction
qu'aucun, à votre place, n'a reçue. Sentant à ces mots, que tout se réduisoit à
l'honneur de l'audience, je me retirai sans
paroître fort pénétré des preuves non-équi-
voques de l'amitié de M. de Viry pour moi.

FIN DE LA SECONDE PARTIE.

I.   R

MÉMOIRES
D'UN VOYAGEUR
QUI SE REPOSE.

TROISIÈME PARTIE.

CHAPITRE I.

Duchillou fait la connoissance du duc de Northumberland ; va à Paris. — Ce qui lui arrive avec une inconnue qu'il trouve à la comédie.

J<small>E</small> pris congé de mes amis de Turin, dans l'espérance de les revoir bientôt, après avoir remis les affaires du Roi entre les mains d'un de mes amis, pour qui j'avois obtenu des lettres de créance. J'arrivai à Londres, et fus sur-le-champ rendre mes devoirs à M. le général Conway, alors Secrétaire d'État ; il me fit la grâce de me dire que le Roi et ses Ministres étoient satisfaits de mon zèle ; et Sa Majesté m'honora d'un témoignage non équivoque de son approbation, en me donnant une gratification de douze mille livres. Je fus ensuite prendre

possession de mon bénéfice dans le nord de
l'Angleterre; et ayant rencontré à Newcastle M. de Mackenzie, qui venoit d'Écosse, j'eus le plaisir de l'embrasser et de revenir à Londres avec lui.

Il ne manquoit rien à mon bonheur, si
j'eusse su borner mes désirs. Je me voyois
riche au-delà de ce que j'aurois osé souhaiter, j'avois des amis puissans, j'aimois
l'étude, et je jouissois d'une bonne santé :
que falloit-il davantage? M. de Mackenzie,
avec cette franchise que j'ai toujours admi-
rée, me dit un jour : Oh ça, mon cher **,
vous voilà bien, il me semble que vous pouvez vivre heureux avec le revenu que je vous
ai procuré ; croyez-moi, tenez-vous-en là;
je ne veux pas vous bercer de vaines espérances, vous ne devez désormais compter
sur rien de plus de ma part. J'ai à pourvoir
à la fortune de plusieurs autres, qui sont
dans le cas où vous étiez ; mais vivons en
amis ; vous savez que je vous aime ; je sais
que vous m'êtes attaché : ma maison vous
sera toujours ouverte, et j'ai assez de confiance en vous, pour croire que je ne cours
point de risque en vous parlant ainsi. Ce

discours me charma , il faisoit honneur à
tous les deux; et, depuis trente-cinq ans
qu'il me le tint , j'ose dire que je n'ai pas
démenti l'opinion qu'il avoit de moi.

Malheureusement pour moi , je n'étois
pas encore dégoûté du monde ; je ne le
connoissois pas assez pour cela , et j'avois
la manie de vouloir en être plus connu.
Je m'y engageai donc plus fortement , en
formant insensiblement une liaison qui
changea entièrement mes idées et mon plan
de vie.

Je fus rendre visite au duc de Northumberland , et le remercier du bénéfice dont
je venois de prendre possession , non que
je lui en fusse redevable (car il me l'avoit
donné , à la requisition de M. de Mackenzie,
sans me connoître), mais pour la forme , et
afin de ne rien omettre. D'ailleurs, c'étoit
le seigneur d'Angleterre dont la magnificence éclatoit le plus; et cela avoit un at-
trait pour moi , qui me fit donner tête baissée dans le désir de le connoître davantage.
Je fus reçu avec toute la politesse et l'affabilité qui le distinguoient si bien. Il me parla

de mon ouvrage en faveur des anciens, qu'il avoit lu : il m'en fit compliment, m'invita à dîner, et me fit tant d'accueil, qu'en peu de tems je me trouvai presqu'aussi bien établi dans ses bonnes grâces, que si j'eusse passé ma vie avec lui. Comme tout mon tems, par la suite, lui a presque toujours été dé-voué, il n'est pas mal-à-propos que je commence ici à le faire connoître.

Le duc de Northumberland avoit été l'un des plus beaux hommes du royaume ; il avoit beaucoup de talens, l'esprit très-cultivé, et plus de connoissances qu'on n'en trouve ordinairement parmi la noblesse. Né de parens gentilshommes, quoique sans illustration, il s'étoit élevé, par son mariage avec l'héritière du nom et des biens de la maison de Percy, et il fit bien voir qu'il méritoit de les posséder. Par la sagesse de son économie, il améliora les terres immenses de cette famille, et en augmenta tellement le revenu, qu'il se montoit à plus d'un million de rente. Il releva l'ancienne splendeur des Percy par son goût et sa magnificence. Le château d'Alnwick, autrefois la résidence des comtes de Northumberland, étoit entièrement

ruiné ; il le rebâtit de fond en comble, et,
par complaisance pour la Duchesse son
épouse, il l'orna dans le style gothique, qui
ne lui plaisoit pas ; mais il le fit avec tant de
goût, qu'il l'a rendu l'un des plus superbes
bâtimens en ce genre qu'il y ait en Europe.
Il embellit Sion, maison de plaisance aux
environs de Londres, et il épuisa les ressources de tous les arts et d'une richesse
peu commune, pour faire briller dans ces
deux maisons les chefs-d'œuvres du bon
goût, et les rendre dignes de leurs posses-
seurs. Il fut créé Comte, il eut l'ordre de
la Jarretière, fut ensuite nommé Vice-Roi
d'Irlande, puis créé Duc, et soutint ces
dignités avec une dépense sans exemple
de son tems. Il n'étoit pas généreux ; mais
il assaisonnoit si bien ses bienfaits, qu'il
passoit au moins pour être libéral.

La duchesse de Northumberland étoit de
la plus haute naissance ; elle descendoit de
Charlemagne par Joscelin de Louvain, qui
avoit épousé Agnès de Percy, unique héritière de la maison de Percy, l'an 1168.
Elle apporta pour dot à son mari plusieurs
pairies, le nom et les armes de Percy, et

un million de revenu. Elle avoit beaucoup
de noblesse dans les sentimens, l'esprit naturel et facile, le cœur bon et compatissant,
et sur-tout un grand attachement pour ses
amis, qu'elle prenoit toutes les occasions
de distinguer et de servir.

Voilà quelles étoient les deux personnes
auxquelles je consacrai tout mon tems et
mes soins, avec ce zèle que peut donner
seul l'enthousiasme. J'étois ébloui de la
magnificence du Duc, comme enchanté
par les politesses et les attentions dont il
m'honoroit, et sur-tout flatté de la distinction que faisoit de moi la Duchesse. Ayant
alors plus de souplesse dans l'esprit que je
n'ai à présent, je la mettois tout en usage
pour les intéresser en ma faveur. Le Duc
aimoit les arts et les sciences; j'entrois dans
tous ses goûts, je causois avec lui sur tous
les sujets, et il trouvoit qu'il pouvoit varier
davantage la conversation avec moi qu'avec
tout autre. La Duchesse se plaisoit, au
contraire, à de petits jeux d'esprit dans
un cercle d'amis, et s'amusoit à recueillir
des estampes, des médailles, et à faire
d'autres collections en différens genres :

j'avois l'air de n'avoir jamais fait autre
chose ; et le soir j'assistois à ses jeux de
société, et me rendois utile à ses plaisirs.
Cette suite d'attentions ne fut interrompue
que par une petite expédition que je fis à
Paris. J'y arrivai un jour après-dîner, assez
à tems pour aller à la comédie Françoise,
que j'aimois fort.

Je fus me placer dans une des premières
loges, qui étoit assez obscure : il n'y avoit
qu'une dame et sa fille, et un homme que
je pris pour son mari. Ils parloient en anglois, et se communiquoient leurs sentimens sur les acteurs. La Dame me fit quelques questions en mauvais françois ; je lui
répondis en anglois : elle parut charmée
de pouvoir causer en sa langue, et me pria
de lui nommer tous les acteurs et actrices
qui jouoient ce jour-là. Nous parlâmes
aussi du théâtre anglois : elle me demanda
ce que je pensois de Garrick, de madame
Cibber, madame Pritchard ; je lui dis que
je les trouvois excellens, et pourquoi. Elle
approuvoit mes jugemens, et me demanda
aussi ce que je pensois de madame Yates :
pour celle-là, je lui avouai que je la trouvois médiocre. Quels défauts a voit-elle donc ?

Elle manquoit d'intelligence ; elle rendoit
une passion pour une autre ; elle étoit en
colère quand il falloit pleurer. Y a-t-il long-
tems que vous ne l'avez vue ? Mardi dernier ;
elle joüoit Zaïre. Mais encore un exemple.
J'en citai deux ou trois. Et comment fau-
droit-il donc dire ces passages ? Je ne pouvois pas le dire, je n'étois pas comédien ;
mais on pouvoit juger qu'ils n'étoient pas
bien rendus, sans être en état de les bien
rendre soi-même. Cependant, m'apercevant de la chaleur avec laquelle cette Dame
prenoit le parti de madame Yates, je voulus
me rétracter, ou du moins adoucir la rigueur de ma critique ; mais elle me rappe-
loit ce que j'avois avancé, et je tâchois de
prouver mes assertions. Pendant ce tems-là,
le mari s'étoit approché, et la jeune demoiselle et lui donnoient la plus grande attention à cette conversation, sans y prendre
part. Enfin, la comédie finit : je donnai la
main à cette Dame pour sortir de la loge,
et, en prenant congé d'elle, je la regardai
à la lumière, et crus m'apercevoir que c'é-
toit madame Yates elle-même à qui j'avois
parlé ; je ne laissai pas paroître que je la
connoissois, et la quittai. Elle m'avoit dit

qu'elle logeoit à l'hôtel de Tours : j'y passai
le lendemain pour m'informer qui étoient
les Anglois qui y étoient logés ; c'étoient,
en effet, monsieur et madame Yates, et leur
fille : ils étoient, comme moi, partis le
mercredi de Londres, et arrivés le dimanche à Paris. J'eus beau chercher dans mon
esprit, je ne me rappelai rien d'obligeant
que j'eusse dit la veille, excepté sur sa
figure, que j'avois beaucoup louée, et cela
pouvoit faire passer bien des choses. J'appris ensuite qu'elle avoit pris plaisir à parler
elle-même de cette rencontre, disant qu'elle
n'avoit jamais eu une si bonne leçon : c'étoit
en 1766 ; et l'on m'assure à présent qu'elle
en a très-bien profité.

Je finis promptement les affaires que j'a-
vois à Paris, et je revins bientôt à Londres ;
je repris le même train de vie que j'avois
quitté peu auparavant, faisant ma cour au
duc et à la duchesse de Northumberland,
chez qui je me plaisois beaucoup. J'étois
de leurs parties à Sion, et je passois peu
de jours sans imaginer quelque chose, pour
entretenir l'un ou l'autre dans la bonne volonté que je voyois qu'ils avoient pour moi.

Ils avoient deux fils, milord Percy, qui

avoit épousé la fille de milord Bute, et milord
Algernon Percy qui avoit alors dix-sept ans.
Je me proposois d'aller faire une autre visite
à mon père ; le duc de Northumberland me
pria de me charger de mener milord Algernon avec moi, comme un prélude d'un
grand tour qu'il me proposeroit ensuite de
faire avec lui : je voulois m'excuser sur ce
que j'allois visiter des parens qui n'étoient
pas dans une situation brillante ; mais le
Duc me dit que ce seroit d'autant mieux,
que son fils étoit trop jeune pour entrer encore dans le grand monde, et que, si cela
ne m'incommodoit point, il me seroit obligé
de le prendre avec moi.

Pendant que nous nous préparions à partir, le Duc me rapporta que le Roi m'avoit
fait l'honneur de lui parler de moi, de louer
mon zèle pour ses affaires à Turin, aussi
bien que le style de mes dépêches ; et qu'il
lui avoit dit qu'il me destinoit un bénéfice
de vingt mille livres de rente, qui ne pouvoit manquer de vaquer bientôt. M. de
Mackenzie m'avoit déjà annoncé la même
chose ; et je regardois cette promesse comme
un effet de la bonté du Roi, excitée par mon
premier bienfaiteur.

CHAPITRE II.

Duchillou va dans sa patrie avec le fils
du duc de Northumberland. — Ils re-
viennent à Londres, et il est présenté
à milord Bute.

Nous partîmes milord Algernon et moi
pour visiter ma patrie : nous ne nous arrêtâmes pas plus de huit jours à Paris ; et
nous étions près de la ville, lorsque je vis
le domestique de Milord prendre les devans. Je lui demandai où il l'envoyoit ; il
me répondit, qu'il avoit imaginé que je
serois bien aise de voir mon père au moment de mon arrivée, et qu'il l'avoit envoyé
prier de venir à l'auberge dîner avec nous.
Ce trait d'attention, dans un jeune homme
de son âge, me surprit, et me prévint extrêmement en sa faveur. Tout le tems que
nous fûmes ensemble fut marqué par plusieurs actions semblables, qui annonçoient
dans ce jeune Seigneur, toute la politesse
de son père unie à l'intérêt obligeant que
sa mère savoit si bien témoigner à ses amis.

Milord Algernon étoit fort aimable, il
avoit le cœur bon et franc, l'esprit naturel
et juste, un tact sûr et fin pour connoître
les hommes; c'étoit en lui comme un sixième
sens, car il discernoit mieux un caractère
en deux jours, que bien d'autres ne font
en deux ans. Il étoit vif et gai ; il ne haïs-
soit pas le faste et l'éclat, et montroit du
goût dans sa dépense. Il aimoit beaucoup à
donner, sur-tout à ses amis, pour qui il
témoignoit toujours son amitié avec chaleur.

Il aimoit mieux vivre librement avec quelques personnes choisies, que de se répandre dans la société ; ce qui me fit prendre
le parti de nous loger chez un riche bourgeois, qui recevoit chez lui la meilleure
compagnie de la ville. Nous payions cinquante louis par mois de pension, et nous
avions la liberté d'inviter la compagnie qui
nous plaisoit. Afin de ne pas trop remplir
la table, Milord et moi étions convenus de
prendre chacun son tour pour inviter nos
convives ; et je ne fus pas long-tems sans
m'apercevoir que, lorsque c'étoit son jour,
il invitoit mon père ou quelqu'un de mes
amis.

Nous passâmes ainsi notre tems dans un échange mutuel de bons procédés : je voyois que Milord m'aimoit, et j'avois une véritable affection pour lui. Il n'avoit pas un seul vice, et faisoit voir plusieurs bonnes qualités ; les chiens et les chevaux avoient été jusqu'ici sa passion dominante; elle souffrit quelque diversion alors par la vue d'une jeune demoiselle de son âge, qui était dans une école de pension, et que nous voyions tous les jours à la promenade. Mademoiselle Boucherat (c'étoit son nom) étoit extrêmement jolie ; sa figure, son air, sa démarche, la distinguoient supérieurement de vingt pensionnaires avec qui elle venoit régulièrement à la promenade. Je n'ai jamais vu une jeune personne paroître avec plus d'éclat ; les couleurs brillantes de son teint sembloient répandre un nouveau jour autour de tout ce qui l'environnoit. Milord Algernon en fut frappé et épris, au point qu'il cherchoit toutes les occasions de la rencontrer, et ne parloit de rien autre que de Mlle. Boucherat. Il s'informoit des promenades où elle devoit aller tous les jours, et ne manquoit pas de s'y rendre. S'il y avoit quelque cérémonie publique, quelque

bal ou concert, où la maîtresse de pension
la conduisit, il étoit là; et s'il la voyoit seulement passer, il étoit content, et d'une
gaieté vive et folle, qui nous divertissoit
infiniment.

Pendant que nous étions dans cette ville,
nous fûmes visiter Véret, château magnifique où le duc d'Aiguillon étoit souvent.
J'oublie si ce fut dans ce tems-là, ou bien
dans une autre circonstance, que le duc et
la duchesse d'Aiguillon me retinrent à dîner
avec eux : on vint à parler au dessert de
M. de Chauvelin ; je louai son talent pour
la poésie, et entr'autres ses vers sur les sept
péchés mortels : je demandai à madame la
duchesse d'Aiguillon si elle les connoissoit. Si je les connois ? dit-elle : eh, c'est
moi qui suis la gourmandise, vous auriez
pu vous en être aperçu à la façon dont j'ai
dîné. Nous allions aussi voir quelquefois le
prince de Rohan à quelques lieues de là :
milord Algernon y prenoit le plaisir de la
chasse, et je me promenois dans les bois
charmans de Cambray en l'attendant.

Après avoir resté le tems que nous avions
fixé, nous pensâmes à retourner en Angle-

terre par la Bretagne et la Normandie. J'avois
entendu dire qu'il y avoit une famille du
nom de Percy près de Vire : nous fûmes
leur rendre visite. Il y a plusieurs branches
de ce nom dans cette province ; mais le chef
est à Montchamp, à trois lieues de Vire, le
lieu même d'où étoit sorti Algernon Percy,
sept cents ans auparavant, quand il suivit
Guillaume-le-Conquérant en Angleterre.
L'aîné de la maison resta à Montchamp, et
ses descendans y sont encore, ayant conservé le même patrimoine, sans l'augmenter ni le diminuer. M. Percy fut un peu
surpris de notre visite. Je lui dis que Milord
venoit renouer la correspondance interrompue depuis six ou sept siècles entre ses
parens : il fut très-agréablement flatté, nous
reçut à merveille, et me donna toutes les informations que je pouvois désirer sur l'origine
de la famille. Nous continuâmes notre route
par Caen ; nous y visitâmes le tombeau de
Guillaume-le-Conquérant, et nous retournâmes à Londres, où milord Algernon exprima toute la satisfaction qu'il avoit eue
dans l'expédition que nous venions de faire.

Milord Bute, vers ce tems-là, dit à son
frère de m'amener avec lui à Lutton ; c'est

I.   s

le nom d'une terre à trente milles de Londres, qu'il avoit achetée pour s'y faire une
retraite. En peu de tems il y a élevé un bâtiment superbe, dont le plan est un double T ; le parc a trois lieues de tour, enfermé d'une palissade, et, près de la maison, est un jardin de botanique de trente
arpens, dont l'entretien seul coûte plus de
vingt mille livres par année. Milord Bute
est un des plus grands botanistes du siècle ;
il a recueilli, avec un soin incroyable, toutes
les plantes rares de la terre dans son jardin,
et les arbres les plus rares dans son parc. Il
y a fait cinq lieues d'allées sablées et sa-
pées, où, quelque tems qu'il fasse, on peut
se promener à sec : l'entretien de la maison,
du parc et du jardin, ne lui coûte pas moins
de soixante mille livres de France par an.
Sa bibliothèque contient trente mille volumes ; c'est un vaisseau de cent cinquante
pieds de long sur quarante de largeur et
vingt de hauteur : à côté est un cabinet
d'instrumens de mathématiques, d'astronomie et de physique, qui peut passer pour
le plus complet en ce genre qu'il y ait en
Europe. C'est là que, depuis l'année 1766,
tems auquel il déclara dans la Chambre des

Pairs qu'il ne voyoit point le Roi, et ne se
mêloit plus des affaires, milord Bute a vécu
plus en philosophe qu'en homme du monde;
appliquant son esprit uniquement à la contemplation et à l'étude des sciences et des
arts, qu'il a toujours encouragés avec une
générosité et une magnificence sans égale.
C'est de tous les grands Seigneurs que j'ai
connus particulièrement, celui qui en a les
qualités les plus éminentes : généreux sans
la moindre ostentation, grand dans toutes
ses vues, noble dans toutes ses actions, et
de plus, humain, doux, d'une simplicité
touchante dans la vie privée, sans jamais
rien perdre de la dignité qui est propre à
son caractère (1). Milord Bute songeoit alors
à aller en Italie pour sa santé : il étoit déjà
décidé que j'irois faire le tour de l'Europe
avec lord Algernon Percy; autrement, je
crois que je l'eusse accompagné. Son frère
et lui donnèrent le plan de l'*Itinéraire* que
j'ai exécuté depuis, et qui passe pour l'ouvrage le plus utile en ce genre qui ait paru
jusqu'ici.

Le duc de Northumberland m'avoit engagé à voyager avec son fils, et j'avois

(1) Ceci s'écrivoit en 1775.

accepté avec d'autant plus de plaisir cette
proposition, que j'avois un très-grand désir
de voir Rome et le reste de l'Italie, n'ayant
jamais été plus loin que Turin. Pour un par-
tisan des anciens tel que j'étois, ce voyage
avoit de grands attraits pour moi, et mes
facultés ne me permettant pas de l'entreprendre seul, rien ne pouvoit m'être plus
agréable qu'une semblable occasion. Je n'é-
tois point censé être gouverneur de milord
Algernon; mais il avoit ordre, d'un autre
côté, de se conduire par mes avis, et d'a-
voir pour moi la même déférence qu'il avoit
pour son père même. Je fus laissé le maître
de former le plan, de régler la dépense;
et le Duc me donna carte blanche à cet
égard, nous recommandant bien de ne point
épargner sa bourse; et son fils n'étoit pas
d'humeur à se faire prier là-dessus. Le jour
qui précéda notre départ, le Duc me parla
de la récompense que méritoit le soin que
j'allois prendre, et vouloit me l'assurer
d'avance; mais je refusai constamment l'offre qu'il m'en fit. Je lui dis que j'étois persuadé qu'elle ne pouvoit manquer à mon
retour, s'il trouvoit que je la méritasse, et
que j'étois charmé d'ailleurs d'avoir occasion

de reconnoître la part qu'il avoit dans la promesse du Roi de disposer en ma faveur du bénéfice considérable qui devoit bientôt vaquer. Il me parut satisfait du désintéressement et de la confiance que je lui témoignois. Je donnai les ordres nécessaires pour les équipages et le train convenable à notre départ, et nous quittâmes Londres, en nous faisant l'idée la plus agréable du voyage que nous allions entreprendre.

CHAPITRE III.

Départ de Londres pour faire le tour de l'Europe. — Plaisante répartie du chevalier de la Borde. — Marquise Balbi de Gênes. — Florence.

QUOIQUE je parte avec lord Algernon Percy pour un long voyage, je déclare à mes lecteurs que je n'entends point leur rendre compte de toutes ses démarches et de ses actions : je le prendrai et le laisserai selon que je le trouverai à propos, par la raison que, si j'étois un accessoire dans ses voyages, il en est un dans mes Mémoires.

Je me contenterai de dire, une fois pour toutes, en peu de mots, la règle que j'observois pour le conduire, sans qu'il en eût le moindre soupçon : cela pourra servir à ceux qui sont dans le cas de guider la jeunesse, que ce soit pour leurs enfans ou pour leurs élèves. Je me faisois une loi de lui témoigner beaucoup de complaisance dans mille choses indifférentes, afin qu'il fût de mon avis dans les choses essentielles, qui

arrivent plus rarement. Cela n'a jamais
manqué de produire son effet. Si j'avois un
conseil à lui donner qui ne fût pas de son
goût, ou si je voulois obtenir de lui quelque
complaisance, dont lui seul vouloit retirer
le fruit, quoiqu'il n'en fût pas convaincu
pour le moment, je me donnois bien garde
de compromettre mon influence ; j'avois
tout prêts pour cela ou ses amis, ou ses
confidens, qui m'ont toujours bien servi
dans ces cas, à cause du motif; son valet-de-
chambre, ses laquais, tout ce qui l'environnoit, étoient dans mes intérêts. Si je prévoyois de loin des difficultés, j'en écrivois
à ses parens; et je faisois venir, à point
nommé, des ordres de faire ce que je désirois le plus, comme si je n'y avois point eu
de part ; et nous avons, par ces moyens,
passé quatre ans dans la meilleure intelligence possible, sans qu'il ait eu le moindre
doute que je le gouvernois. Quand nous
arrivions dans une grande ville, où nous
devions faire quelque séjour, nous étions
présentés ensemble à la Cour, lui, comme
un grand Seigneur, moi, comme un ex-
Ministre du roi d'Angleterre à la Cour de
Turin. Nous faisions nos premières visites

ensemble ; et , tant qu'il n'avoit point de
connoissances ou d'allures particulières, il
aimoit autant ma compagnie que celle de
tout autre. Aussitôt que je m'apercevois
qu'il étoit bien engagé ailleurs , je prenois
un carrosse à part ; il alloit de son côté , et
moi du mien : nos goûts devoient naturellement différer un peu, et n'en être pas moins
bien placés. Nous sentions à merveille cette
distinction , et c'est ce qui faisoit l'harmo-
nie de notre union. En un mot, quand je
ne parlerai point de lord Algernon, pendant
que nous serons ensemble , je déclare que
ce n'est pas que je me regarde comme le
personnage le plus important de l'expédition , mais seulement parce que j'ai entrepris de communiquer ici mes observations,
et non pas les siennes. Nous ne nous arrêtâmes à Paris que pour faire faire des habits, et,
voulant visiter ce qui nous restoit à voir de
la France , nous prîmes par la Rochelle ,
Bordeaux, Toulouse, Marseille et Toulon.
Je retrouvai , en passant à Châtellerault ,
mon ancien ami le chevalier de la Borde ,
le même dont j'ai parlé au chapitre cinquième de la Première Partie de ces Mémoires. Il s'étoit marié à une Créole , qui

lui avoit apporté une dot considérable ; et ,
quoique fait , par ses manières et par son
esprit , pour jouer un rôle distingué dans
la bonne compagnie de Paris , il s'étoit fixé
à Châtellerault, pour ne voir personne au-
dessus de lui par le rang et la richesse.
C'étoit un petit homme de beaucoup d'esprit et de feu , et qui faisoit de jolies chansons de société. Je me rappelle un trait de
vivacité de lui à ce sujet, qui amusa beaucoup une compagnie où il se trouva à Paris.
Je n'étois pas présent, mais il me le raconta
lui-même.

Il avoit fait une chanson en province , et
l'avoit mise lui-même en musique. Il vint à
Paris peu de tems après, et trouva que sa
chanson avoit percé dans la capitale. Étant
allé dans une maison, où il l'entendit chanter, il demanda si l'auteur en étoit connu :
on lui dit qu'oui, que c'étoit un grand officier aux gardes qui étoit là. Le chevalier de
la Borde, un peu surpris, convint, avec
l'ami qui l'avoit amené dans cette maison ,
de confondre l'imposture de l'officier. Ils
s'approchèrent ensemble de lui; et l'ami du
Chevalier lui demanda, s'il étoit vrai qu'il

fût l'auteur de la chanson qu'on venoit de
chanter. Oui, Monsieur; pourquoi, s'il vous
plaît, cette question? Parce que j'avois cru,
répondit celui-ci, qu'elle étoit d'un de mes
amis de province. Monsieur, répliqua l'of-
cier avec hauteur, quand un homme comme
moi s'avoue l'auteur d'une telle bagatelle,
il ne doit pas y avoir de doutes. Là-dessus
le Chevalier, se mettant entre deux, prit la
parole, et dit tout haut : En effet, mon
ami, vous avez tort; pourquoi ne voulez-
vous pas que ce *grand* Monsieur ait fait la
chanson ? Je l'ai bien faite, moi, qui suis
plus *petit* que lui.

Nous passâmes par la Rochelle, où j'a-
vois envie de voir une sœur que j'aimois
tendrement; et, après y avoir resté quelques
jours, nous visitâmes Rochefort, Bordeaux
et Toulouse, où nous nous arrêtâmes quelque tems. J'avais entretenu long - tems lord
Algernon du canal du Languedoc, que je
n'avois jamais vu, mais dont j'avois conçu
une grande idée, par les descriptions pom-
peuses que j'en avois lues en vers et en
prose. Nous étions fort empressés d'arriver
au lieu où nous devions le voir pour la pre-

mière fois; et nous étions dessus, que nous
demandions où il étoit. Quand on nous eut
appris que ce grand fossé, que nous voyions
là, étoit le fameux canal du Languedoc,
nous fûmes saisis en même tems du même
mouvement, qui fut de nous regarder et de
rire. Je n'ai jamais été plus trompé dans
mon attente, que dans cette occasion.

Nous admirâmes, avec raison, les beautés
naturelles du Languedoc, sur-tout la vue
de la montagne Françoise, à dix lieues de
Toulouse, et celle de la place Peyrou à
Montpellier, d'où l'on voit la mer, les
Pyrénées, les montagnes d'Auvergne et
celles du Dauphiné, où commencent les
Alpes. Les antiquités de Nîmes et le pont
du Gard me plurent extrêmement; la Maison Quarrée, qui étoit un temple dédié aux
Césars Caïus et Lucius, fils d'Agrippa, est
un des plus beaux morceaux d'antiquité,
et le mieux conservé qu'il y ait en Europe.
Nous passâmes par Aix, Marseille et Toulon, et nous fûmes rendre visite au Gouverneur de cette dernière ville, qui nous
demanda ce que nous allions faire en Italie,
et s'il n'y avoit pas en France de plus belles

églises, de plus beaux jardins, de plus beaux palais, sans aller les chercher si loin. Je me contentai de lui demander s'il avoit visité l'Italie : il me dit que non, mais qu'on savoit bien cela sans y avoir été.

Nous continuâmes notre route par Nice, et ayant envoyé nos équipages dans une félouque à Gênes, nous passâmes les Alpes au col de Tende, qui est un passage moins agréable et moins commode que celui du Mont-Cénis. Nous entrâmes dans le Piémont par Côni, et le traversâmes sans aller à Turin, parce que je remettois à notre retour un plus long séjour que je voulois y faire.

Je fus enchanté de la route d'Alexandrie à Gênes, le passage de la Bocchetta surtout est rempli de paysages charmans et bien variés ; et, du haut de la montagne, on découvre, à un très-grand éloignement, la Méditerranée, les faubourgs de Gênes, et une vallée très-riante, au fond de laquelle coule le torrent de Polcevera, qui est le plus considérable et le plus rapide qu'il y ait en Italie.

J'eus le plaisir de connoître à Gênes la marquise de Balbi ; elle étoit belle et avoit de l'esprit, des grâces, de la sensibilité ; cette dernière qualité, le plus souvent funeste à ceux qui en sont doués, lui avoit attiré de grands chagrins. Je n'ai jamais trouvé de conversation plus animée et plus intéressante que la sienne. Elle avoit beaucoup lu ; mais malheureusement pour elle sa lecture favorite avoit été celle des esprits forts du siècle, et tout son esprit n'avoit pu la garantir du poison de leurs maximes. Les entretiens que j'eus avec elle sur ce sujet, donnèrent lieu à un ouvrage que je publiai depuis à Rome sous le titre du *Tocsin*, et ensuite à Paris, sous celui d'*Appel au Bon Sens*. J'y combattois les argumens des incrédules, en les divisant en trois classes ; les *Athées* ou *Matérialistes*, qui n'admettent qu'une substance dans l'univers, dont toutes les parties du monde, les planètes, les hommes, les animaux et les plantes, sont autant de différentes modifications ; des *Théistes*, qui admettent bien un Être Suprême, mais qui nient qu'il ait créé le monde, et qu'il le gouverne par sa providence ; qui soutiennent que tout meurt avec

nous, et par conséquent qu'il n'y a ni peines
ni récompenses après cette vie : enfin, les
Déistes, proprement dits, qui admettent
les mêmes attributs que nous accordons à la
Divinité, qui reconnoissent l'immortalité
de l'âme, les peines et les récompenses, mais
qui rejettent toute autre espèce de dogme
et de culte extérieur. Je faisois voir dans cet
ouvrage, combien il étoit aisé de convaincre
les premiers d'inconséquence, d'absurdité
ou de mauvaise foi. Je prouvois aux se-
conds, qu'ils se contredisoient eux-mêmes
et tomboient dans de plus grandes difficultés que celles qu'ils vouloient éviter ; enfin,
je faisois voir aux derniers, qu'ils crai-
gnoient de voir la vérité, et s'étourdis-
soient sur la foule des preuves et des raisons qui pouvoient leur ouvrir les yeux, et
les guérir de l'aveuglement que leur causoient leurs passions.

De Gênes nous fûmes à Florence, où je
vis, pour la première fois, le chevalier
Mann, avec qui j'avois été depuis huit ans
en commerce de lettres sans le connoître.
Je n'ai pas besoin de dire qu'on ne pouvoit
pas porter plus loin la politesse et les atten-

tions pour ses compatriotes , et pour les
étrangers en général , que le faisoit le chevalier Mann. Sa maison étoit le rendez-vous
le plus agréable de la bonne compagnie de
Florence. Il tenoit sur-tout une table ex-
quise, dont il faisoit bien les honneurs ;
ce qui fit dire un jour à madame Anne
Pitt (sur ce que quelqu'un se plaignoit,
qu'il n'étoit pas possible de dîner deux fois
de suite à sa table sans en être incommodé),
*To be sure Sir Horace Mann's table is a
provoking table*. Je suis fâché que le sel de
ce mot ne se puisse pas rendre en François.

Je vis aussi à Florence milord Cowper,
qui , depuis dix ans, avoit ses malles toutes
faites pour retourner en Angleterre ; mais,
qui retenu dans les fers de la marquise de
Corsi , n'avoit pas encore pu s'en dégager.
Je le vis dix ans après , encore attaché à
Florence , mais par d'autres liens. Il avoit
épousé une Demoiselle Angloise , remplie
de talens et de charmes , que madame la
Grande-Duchesse accueillit aussi gracieu-
sement que le Grand - Duc faisoit milord
Cowper ; et, pour l'engager à rester, le
Grand-Duc lui témoignoit mille amitiés, et

l'avoit fait Prince de l'Empire. Milord Cowper étoit aimable, doux, poli, avoit un goût
pour les sciences et les arts, qu'il encourageoit avec une magnificence digne d'un
Souverain.

CHAPITRE IV.

Rome ; manière d'y passer son tems. —
Comte de Shouwalow. — Projet d'un
Traité avec le Pape.

ENFIN nous arrivâmes à Rome, le but
de mes désirs, que je trouvai fort au-delà
de l'idée que je m'en étois faite, quelque
grande qu'elle fût. Le goût et la magnificence des églises et des palais surpassent
tout ce que l'on peut en dire ; c'est pourquoi je me tairai sur ce sujet, d'autant qu'il
faudroit un volume entier pour décrire les
particularités de cette ville, et que mon
plan n'est pas de m'arrêter ici sur le local.
Je m'appliquai à voir toutes les curiosités
de cette capitale du monde, vraiment intéressante, et je ne négligeai pas la société.
Ceux qui ont avancé que l'on a de la peine
à en former d'agréables, n'ont pas voulu
ou n'ont pas pu se faire introduire ; autrement ils auroient été détrompés. Il y a dans
toutes les grandes villes, et sur-tout dans
Rome, des sociétés convenables à tous les
goûts et à tous les états. Le corps diploma-

I.   T

tique y est nombreux, ce qui est d'une grande
ressource pour les étrangers ; il y a toujours
plusieurs maisons ouvertes le soir, où l'on
fait la conversation, et où l'on joue si l'on
veut ; il s'y trouve des gens d'esprit ; la
Noblesse y est polie et obligeante. On y est
prévenant envers les étrangers, et prêt à
entrer en conversation avec eux, s'ils parlent italien ; et s'ils ne le parlent pas, c'est
leur faute. Rien n'est plus ridicule que de
venir dans un pays s'y plaindre qu'on n'y
parle pas toutes les langues, étant plus facile pour un Allemand, un Anglois, un
François, qui veut voir l'Italie, d'apprendre
l'italien, qu'il ne l'est pour un Italien d'apprendre le françois, l'anglois et l'allemand.
Il est vrai que la langue françoise est assez
générale dans les Cours de l'Europe ; mais
à Rome, où il n'y a pas de Cour, peu l'en-
tendent ; et ceux qui le savent même, ne se
soucient pas de le parler : outre que, dans
un cercle, cela ne se peut pas, parce qu'il
y a toujours un certain nombre qui l'igno-
rent, pour qui cela ne seroit pas poli. Que
les étrangers donc, et sur-tout les Anglois,
qui sont fort portés à trouver mauvais qu'on
parle italien devant eux en Italie, se ren-

dent justice ; et s'ils veulent s'amuser, et
être bien reçus, qu'ils prennent les mesures
nécessaires pour se procurer ces avantages.

Les maisons que je fréquentois le plus à
Rome, étoient celles du cardinal Alexandre
Albani, de la duchesse de Bracciano, de la
marquise Boccapaduli, et de la signora Maria Pizzelli. Le Cardinal a été trop connu
en Europe, comme l'oracle du bon goût,
pour avoir besoin de mes éloges ; il avoit
beaucoup d'esprit et de feu, le cœur plein
de chaleur pour ses amis ; et, pendant cinquante ans de cardinalat, il a eu assez occasion de faire briller sa magnificence et ses
talens. La duchesse de Bracciano étoit une
dame du premier mérite, ayant beaucoup
d'esprit et de connoissances, un très-grand
sens, et une noblesse peu commune dans
les sentimens et dans les manières. La marquise Boccapaduli étoit insinuante, spirituelle, enjouée, et d'une conversation
variée et agréable. Pour la *signora* Maria
Pizzelli, elle avoit tous les agrémens, toutes
les belles et les aimables qualités que l'on
peut désirer de trouver dans une femme
que l'on voudroit toujours aimer : esprit

cultivé, bon sens, goût, douceur, modes-
tie, bonté de cœur, tout cela en elle étoit
relevé par une figure intéressante et un air
extrêmement engageant. Elle a toujours
conservé ses premiers amis, ce qui suffiroit
seul pour en donner la meilleure opinion.
Sa maison étoit le rendez-vous des plus
beaux esprits de Rome; et l'on y discutoit
tout sans affectation, et avec une tolérance
digne de celle qui recevoit.

Parmi les Seigneurs étrangers qui se distinguoient à Rome par leur dépense, le
comte de *** étoit le plus remarquable. Il
avoit été l'amant déclaré d'une grande princesse du Nord; et pendant tout le tems de
sa faveur, il avoit été obligeant, honnête,
et si modéré dans ses désirs, qu'il étoit
bien éloigné d'être riche quand elle mourut.
Cependant, dès le commencement du nouveau règne, il se vit négligé par ses amis,
et regardé de mauvais œil par l'****. Inquiet
de son sort, il s'adressa à M. de B**, ambassadeur de France à cette Cour, à qui il
avoit rendu des services essentiels durant
le règne précédent : il le pria de parler de
lui à sa Souveraine, et de le rassurer sur

ses craintes. M. de B** entreprit avec plaisir
de le servir : il demanda une audience ; il
l'obtint, et parla avec tout l'intérêt d'un
véritable ami sur le sujet du comte de ***.
On parut l'écouter avec indignation. Quand
il eut fini, M. l'Ambassadeur lui dit : L'****,
vous paroissez être l'ami du Comte ; hé bien,
conseillez-lui de s'éloigner au plus tôt, car
la démarche qu'il ose faire par votre canal,
ranime un ressentiment en moi, qui commençoit peut-être à s'éteindre ; conseillez-
lui, vous dis-je, de partir plutôt aujourd'hui
que demain ; autrement je ne réponds pas
des effets de mon courroux. L'Ambassadeur
alarmé voulut ouvrir la bouche, afin d'in-
tercéder pour son ami ; mais la Princesse
l'arrêtant, Attendez-moi ici, dit-elle, vous
jugerez vous-même si mon indignation est
bien fondée. Elle entre dans son cabinet, et
en sort quelque tems après avec deux lettres
que le Comte de *** lui avoit écrites, lorsqu'elle étoit encore éloignée du trône, mal-
traitée de celle à qui elle avoit succédé. Il lui
offroit, dans ces lettres, de lui procurer un
meilleur traitement ; mais il y mettoit un prix
offensant pour sa dignité. Sa fierté avoit été
blessée d'une proposition qu'elle regardoit

plutôt comme un affront fait à sa situation,
que comme un hommage rendu à ses charmes. Elle recommanda à l'Ambassadeur de
ne point faire part au Comte de ce qu'elle
venoit de lui confier, mais de le faire partir
sur-le-champ; ce que l'Ambassadeur fit,
en promettant à son ami de le mettre au fait
du sujet de sa disgrâce s'il le revoyoit jamais.
En effet, le baron de B**, étant ensuite
Ambassadeur à Naples, y trouva le comte
de ***; il lui fit part alors de la cause de son
éloignement. Celui-ci n'avoit jamais imaginé
que ses lettres avoient produit un tel effet;
il frémit du danger qu'il avoit couru. Il
trouva moyen cependant de se rendre nécessaire à l'**** pendant son séjour en Italie;
elle se servoit de lui pour faire la belle
collection de tableaux, de statues et des
antiquités dont elle a enrichi ses palais. Il
obtint enfin la liberté de retourner en sa
patrie, où il eut le bonheur de rentrer dans
les bonnes grâces de sa Souveraine.

Lorsqu'il étoit à Rome, il vivoit dans une
maison bâtie sur les ruines du tombeau
d'Auguste; les murs du tombeau servoient
de terrasse à son appartement. Il y donnoit

à dîner aux seigneurs étrangers , et y avoit
souvent de très-beaux concerts. Un jour
qu'il y avoit plusieurs Anglois chez lui , je
ne pus m'empêcher de réfléchir à l'énorme
différence que dix-sept cents ans avoient
opérée sur ces lieux. On voyoit un homme
qui venoit d'un pays dont les Romains n'a-
voient pas alors la moindre idée , et qu'ils
appeloient, ainsi que tous les gens du Nord ,
Hyperboréens. On voyoit , dis-je , un Hy-
perboréen donner , sur le tombeau d'Auguste , des concerts en musique excellente
à des Anglois, qui dans ce tems-là n'étoient
connus que comme des sauvages qui alloient
tout nus et se peignoient le corps, comme
font encore les sauvages de l'Amérique , et
qu'on appeloit les *Pictes* à cause de cet
usage.

Le cardinal Alexandre restoit tous les
soirs chez lui, à faire sa partie de *minchiati*
avec trois ou quatre familiers. La comtesse
Cherofini , son ancienne amie , alors vieille
et infirme, ne jouoit plus qu'un demi-rôle
dans la maison du Cardinal, et n'y avoit
que l'ombre du crédit qu'elle y avoit eu autrefois. Après sa partie , le Cardinal aimoit

à causer ; et s'il y avoit un Anglois dans la
chambre , il l'appeloit pour le mettre à côté
de lui sur le sopha. Il ne pouvoit pas souffrir les François. Un jour le prince Camille
de Rohan étant sorti de chez lui , je lui
demandai comment il le trouvoit ; il me répondit : *Assez bien pour un Français*. Je
causois un jour avec son Eminence de l'é-
tendue du pouvoir de la maison de Bourbon , et je lui faisois l'énumération de toutes
leurs possessions. Bourbon en France, Bourbon à Madrid , Bourbon à Naples, Bourbon
à Parme. Oui , me dit-il avec quelque sorte
d'impatience , *vogliono imborbonar tutto il
genere umano*.

Il disoit toujours , nos bons amis les Anglois ; et il m'entretenoit souvent d'une idée
favorite qu'il désiroit fort réaliser : c'étoit
de former une alliance entre la Cour de
Londres et la Cour de Rome , par laquelle
on accorderoit un commerce avantageux
aux Anglois dans les États ecclésiastiques ;
et l'Angleterre , sous prétexte de soutenir
son commerce, protégeroit la Cour de Rome
contre les insultes de ses voisins. C'étoit
dans l'année 1768 , tems auquel le Roi de

Naples d'un côté, et le duc de Parme de
l'autre, avoient fait marcher des troupes
dans les terres du Pape, et lui causoient
de vives inquiétudes. Je pris la balle au
bond; je dressai un plan de traité que je
lui communiquai; il l'approuva fort; je
perfectionnai cette idée, en consultant quelques personnes éclairées, sur-tout le cardinal des Lances, qui étoit venu à Rome :
mais le Pape Rezzonico étant mort subîté-
ment après, je laissai mon projet entre les
mains du cardinal des Lances, pour le faire
approuver au Pape futur. Il s'en chargea :
et ce fut une des premières choses qu'il communiqua à Ganganelli, Clément XIV, aussitôt qu'il fut élu. Quand je fus à Turin, six
mois après, j'y vis le cardinal des Lances,
qui me dit que le Pape avoit fort approuvé
mon plan; qu'il l'avoit chargé de m'embrasser de sa part, et de me prier de continuer mes bonnes intentions pour les États
ecclésiastiques.

Pour ne pas perdre le fil de cette affaire,
je dirai ici ce qu'elle devint. Lorsque je fus
de retour en Angleterre, je dressai un court
mémoire à ce sujet, que je présentai à

milord Rochefort, secrétaire d'État : il me
fit l'honneur de me dire, qu'il n'avoit jamais
vu un projet conçu en moins de paroles,
aussi clairement exprimé, autant avantageux, et si propre à réussir ; il me renvoya
pour en conférer avec le premier commis
de son bureau, et m'assura qu'il en parle-
roit au Roi. Mais je ne pus aller plus loin,
à cause du premier commis, qui frémissoit
de crainte à la seule idée d'un traité avec
le Pape. Huit ans après, devant retourner
à Rome, je fis communiquer ce même projet à milord Weymouth, par son ami le
chevalier Lynch : il me fit dire qu'il l'approuvoit, et me permit de lui écrire à ce
sujet, s'il étoit nécessaire. Je fus à Rome
en 1777 ; je priai le cardinal des Lances,
en passant à Turin, de prévenir le Pape de
ce que j'avois à lui proposer ; il le fit. Bras-
chi, sous le nom de Pie VI, remplissoit alors
le Saint-Siége. J'eus deux longues audiences
de Sa Sainteté ; à la première, il me dit
qu'il feroit ses réflexions ; la seconde audience fut précisément dans le tems où la
France venoit de se déclarer en faveur des
Américains contre l'Angleterre. Sa Sainteté
me dit que ce n'étoit guère le tems pour

l'Angleterre d'offrir sa protection , quand
elle pouvoit à peine défendre ses possessions ; qu'elle n'avoit pas de flotte dans la
Méditerranée, qu'il falloit attendre de meilleures circonstances. Cela n'étoit que trop
vrai. Cette idée , qui étoit bonne en 1768,
ne valoit rien en 1778 ; et la chose en resta
là. Si l'Angleterre garde Gibraltar et l'empire de la mer dans la Méditerranée , c'est
un projet à reprendre : les particularités
(trop longues à détailler ici) sont bien pe-
sées; Rome seroit pour les Anglois, ce que
le Portugal a été long-tems, et chacun y
trouveroit son avantage.

CHAPITRE V.

Naples. — Portrait du Roi , de la Reine ,
du Marquis Tanuci.

J'étois fort curieux de voir le Prétendant,
qui étoit alors à Rome ; mais je n'osois pas
aller chez lui : il ne fréquentoit plus les maisons particulières, parce qu'on ne lui accordoit point la majesté qu'il prétendoit encore : je le voyois seulement de loin à l'O-
péra, où il sauvoit sa dignité du mieux qu'il
pouvoit. Sa loge étoit fermée d'un rideau ;
il étoit toujours là avant que le spectacle
commençât, et quand la toile se levoit, on
tirqit le rideau : il paroissoit, et faisoit ses
révérences de tous les côtés du théâtre ; on
les lui rendoit ; l'opéra commençoit, et ce
manége le consoloit de tous les honneurs
qu'il avoit perdus.

J'aurois dû dire plutôt, que nous avions
été présentés au pape Clément XIII, qui nous
reçut avec beaucoup de bonté, et ne voulut pas permettre que nous lui baisassions
les pieds. Sa Cour ne me parut pas fort
imposante, et n'annonçoit point du tout

la grandeur d'un Prince qui règne avec un
pouvoir absolu dans ses États, et qui gouverne par l'opinion une bonne partie du
monde civilisé. Il mourut subitement au
milieu du carnaval, c'étoit le jeudi-gras :
sa mort terminoit les plaisirs du carnaval.
J'admirai, en cette occasion, la tranquillité
du peuple Romain. Chacun rentra chez soi ;
les artisans reprirent le train de leur travail ;
et dans un tems où tout Gouvernement cessoit, et que les esprits de la populace étoient
dans la plus grande fermentation, il n'y eut
pas le moindre désordre. Le Pape est mort,
disoit l'un ; eh bien, nous en ferons un
autre, répondoit-on ; et voilà toute l'importance que le peuple y met. Mais c'est bien
une autre affaire parmi la noblesse, il n'y
a pas de famille qui n'espère gagner au
changement. A nouveau Pape, nouvelle
Cour, emplois civils, militaires, ecclésiastiques, souvent tout est bouleversé, selon
celui qui succède. Les plus grands seigneurs
Romains vont visiter les Cardinaux, et leur
vont baiser la main ; chacun d'eux pouvant
devenir leur maître, et dans l'intervalle,
partageant l'autorité souveraine entr'eux.
Il y eut un superbe catafalque ou mausolée,

élevé dans Saint-Pierre, exactement sur le
plan des mausolées momentanés des anciens
empereurs Romains ; et j'ai remarqué, que
pour avoir une idée complète d'un catafalque élevé pour le Pape, on ne peut mieux
faire que de lire la description qu'Hérodien
donne du mausolée, ou bûcher de l'Empereur, sur lequel son corps fut brûlé.

Aussitôt que les derniers devoirs furent
rendus au Pape, les Cardinaux entrèrent
dans le Conclave ; c'est le jour de la grande
cérémonie ; toute la noblesse va en pompeux
appareil prendre congé des Cardinaux. Les
étrangers peuvent y aller visiter ceux dont
ils sont connus. Je fus voir le cardinal
Alexandre Albani. Il n'avoit pas peu à faire ;
il étoit directeur du Conclave, et c'étoit sur
lui que rouloit la distribution des appartemens des cinquante-deux Cardinaux. L'un
envoyoit se plaindre, qu'il étoit logé trop
étroitement ; un autre faisoit dire que son
appartement étoit occupé par méprise, et
il demandoit où il devoit aller ; enfin, ils
poussèrent tellement sa patience à bout,
qu'à la fin elle lui échappa ; et se tournant
vers moi ; il me dit : *Vedete, caro amico*,

tutti quanti Cardinali sono quà, sono tanti minchioni ; e pure da loro si cavera un Papa. Il se servit d'un autre terme plus expressif, mais plus grossier que celui de *minchioni*, et que j'omets par décence.

Le cardinal Albani agissoit avec la même liberté qu'il parloit, et se mettoit fort bien au-dessus des formalités du Conclave. Il y est défendu d'avoir aucun commerce au dehors, de voir personne, de recevoir des lettres ou billets ; on n'y parle que par un tour, comme dans un couvent de femmes. C'étoit ainsi que je rendois visite au cardinal des Lances : mais le cardinal Albani, qui avoit distribué les appartemens, s'en étoit réservé un où il avoit une fenêtre qui donnoit dans une petite cour du Vatican, et pouvoit être élevée de dix pieds au-dessus d'une autre chambre hors du Conclave; c'étoit là que je me rendois pour le voir, introduit par ses gens : il se mettoit à sa fenêtre, et moi à la mienne. Je lui donnois les nouvelles du jour ; et si j'avois quelque chose de secret à lui communiquer, que l'on craignît qui pût être entendu, j'avois une lettre toute prête ; il descendoit une

corbeille, attachée à une ficelle, j'y mettois
ma lettre ; et s'il y avoit réponse, je la recevois de même le lendemain.

Je le laissai occupé du soin de faire le
Pape, à quoi il eut beaucoup de part ; et
je résolus de prendre le tems de l'interrègne
pour voir Naples. Nous fîmes la route sans
nous arrêter, afin d'éviter les mauvais gîtes.
La Cour étoit à Caserta ; nous y fûmes avec
le chevalier Hamilton, qui nous présenta
au Roi et à la Reine : le Roi ne parloit jamais,
ou du moins très-rarement, aux étrangers
qui lui étoient présentés ; mais la Reine les
dédommageoit bien de cet accueil peu gracieux, par l'affabilité aisée et noble, et les
manières engageantes avec lesquelles elle
les recevoit. Nous admirâmes le plan immense de Caserta, qui n'étoit pas encore
achevé, et qui surpasse de beaucoup les
plus grands palais des premiers Monar-
ques de l'Europe. Mais ce qui attira le
plus mon attention, fut la situation ma-
jestueuse et riante de la ville de Naples,
qui s'élève en amphithéâtre sur les bords
d'un bassin de trente lieues de circonfé-
rence, et offre, de deux lieues en mer, la

plus belle perspective d'une grande ville
qu'il soit possible d'imaginer. Nous visitâmes les lieux classiques , Herculanum ,
Pompeia, le Vésuve , enfin , tout ce que ce
pays étonnant fournit de propre à exciter
la curiosité , qui n'est jamais rassasiée.
Comme je me suis étendu sur ce sujet dans
un autre ouvrage , je n'en dirai rien ici.

J'avois rapporté une lettre du marquis
Caraccioli au marquis Tanuci, qui m'invita
à dîner chez lui ; c'étoit un des hommes extraordinaires du siècle , par le degré d'élévation où l'a porté la fortune. Il étoit professeur à Pise , et lorsque le présent roi
d'Espagne don Carlos vint en Italie , il
écrivit en faveur de son droit sur le royaume
de Naples. Son ouvrage fit impression sur
les esprits ; il écrivit encore, se rendit nécessaire à don Carlos , qui l'appela à Naples quand il y fut établi tranquillement ;
peu-à-peu il lui donna toute sa confiance ;
si bien que , lorsqu'il fut appelé au trône
d'Espagne par la mort de son frère , il lui
laissa la tutelle de son fils , et le mit à la tête
de la Régence des Deux-Siciles, qu'il a gou-
vernée despotiquement pendant plus de dix

I.   V

ans, sous la direction du roi d'Espagne. Il
pouvoit être un grand homme dans le droit;
mais il n'a pas brillé dans le fait, et son
administration et ses ordonnances sont loin
de porter l'empreinte du génie. J'ai aussi
lu plusieurs de ses dépêches au marquis
Caraccioli, qui sentoient beaucoup le style
de l'école, et dans lesquelles Homère et
Cicéron étoient souvent cités.

Lorsque milord Hillsborough vint à Naples, le chevalier Hamilton l'annonça comme un homme du plus grand talent pour l'administration des affaires d'État, et sur-tout
pour le département du commerce. Il avoit
été Secrétaire d'État en Angleterre pour
les Colonies, et avoit rempli cette charge
avec la plus grande distinction. Le marquis
Tanuci entra avec empressement en conversation avec milord Hillsborough sur un
sujet aussi important, et lui communiqua
son plan d'opérations et les réglemens qu'il
avoit faits pour perfectionner les manufactures, le commerce et la navigation dans le
royaume des Deux - Siciles, et finit en le
priant de lui dire ce qu'il en pensoit. Milord, qui s'étoit déjà fait instruire de la
situation du pays, et qui n'approuvoit en

aucune façon le plan qu'on y suivoit, auroit désiré d'être excusé de parler. Il pria deux ou trois fois le marquis Tanuci de le dispenser de dire son avis ; mais celui-ci ne fit que l'en presser davantage. Enfin milord Hillsborough, forcé de parler, lui dit : « M. le Marquis, j'avois déjà examiné la » manière dont les choses sont conduites » ici ; j'ai fait attention à ce que vous m'avez » fait l'honneur de me dire, et je pense que, » si vous faisiez précisément le contraire de » ce que vous avez fait jusqu'à présent, vous » seriez beaucoup plus près du but que vous » vous proposez d'atteindre. »

J'ai été deux fois à la Cour de Naples dans un intervalle de dix ans ; je l'ai vue toujours très-brillante, et l'une des plus agréables de l'Europe. Le Roi étoit bon, gai, aisé jusqu'à la familiarité avec ses courtisans, aimant peu les affaires et beaucoup la chasse : il laissoit son père gouverner de loin son royaume, et avoit une déférence aveugle pour ses volontés ; il étoit bon mari, bon père, bon ami, avoit l'esprit juste ; et il eût mis ordre à beaucoup d'inconvéniens, s'il eût été entièrement le maître. Il l'étoit

si peu, que, même dans les choses qui l'intéressoient le plus, il n'osoit faire de changement. Un jour, causant avec un Anglois
qui l'accompagnoit à la chasse, il lui fit
plusieurs questions sur les lois de la chasse
en Angleterre. L'Anglois lui en rendit bon
compte; le Roi les approuva fort, et finit
par dire : Cela est à merveille ; c'est bien
chez vous; mais ici nous n'avons point de
lois. — *Quà non ci è lege.*

La Reine étoit d'une figure agréable, elle
étoit obligeante, avoit de l'esprit, les manières engageantes; elle s'étudioit beaucoup
à plaire à son mari, et aimoit tendrement ses
enfans. Elle commençoit à avoir du crédit,
et un parti dans les conseils, depuis que le
marquis de Tanuci en avoit été éloigné, et
les affaires n'en alloient que mieux.

Un jour que le roi de Naples donnoit à
la Reine le plaisir de la chasse du sanglier,
dans le parc d'Astrone, les étrangers qui
avoient été présentés à la Cour furent admis dans l'enceinte destinée pour la Reine;
il y avoit plusieurs Dames et Cavaliers Anglois ; la Reine voulut que tous fussent assis
autour d'elle, disant, que quand elle étoit

à son aise, elle vouloit que tout le monde y
fût. Le Roi venoit de tems en tems lui rendre compte de l'état de la chasse ; et, si
quelqu'un se levoit, ou ôtoit son chapeau,
il les arrêtoit par ces mots : *Allons, Mes-*
sieurs, restez donc : Quà non si fà cerimo-
nie ; on ne fait point de cérémonies ici. Il
devoit être inoculé le lendemain ; et il le
fut en effet. Quoique ce fût une affaire sérieuse à son âge, il n'en parut pas plus inquiet. Pendant le carnaval, la Reine tenoit,
une ou deux fois la semaine, une grande
assemblée, où, pour éviter le luxe, chacun
se rendoit en domino de couleur, mais sans
masque. Les grands appartemens du palais
étoient ouverts, et des tables dressées toutes
prêtes, chacun y arrangeoit sa partie. Il y
avoit une salle magnifique pour le bal, et
une autre grande à côté où l'on alloit prendre des rafraîchissemens. On alloit, on venoit dans les appartemens, on causoit, on
jouoit, on dansoit, ou l'on regardoit danser;
l'aisance, la liberté, la gaieté répandue sur
tous les visages, faisoient le plus grand mérite de ces fêtes, qui duroient tout le tems
du carnaval. Les étrangers de distinction y
faisoient la partie du Roi, et quelquefois de-

la Reine, et tout s'y passoit dans le plus grand ordre.

Les Napolitains ont beaucoup d'esprit et de vivacité ; je les ai trouvés bons et obligeans, quoi qu'on en dise. Ils aiment beaucoup à jouer : je sais qu'on les accuse de ne pas toujours jouer beau jeu, mais je ne l'ai jamais remarqué moi-même. J'ai vu à Naples des petitesses ; j'en ai vu aussi à Vienne, à Paris et à Londres : mais cela ne prouve rien pour le général.

Il m'est arrivé à Vienne, par exemple, d'avoir donné une fois un ducat d'or pour les cartes, parce que je n'avois point de monnoie : une des premières Dames de la Cour s'en aperçut ; elle s'approche de la table : Qu'est-ce que cela ? dit-elle ; est-ce un Roi qui a joué à cette table ? Mais, en vérité, c'est gâter les valets-de-chambre ; et, disant cela, elle prend le ducat, le met dans sa poche, et y substitue un florin. Malgré cela je puis dire qu'il n'y a pas de Cour où l'on joue plus gros jeu et plus noblement qu'à Vienne.

J'ai entendu citer un trait de filouterie arrivé dans la bonne compagnie à Naples ;

je ne l'ai pas vu , cependant je ne veux pas
l'omettre, parce qu'il m'a paru plaisant.

. Un jeune Seigneur Anglois fut introduit
à une assemblée chez une grande Dame de
Naples, par un Cavalier Napolitain; on lui
vola sa tabatière dans l'assemblée. Le lendemain , dans une autre maison , il vit un
homme prendre du tabac dans sa tabatière;
il court à son ami ; Voilà, dit-il, un homme
en habit bleu brodé en or, qui prend du
tabac dans la tabatière qu'on me vola hier ;
le connoissez-vous? ne seroit-il point un filou?
Comment, diable ! dit l'autre, c'est un
homme de la première qualité. Je me moque
de sa qualité , dit l'Anglois ; je veux ravoir
ma tabatière, je vais la lui demander. Gar-
dez-vous bien de faire pareille esclandre ,
dit l'ami ; soyez tranquille, reposez - vous
sur moi du soin de la recouvrer. Sur cette
assurance, l'Anglois sort, prie son ami de
dîner avec lui le lendemain : il y vint; et,
en entrant, Voici votre tabatière, lui dit-il ,
que je vous apporte. Eh bien, dit l'Anglois,
comment avez-vous fait pour vous la procurer? Ma foi, dit le Seigneur Napolitain , je
ne me suis pas soucié de faire du bruit , je
la lui ai prise dans sa poche.

J'ai dit que le marquis Tanuci m'avoit prié à dîner avec lui. Le marquis Caraccioli lui avoit écrit que je m'appliquois aux sciences ; ce fut, je crois, la raison qui le porta, après dîner, à m'engager dans une longue conversation, où je ne compris pas un mot. Il avoit un système à lui sur l'électricité, qu'il voulut me développer ; et il me tint deux heures debout à m'en expliquer la première partie. Il étoit question du systole et du diastole de la terre sous l'équateur, qui mettoient l'électricité en mouvement ; ce qui avoit été la cause du tremblement de terre qui avoit détruit Lisbonne. Il disoit cela d'un air si naturel, que j'eus toutes les peines du monde à garder mon sérieux : il fut obligé de sortir ; et je n'osai pas retourner chez lui, tant je craignois l'explication de la seconde partie de son système.

Pendant que nous étions à Naples, nous fûmes informés que le grand-duc de Toscane étoit arrivé à Rome avec une suite nombreuse, et que l'Empereur étoit en chemin pour y venir. Il vouloit profiter de l'absence du Pape pour voir l'Italie : il devoit descendre à la *Villa Medicis*, le palais de son

frère, qui l'avoit précédé pour l'y recevoir.
Aussitôt que nous apprîmes cette nouvelle,
nous quittâmes Naples avec précipitation,
afin de nous trouver dans cette occasion à
Rome , ne doutant point que la présence
de ces Princes ne fût célébrée par des fêtes
brillantes.

CHAPITRE VI.

*Retour à Rome pour y voir l'Empereur. —
Caractère de ce prince, et anecdotes à
son sujet.*

Nous croyions trouver l'Empereur à Rome ;
mais il n'y étoit pas encore arrivé : sa marche étoit si secrète, que l'on ne savoit pas
même où il étoit, quoiqu'il fût certain qu'il
avoit quitté Vienne pour venir en Italie. Je
demeurois à côté de la *Villa Medicis ;* mon
laquais, à six heures du matin, étant à la
porte , vit un cabriolet ouvert avec deux
personnes dedans, qui alloient à ce palais :
il s'imagina que ce pouvoit être des gens de
la suite de l'Empereur, et leur demanda si
l'on en savoit des nouvelles ; un d'eux répondit qu'il n'étoit pas loin : c'étoit l'Empereur lui-même qui répondoit ; il n'avoit
pas voulu entrer dans Rome avec son équipage, et avoit pris les devants de cette manière pour n'être pas reconnu. Mon laquais
le suivit jusqu'à la porte de la *Villa Medicis*, et fut témoin du mauvais accueil que le
suisse lui fit , pour être venu frapper de si

grand matin ; et, pendant que l'Empereur
s'amusoit de la colère du suisse, un des gens
du Grand-Duc l'ayant reconnu, se jeta à ses
pieds. Mon laquais entra peu après dans ma
chambre ; et je crus qu'il étoit fou, quand
il me dit qu'il avoit parlé à l'Empereur.

Il avoit pris le nom de *Comte de Falkens-*
tein , et gardoit l'*incognito* le plus strict
qu'il fût possible d'observer. Il reçut ses
visites comme Comte de Falkenstein , et les
rendit de même. Il ne voulut accepter aucun des présens usités , ni les fêtes qu'on
voulut lui donner ; mais il se trouva, comme
particulier, à celles que l'on donna à son
frère : il alloit à pied dans les rues de Rome
avec un seul gentilhomme, jusqu'à ce que
le peuple , commençant à le connoître ,
lui devint incommode. Il vouloit voir les
hommes aussi bien que les lieux ; et rien ne
l'amusoit davantage que les petites aventures qui lui arrivoient dans ce déguisement.

Lorsqu'il passa par Bologne , il trouva,
en arrivant, son courrier disputant, à la
poste, avec un courrier anglois, pour des

chevaux : il fit appeler le maître de poste, et lui dit de décider qui avoit droit aux seuls chevaux qui étoient alors à la poste ; on lui répondit, sans le connoître, que son cour-rier n'étoit arrivé qu'après celui des Anglois, qui le suivoient, et qu'il avoit droit d'exiger les chevaux ; mais qu'il n'auroit pas long-tems à attendre. Il dit que c'étoit juste, qu'il attendroit.

Il entra dans un café près de la poste, et entama la conversation avec un officier du Pape ; celui-ci se plaignoit fort d'un service où l'on ne pouvoit pas s'avancer, et où l'on étoit assez mal payé. Pourquoi, dit l'Em-pereur, n'entrez-vous pas dans quelque autre service ? Vous êtes si près du roi de Sardaigne, ou des États de l'Empereur en Italie, que ne cherchez-vous là du service ? Cela est fort aisé à dire, répondit l'officier ; et à qui voulez-vous que je m'adresse ? Croyez-vous qu'il n'y ait qu'à demander pour avoir ? Qu'à cela ne tienne, dit l'Em-pereur ; j'ai quelque crédit chez le dernier, je vous recommanderai, moi. L'officier du Pape, voyant un jeune homme avec une uniforme de lieutenant qui lui offroit sa

protection, ne put s'empêcher de sourire;
cependant il le remercia poliment, mais
sans paroître faire beaucoup d'état de l'offre
qu'il lui faisoit. Pour témoigner, continua
l'Empereur, que je ne m'avance pas trop,
je vais vous donner une lettre pour un Seigneur allemand qui passera ici dans quelques heures; je me flatte qu'elle ne vous
sera pas inutile : il écrivit la lettre, la ca-
cheta; les chevaux vinrent, il partit. L'officier, toujours incrédule, ne comptoit pas
beaucoup sur l'effet de la lettre qu'il lui
laissoit; et puis, à propos de quoi être si
empressé à employer son crédit pour lui,
s'il étoit vrai qu'il en eût ? Cependant le
Seigneur allemand arriva; c'étoit le comte
de Dietrichstein, grand-écuyer de l'Empereur : l'officier, faisant bien des excuses,
rendit la lettre, et fut prêt de tomber à la
renverse, quand le grand-écuyer lui dit :
Monsieur, je vous félicite, c'est à l'Empereur à qui vous avez parlé; il m'ordonne
de vous donner quatre cents sequins pour
joindre le régiment dans lequel il vous
destine une compagnie. Là-dessus il descend de chaise, envoie chercher son banquier fait les dispositions nécessaires pour

expédier le pauvre officier, qui en a, dit-on, pensé mourir de surprise et de joie.

A Redicofani, l'Empereur trouva le prince de Lambesc, grand-écuyer de France, qui, aussi bien que lui, s'arrêtoit là pour y passer la nuit : il lui fit faire des complimens, et dire que, si le Prince vouloit le lui permettre, un Baron allemand et son ami, qui venoient d'arriver, auroient l'honneur de lui rendre visite. Le prince de Lambesc, fort jeune alors, auroit bien voulu se dispenser de la compagnie des Barons allemands ; mais son gouverneur le décida à les recevoir. Ils viennent, et l'air et les manières de l'Empereur ayant prévenu le Prince en sa faveur, après quelque tems de conversation, il l'engagea à rester à souper avec lui. Chacun parla de la nouvelle du jour : que le Grand-Duc étoit à Rome, et que l'Empereur y étoit attendu. Je serai bien aise, dit ce dernier, d'avoir l'honneur de vous présenter à ces Princes. Je vous suis obligé, dit M. de Lambesc ; mais vous ignorez peut-être que je suis leur cousin, et que je puis me présenter moi-même. Ah ! cela est vrai, dit l'Empereur,

j'oubliois que vous êtes de la maison de
Lorraine ; sans doute que vous irez voir
vos parens à Vienne, je suis assuré qu'on
vous y recevra bien. Ils se séparèrent assez
contens les uns des autres, avec promesse
de se revoir à Rome. Aussitôt que le prince
de Lambesc fut arrivé, il envoya demander
la permisson de saluer l'Empereur et le
Grand-Duc de Toscane ; et, dès qu'il entra
dans la salle où ils étoient, il fut bien étonné
de reconnoître l'Empereur dans le Baron
allemand, qui l'embrassa, en lui disant :
Venez, mon cousin, je veux m'acquitter
de la promesse que je vous ai faite de vous
présenter au Grand-Duc.

Le prince de Lambesc étoit alors de la
plus jolie figure du monde, et fut fort admiré des dames Romaines. Je le voyois souvent chez la marquise de Boccapaduli ; il
venoit de Turin, où il avoit passé quelque
tems ; et, parlant un jour du feu roi de
Sardaigne, il voulut jeter un ridicule sur
la personne de ce Prince, qui, en effet,
n'étoit pas avantageuse. Je ne pus m'empêcher de l'interrompre, pour lui représenter, aussi poliment qu'il me fut possible,

qu'un Prince, dont la réputation de valeur, de sagesse et d'équité, étoit si bien établie en Europe, méritoit qu'on en parlât avec plus d'égards. Je dois lui rendre la justice que, tout jeune qu'il étoit, il prit très-bien la chose ; et le lendemain, son gouverneur m'ayant trouvé dans une autre maison, me prit à part, et me remercia de la manière dont j'avois relevé son élève.

On m'a rapporté une petite anecdote du prince de Lambesc, après son retour à Paris, qui m'a paru assez réjouissante. Il aimoit passionnément les chevaux, et ce goût n'étoit pas déplacé dans un grand-écuyer de France. Le marquis de D.... racontoit un jour à une dame à Versailles, que le Prince lui avoit dit la veille, en parlant d'un cheval qu'il aimoit beaucoup, qu'il aimeroit mieux monter le *papillon* que d'avoir les bonnes grâces de madame la Dauphine. La dame n'en voulut rien croire ; sur quoi le Marquis, appelant le Prince, lui demanda s'il n'étoit pas vrai qu'il lui avoit dit cela. Mais non, dit le Prince, c'est le *fougueux* que j'ai dit. Quelque tems après, chassant avec madame la Dauphine, cette Princesse lui dit : M. de Lambesc, est-ce le *fougueux* que vous montez là ?

Je reviens à l'Empereur, dont la présence faisoit la plus grande sensation à Rome : le peuple le suivoit partout avec des acclamations extraordinaires ; il crioit sans cesse : *Viva il re de Romani ! siete à casa vostra, siete il nostro padrone !* Je parlois un jour avec le prince Giustiniani, de cette disposition du peuple de Rome pour l'Empereur ; il me donna à entendre que c'étoit aussi celle de tous les grands Seigneurs de Rome ; que l'Empereur n'avoit qu'à vouloir pour y être couronné : mais la difficulté eût été de conserver les États ecclésiastiques, en dépit de toutes les Puissances de l'Europe, qui n'y auroient sûrement pas consenti. Il le sentoit si bien, qu'il évitoit, autant qu'il pouvoit, les occasions de se montrer au peuple. Un jour cependant, qu'il observoit à pied les antiquités du *Forum Romanum*, la place fut dans un moment remplie de monde qui répétoit les cris accoutumés de *Vive le roi des Romains ! vous êtes notre légitime Souverain !* Il se tourna vers l'assemblée, en mettant le doigt sur la bouche ; il y eut à l'instant un profond silence, à

I.   x

peine croyable, parmi une si grande multitude ; mais aussitôt qu'il cessa de leur en imposer par son geste, ils l'importunèrent des mêmes cris, et il fut obligé de quitter la place.

Le prince Corsini, à cette occasion, donna un bal, après lequel on servit un souper de cinq cents couverts : je n'ai jamais rien vu de mieux ordonné ; et ce qui m'étonna le plus, c'est que le prince Corsini me dit le lendemain, que tout avoit été servi de sa propre vaisselle, son linge et sa porcelaine. Je ne crois pas qu'il y ait de grands Seigneurs hors de Rome qui puissent en dire autant. Le prince Doria prépara en trois jours une salle de quatre-vingt pieds en carré dans son palais, où douze cents ouvriers travailloient à la fois, et dans laquelle il y eut un bal superbe. Le cardinal Albani, quoiqu'enfermé dans le Conclave, donna une fête magnifique à sa maison de plaisance ; il y arriva un petit incident qui amusa fort. Une Dame de Raguse, en dansant une contredanse, tomba le plus malheureusement du monde pour une femme, et presqu'aux pieds de l'Empereur. Le dé-

sordre de ses jupes fut tel, que chacun fut
véritablement en peine de la confusion extrême où l'on supposa qu'elle alloit être.
Point du tout ; elle se releva lestement, reprit la danse, sans avoir perdu la mesure,
comme si la chose fût arrivée à toute autre
qu'elle. L'Empereur, qui avoit été embarrassé pour elle, se retourna, et dit en riant :
Eh, vivent les Dames de Raguse.

Je me trouvai à l'une de ces fêtes à côté
de l'Empereur ; il me fit l'honneur de m'a-
dresser la parole ; il parla de ce qu'il avoit
observé le matin : il avoit remarqué sur tout
la fameuse urne de porphyre qui renfermoit
autrefois les cendres d'Agrippa, convertie à
présent en un tombeau pour le pape Urbain.
Cette singularité lui donna occasion de faire
quelques réflexions, qu'il rendit avec beaucoup d'esprit et d'enjouement. Il voulut passer ensuite dans une autre chambre ; et
apercevant qu'il étoit environné par la compagnie, il me dit : Il me semble être à Rome
comme Moyse au passage de la mer Rouge ;
quand je me présente, des flots de monde
s'ouvrent devant moi, et se referment aussitôt que je suis passé ; et si je me retourne,

je vois mon frère avec ses secrétaires, et son capitaine des Gardes, qui, comme Pharaon, en sont enveloppés. Sa conversation dans un cercle étoit naturelle, enjouée, spirituelle : il montroit beaucoup de discernement et de solidité ; et toutes ses questions étoient d'un Prince très-éclairé. Son affabilité étoit celle d'un homme de condition très-poli, sans cependant rien diminuer de la dignité de son rang. Madame Anne Pitt, qui avoit beaucoup d'esprit, entendant vanter la satisfaction qu'il paroissoit avoir à se rendre populaire, *Oui*, dit-elle, *il est tout fier de son humilité*; mais c'étoit un bon mot où la vérité manquoit.

L'Empereur et le Grand-Duc quittèrent Rome pour aller à Naples. Le roi de Naples, qui n'avoit jamais vu ses égaux, s'aperçut bientôt de la différence que l'éducation avoit mise entr'eux ; et il le fit bien sentir en présentant à l'Empereur le duc de Saint-Nicandre, qui avoit été son gouverneur : Voici, dit le Roi, le duc de Saint-Nicandre, à qui je suis redevable de mon éducation ; vous voyez que je ne lui dois pas grand'-chose.

CHAPITRE VII.

Milan. — Marquis de Parabère. — Rhinocéros.

Nous partîmes de Rome, pour nous trouver au tems de l'Ascension à Venise ; l'Empereur y étoit attendu, mais il n'y vint pas. On peut avoir vu toutes les villes de l'Europe, et n'avoir aucune idée de Venise et de la vie qu'on y mène : au lieu de rucs, ce sont des canaux ; au lieu de carrosses, des bateaux qu'on appelle *gondoles*. Les nobles ont des palais magnifiques de la meilleure architecture ; mais ils n'y reçoivent guère compagnie. Leurs femmes ont de petites maisons (*casini*), où elles se rendent le soir pour y voir leurs amis. Il y règne beaucoup d'aisance et de liberté ; le seul qui soit privé de ces avantages est le Doge, qui ne peut jamais sortir de la ville sans la permission du Sénat. Le Gouvernement, toujours très-attentif à sa sûreté, ne permet aucune discussion sur ce qui le regarde ; mais si les esprits sont gênés, les mœurs sont entièrement libres : aussi n'y a-t-il pas de ville où le libertinage soit plus étendu et moins réprimé que dans Venise. J'y trouvai le marquis de Prié, qui étoit venu chercher un asyle dans cette ville, contre ce qu'il appeloit la persécution du roi de Sardaigne. Comme ses biens étoient séquestrés, il en étoit réduit aux ressources ; mais les revers du sort n'avoient point abattu son courage : au milieu des ruines de sa fortune, on eut cru voir Marius assis sur les ruines de Carthage.

Je trouvai aussi à Venise M. le duc de Bragance, proche parent du roi de Portutugal, que j'avois vu autrefois à Turin ; il étoit établi à Vienne, où son mérite distingué avoit autant contribué que sa naissance à lui concilier l'estime, les égards de l'Impératrice-Reine et de toute sa Cour. J'en parlerai plus amplement lorsque je le reverrai à Vienne. Il me fit beaucoup d'amitiés pendant mon séjour à Venise ; il m'engagea fort de venir voir la Cour de Vienne, et m'y détermina par ces paroles : *Venez-y, vous verrez si je suis de vos amis.*

Nous continuâmes à visiter le reste de la Lombardie, et vînmes à Milan, où nous

nous arrêtâmes quelque tems. Il y avoit long-
tems que je désirois connoître personnelle-
ment le comte de Firmian, qui étoit premier
ministre dans les États de la maison d'Autriche en Lombardie. Quelque grande que
fût sa réputation de sagesse, de politesse,
d'esprit et de bonté, je trouvai que son commerce en donnoit encore une plus grande
idée ; la simplicité de ses manières relevoit
infiniment toutes ses belles qualités. Il aimoit les arts et les sciences, les cultivoit et
les encourageoit. Il y a beaucoup de grandes maisons riches à Milan. Dans le tems
que j'y étois, les maisons *Litta*, *Clerici*,
Boromeo, *Dada*, *Zerbelloni*, y faisoient
la première figure ; la maison *Litta*, sur-
tout, étoit distinguée par la politesse et
l'hospitalité avec laquelle les étrangers y
étoient reçus. La marquise Cusani et la comtesse Castiglione, filles de la marquise Litta,
qui étoient nouvellement mariées, y brilloient à la Cour de la princesse de Modène ;
et la marquise Litta élevoit trois ou quatre
autres jeunes demoiselles, qu'elle produisoit dans le monde avec tout le succès que
méritoit la bonne éducation qu'elle leur
donnoit. J'appelois cette maison la pépinière

des grâces ; et loin d'être jalouses de la dé-
finition, les femmes mêmes l'approuvèrent.

Il n'y a point de ville en Italie où les étrangers soient mieux reçus qu'à Milan, c'est
même la seule où ils soient invités à manger
dans les maisons qu'ils fréquentent. Toute
la Noblesse parle François, et quant aux
mœurs, il semble qu'on y ait adopté ce que
la société présente de plus agréable dans
l'Italie, l'Allemagne et la France. Il y avoit
de très-aimables femmes à Milan, et l'éducation qu'elles y reçoivent est très-propre à
les former telles. Parmi les hommes d'esprit,
étoient le père Frisi, le père Boscowich, et
le marquis Beccaria, dont la conversation
me plut davantage que la lecture qu'il me
fit d'un livre qu'il a publié depuis. C'est le
Traité sur le style, où il a oublié de donner
l'exemple avec les préceptes ; du moins le
style de ce Traité m'ennuya mortellement:
j'en fus quitte pour la première partie.
Malgré cela, le marquis Beccaria étoit un
homme de beaucoup d'esprit et de génie,
et d'une grande aménité dans la société.

Milord Algernon Percy fut près d'être la
dupe d'un homme qui se disoit le marquis

de Parabère, et lieutenant - colonel de la
troisième légion en France. Il le voyoit au
théâtre, et m'en parloit souvent ; il étoit
enthousiasmé du marquis de Parabère. Je
doutois un peu de l'authenticité du personnage, ne le voyant nulle part dans la bonne
compagnie. Il avoit, disoit-il, des lettres
pour le comte de Firmian, mais il ne se
soucioit pas de se faire présenter. Je proposai à Milord de l'amener dîner avec nous
pour le sonder ; et, après le repas, je lui dis
à l'oreille : Ce n'est qu'un aventurier, un
charlatan ; vous verrez qu'il finira par vous
emprunter de l'argent. Milord fut prêt à se
fâcher de ce que j'avois si mauvaise opinion
de son ami. Deux jours après, il me fit appeler le matin, pour me communiquer un
billet qu'il venoit de recevoir du Marquis,
qui le prioit de lui prêter cent louis, disant
qu'il étoit obligé de partir pour Gênes, afin
de négocier pour vingt mille francs de let-
tres-de-change : je demandai à suggérer la
réponse, dans laquelle je faisois dire à Milord qu'il étoit charmé d'avoir l'occasion de
lui être utile ; et que, s'il vouloit présenter
les lettres qu'il avoit pour M. le comte de
Firmian, il lui épargneroit le voyage de

Gênes, en faisant prendre ses lettres - de-
change par son banquier à Milan. Il s'en
excusa sur quelques prétextes; je demeurai
ferme dans le mien ; cela l'embarrassa : il
crut en imposer en faisant voir ses lettres-
de-change, qu'il envoya à Milord : l'inspection seule d'un moment suffisoit pour en
dévoiler la fausseté. Milord fut convaincu,
et cependant, par générosité , il lui envoya
quelques louis. Je craignis la récidive , et
priai le comte de Firmian d'y pourvoir. On
avoit déjà les yeux sur lui ; le Marquis eut
ordre de partir de Milan en vingt-quatre
heures. Il en sortit seul à pied, et un de mes
amis, qui l'avoit rencontré ailleurs, me dit
qu'il l'avoit vu , deux jours après, entrer
dans la cour de la meilleure auberge de
Parme en chaise de poste à quatre chevaux.

C'est le seul aventurier que j'aie rencontré dans ce voyage. J'avois été presque moi-
même la dupe d'un autre que j'ai connu à
Turin : mais j'étois assez excusable; c'étoit
un François que je voyois chez l'ambassadeur de France. Il ne disoit pas son nom ;
mais l'Ambassadeur savoit son secret, l'approuvoit, et le présentoit : il s'attacha à

moi, me demanda une lettre pour le consul
Anglois à Gênes. Il partit, et, deux jours
après, ayant quelques soupçons contre la
probité de l'homme, parce qu'il faisoit fort
l'important, et parloit toujours de ses équipages qu'il avoit envoyés devant, j'écrivis
par la poste au Consul, que ma recommandation n'alloit pas jusqu'à le prier de lui
fournir de l'argent. Ma lettre arriva fort à
propos, dans le tems précisément que le
Consul alloit lui donner cinq cents louis sur
ses lettres sur Marseille; il éluda la conclu-
sion de l'affaire. Pendant ce tems il s'éventa
une autre mine; mon homme prit la fuite
avec quelques effets de l'hôte chez qui il
étoit: on courut après lui, il fut arrêté, dé-
pouillé de tout, et abandonné pour toute
ressource aux efforts de son imaginative.

De tous les voyageurs d'industrie que
j'aie vus ou dont j'aie entendu parler, le
voyageur Hollandois, dont m'a parlé un de
mes amis, mérite la palme. M. Bowlby m'a
raconté, que, faisant un voyage en France,
il rencontra à Lyon un gentilhomme Hollandois d'un certain rang, mais qui n'étoit
pas riche. Il mangeoit ordinairement avec

les étrangers à table d'hôte, et parloit avec
empressement d'un animal merveilleux, un
rhinocéros, qui se trouvoit alors dans cette
ville, et | re-soit toujours les nouveau-ve-
nus d'aller voir cet étrange animal, dont il
relevoit tellement les qualités singulières,
qu'il les y faisoit retourner plus d'une fois.
M. Bowlby, l'ayant rencontré dans plusieurs villes, et lui voyant toujours le même
empressement, fut curieux d'en approfondir le motif. Il découvrit enfin, que le
gentilhomme Hollandois avoit imaginé le
moyen de vivre avec économie en achetant
un rhinocéros, qu'il envoyoit au-devant,
par un homme de confiance, dans toutes
les villes où il vouloit s'arrêter ; et, s'intro-
duisant avec les étrangers dans la bonne
compagnie, il donnoit bientôt une réputation au rhinocéros, qui, de son côté, le
défrayoit de la dépense de ses voyages.

Nous arrivâmes à Turin, où j'avois formé
le dessein de passer cinq ou six mois. Le
nombre d'amis que je m'y étois fait rendoit
ce séjour préférable à tout autre, pour l'a-
vantage de milord Algernon, par la facilité
que j'avois de le mettre bien à la Cour et à

la ville. Lorsque nous fûmes présentés, le
duc de Savoie eut la bonté de féliciter Milord d'avoir un ami tel que moi, dont il ne
pouvoit mieux faire, dit-il, que de suivre
les conseils. Le Roi lui fit l'honneur de lui
permettre de porter son uniforme de chasse,
et de chasser avec lui, ce qui lui donnoit
l'occasion d'être souvent avec la famille
royale. Il se plaisoit fort à Turin ; j'étois
tranquille à son égard, et je goûtois en
toute sécurité la satisfaction de revoir des
amis à qui j'étois sincèrement attaché.

CHAPITRE VIII.

Visite à Voltaire et à Brucker. — Voyage
en Allemagne.

Le mariage du Dauphin avec l'archiduchesse Antoinette étoit arrêté. Toute la famille impériale devoit se trouver à Vienne
à cette occasion. Le prince Charles de Lorraine s'y rendoit aussi pour recevoir l'archiduc Maximilien, coadjuteur de l'Ordre
Teutonique, et l'on préparoit des fêtes
magnifiques pour célébrer ces événemens.
Ces circonstances nous déterminèrent à nous
rendre à Vienne ; et nous prîmes la route de
Genève, parce que je voulois rendre visite
à M. de Voltaire, que je n'avois jamais vu,
et qui m'avoit invité d'aller le voir.

J'avois publié à Rome une brochure, intitulée *le Tocsin*, où l'incrédulité étoit attaquée avec force, et la fausse philosophie
mise dans un jour propre à en dévoiler l'absurdité. Voltaire, Rousseau, et quelques
autres, sans être nommés, y étoient peints
avec des couleurs un peu fortes, et quel-

qu'un avoit pris le soin d'envoyer l'ouvrage
à Voltaire, et de l'informer que j'en étois
l'auteur. J'ignorois que *le Tocsin* fût parvenu jusqu'à lui, et je ne fus pas peu surpris,
lorsque j'entrai dans sa chambre, de me
voir assailli par une apostrophe : Ah ! ah !
Monsieur, c'est donc vous qui avez sonné
le tocsin contre moi ? Je n'avois pas mis
mon nom au *Tocsin ;* il n'étoit pas poli de
m'en avouer l'auteur ; et je ne voulois pas
le nier. Je trouvai donc à propos de laisser
la chose indécise. M. de Voltaire, répondis-
je sans hésiter, je suis surpris que vous, qui
trouvez souvent mauvais que le public vous
impute des écrits auxquels vous n'avez pas
mis votre nom, m'accusiez d'avoir fait un
ouvrage qui n'est pas autorisé du mien. Ah!
Monsieur, il y a des accusations vraies, il y
a des accusations fausses ! Je lui répliquai
qu'il restoit toujours à savoir dans quel rang
devoit se placer celle - ci. Il parut se contenter de cette réponse, et la conversation
devint générale : je lui dis que j'allois en
Russie. Vous allez dans le pays des triom-
phes, dit le philosophe en élevant une voix
traînante : passerez-vous par Berlin ! Oui,
Monsieur. Vous verrez le roi de Prusse ;

faites-lui mes complimens; dites-lui que
j'ai lu ses vers : toujours du même ton. Je
ne pus m'empêcher d'admirer la fatuité d'un
bel esprit, qui pouvoit imaginer qu'un homme qui n'avoit pas perdu le sens, se seroit
chargé d'une commission aussi impertinente
auprès d'un grand Roi. C'étoit à-peu-près
dans le tems que M. de Voltaire avoit une
dispute avec le savant M. Larcher, sur la
signification d'un mot grec : je m'aperçus
qu'il avoit un Dictionnaire grec ouvert au
mot en question, et je le quittai pour lui
donner le loisir d'étudier sa leçon. J'oubliois de faire mention, que, parlant des
querelles des Rois si funestes à l'humanité,
il dit, toujours de la même voix : Voilà,
Monsieur, ceux contre qui il faudroit son-
ner le tocsin; et peu après, il publia la
brochure du *Tocsin des Rois*.

Nous ne restâmes que trois jours à Genève,
étant impatiens d'arriver à Vienne ; nous
nous arrêtâmes quelques heures à Lausanne
pour voir M. Tissot, et de même à Berne
pour rendre visite au célèbre M. Haller. Je
fus surpris de trouver celui-ci aussi bien
informé de ce qui se passoit en Angleterre,

sur-tout quand j'appris qu'il n'avoit point
d'autre intelligence que les gazettes angloises, qui sont pleines de faussetés, souvent
ridicules, et de nouvelles controuvées afin
de remplir la feuille. J'y ai reconnu quelquefois de vieilles histoires tirées d'Héro-
dote, ou de Plutarque, habillées à la moderne; et, ce qu'il y a de plus plaisant, j'ai
trouvé ces mêmes histoires copiées sans discernement dans la Gazette de France sous
l'article *Londres*. M. Haller, avec plus de
sagacité, trouvoit la vérité, en accordant
ensemble deux ou trois de ces gazettes qu'il
recevoit, et en suspendant son jugement
sur les choses extraordinaires, jusqu'à ce
qu'elles se trouvassent assez confirmées,
ou du moins non contredites. Il faisoit de
cela une espèce d'algèbre politique qui l'a-
musoit, et il étoit en effet très-bien informé.
De Berne nous fûmes à Bâle et à Schaffhau-
sen, où se voit la cascade du Rhin, qui est
la plus considérable qu'il y ait en Europe,
après celle de Terni, et, selon quelques
personnes qui ont vu les deux, presque
égale à celle de Niagara en Amérique.

Je voulus passer par Augsbourg pour y
voir le savant M. Brucker, auteur de l'His-

toire critique de la Philosophie ancienne
et moderne, en six volumes *in*-4°. Il m'a-
voit servi avec beaucoup de zéle dans mon
édition de Leibnitz, et j'avois d'ailleurs la
plus grande vénération pour cet homme,
célèbre par le mérite de son ouvrage, l'une
des plus utiles productions du siècle. Nous
fûmes un peu embarrassés d'abord ; car il
ne parloit ni l'anglois ni le françois : je
n'entendois pas l'allemand, et son latin
me parut de l'allemand, comme le mien
lui parut une langue étrangère. Peu à peu,
cependant, nos oreilles se firent à la différence de la prononciation, et j'eus tout lieu
d'être satisfait du tems que je passai avec cet
homme respectable, qui mourut six mois
après.

Nous traversâmes toute l'Allemagne sans
savoir un mot de la langue, ce qui étoit
très-incommode. Heureusement je trouvai,
dès les premiers jours, un aubergiste qui
me parla latin : il me dit, que je pouvois
me servir de cette langue sur toute la route ;
que je trouverois que la plupart des auber-
gistes et des postillons même l'entendoient,
ce qui étoit vrai. Ayant demandé à mon

domestique comment il se tiroit d'affaire,
il me dit assez plaisamment, qu'il leur parloit mauvais anglois, et qu'ils en faisoient
de l'allemand.

Il ne sera pas mal à propos de communiquer ici une remarque assez curieuse sur
l'analogie de l'anglois avec les langues voisines. Tous les mots de nécessité y viennent
de l'allemand, et les mots de luxe et de la
table du françois. Le ciel, la terre, les élémens, les noms des animaux, des meubles,
des mets nécessaires, tout cela est le même
en allemand et en anglois; les modes dans
les habits et toutes les choses de cuisine, de
luxe ou d'ornement, sont tirés du françois,
et cela à un tel point de précision, que les
noms des animaux qui servent à la nourriture ordinaire de l'homme, comme bœuf,
veau, mouton, se nomment en anglois
comme dans l'allemand *ox*, *calf*, *schüp*,
en nature ; mais, servis sur la table, ils
changent de noms, et dérivent du françois,
beef, *veal*, *mutton*. Tout lecteur en verra
facilement les raisons.

Nous rencontrâmes à Lintz Madame la
Dauphine, qui alloit à Paris. Nous regret-

tâmes de n'être pas arrivés huit jours plutôt; mais il nous restoit encore assez de fêtes
à voir pour nous dédommager. Nous arrivâmes à Vienne, où notre dessein étoit de
passer quinze jours ou trois semaines ; le
bon accueil qu'on nous fit nous engagea à
y rester près d'une année.

CHAPITRE IX.

Séjour à Vienne. — Tableau de cette Cour.

Milord Stormont, que je connoissois déjà, étoit ambassadeur d'Angleterre à la Cour de Vienne; le secrétaire d'ambassade, M. Langlois, étoit de mes amis. Je comptois beaucoup sur les paroles obligeantes que m'avoit tenues M. le duc de Bragance, à Venise; ensorte que je ne doutois point de la bonne réception que je trouverois à Vienne. Milord Stormont nous présenta à l'Empereur et à l'Impératrice. L'Empereur dit aussitôt, Nous nous sommes vus en Italie; et l'Impératrice, apprenant d'où nous venions: Ah, vous venez d'Italie? vous avez donc vu mes enfans? Alors, plus que jamais, cette grande Princesse pouvoit dire la même chose à presque tous les voyageurs; car elle avoit eu le bonheur et le pouvoir de former les plus grands établissemens pour ses enfans, dont jamais Prince dans l'histoire ait donné l'exemple. De quatre filles qu'elle

avoit mariées, l'une étoit reine de France,
une autre reine de Naples, la troisième duchesse de Parme, et la quatrième comme
gouvernante du royaume de Hongrie, où
elle tenoit l'état d'une Reine. L'aîné de ses
fils étoit Empereur ; le second grand-duc
de Toscane ; le troisième gouvernoit la
Lombardie, et vivoit à Milan en Prince
souverain ; le quatrième étoit coadjuteur
de l'électorat de Cologne, évêque de Muns-
ter, et grand-maître de l'ordre Teutonique ;
et il restoit encore le royaume de Bohême à
l'Impératrice pour y placer un gendre, si
elle eût marié la princesse Elisabeth : ensorte que tous ses enfans étoient Souverains,
ou en avoient le jeu ; car ceux qui résidoient
en Lombardie, à Presbourg, ou dans quelqu'autre partie que ce fût de ses États, y
jouissoient de toute la considération qu'elle
eût pu y avoir elle-même.

Pendant près d'un an que j'ai passé à
Vienne, j'ai eu assez d'occasions d'être informé du caractère de cette Princesse ; et
je puis dire, avec vérité, qu'il est peu de
Souverains dans les fastes du tems, dont
les vertus et les grandes qualités brillassent

avec plus de lustre. Sa fermeté dans ses malheurs , le génie et l'activité qu'elle mit en
œuvre pour s'en tirer , la sagesse de son
gouvernement , le choix de ses ministres ,
sa modération , son amour pour ses peuples,
sont connus de tout l'univers ; c'est dans ses
États , et sur-tout à Vienne , qu'il faut avoir
été pour connoître ses vertus privées. L'a-
mour de ses enfans , et le soin particulier
qu'elle a pris elle-même de leur éducation ;
sa piété , sa libéralité envers tous ceux qui
l'approchoient ; sa constance dans l'amitié
pour ceux qu'elle jugeoit dignes de la sienne,
sa manière de vivre avec eux , tout servoit
à faire l'éloge de son cœur et de son esprit.
On aimoit à voir l'aisance avec laquelle elle
envoyoit, tous les ans, demander à dîner
à ceux des Grands de sa Cour qu'elle
aimoit , à la ville ou à la campagne. Si
c'étoit à la campagne, elle y alloit avec ses
gardes, qui la quittoient à la porte , et elle
étoit gardée par ses sujets, qui étoient ses
amis. Je l'ai vue ainsi chez le prince Esterhazi, et chez le comte Palfi , en Hongrie,
se promener seule dans les jardins , ou se
retirer dans un cabinet de verdure , avec
un livre ou son ouvrage. Le maître de la

maison avoit l'attention de recommander
qu'on ne l'interrompît point dans ses momens de retraite, et chacun avoit naturellement assez de discrétion pour éviter
de se trouver là où elle étoit. Enfin, je ne
sais lequel on doit admirer davantage, ou
la manière extrêmement affable et remplie
de confiance avec laquelle l'Impératrice se
communiquoit à ses sujets, ou le retour
précieux d'amour et de vénération dont elle
en étoit récompensée.

L'Empereur suivoit en cela l'exemple de
son auguste mère. J'ai parlé de son affabilité à Rome; il se montroit le même à Vienne,
avec cette différence que, ne voyant là autour de lui que des personnes qu'il aimoit,
il avoit toujours un air ouvert et satisfait,
qui prévenoit infiniment pour lui. J'ai eu
l'honneur de me trouver souvent en sa présence, ou à l'opéra dans les loges, ou dans
quelques maisons particulières; et je lui ai
toujours remarqué cette politesse qu'on aimeroit dans un homme privé, accompagnée
d'un air de dignité inséparable de son caractère. Je sens qu'il y auroit un ridicule
extrême à tirer la moindre vanité d'une

expression polie de la part d'un Prince qui
n'en employoit pas d'autres ; et l'on ne me
croira pas capable d'une telle démence,
pour rapporter ici, qu'un jour que je jouois
au *whist* avec quelques Dames de sa Cour,
il s'approcha de la table : les Dames se levèrent et s'assirent en même-tems ; et,
comme je continuois à rester debout, il
me prit par le bras en me disant : Asseyez-
vous donc, M.** ; vous vous moquez de moi.
Je l'ai vu une autre fois dans le parterre, à
un théâtre de société ; c'étoit chez le comte
de Palfi à Presbourg. Il étoit en uniforme,
et se sentit coudoyer par quelqu'un, qui
sûrement ne le reconnoissoit pas : il se
tourna promptement ; et voyant que c'étoit
un valet-de-chambre qui portoit des rafraîchissemens à la compagnie, il lui fit place,
en disant : Il a raison, il a plus à faire ici
que moi. Un soir qu'il y avoit grand cercle
et jeu à la Cour, l'Empereur, qui ne jouoit
jamais, voyant que j'étois presque le seul
qui ne jouoit pas, me fit l'honneur de venir
à moi ; et ce fut dans cette conversation
principalement que j'eus la plus belle occasion de remarquer sa pénétration et la solidité de son jugement.

Le jour que nous fûmes présentés à la Cour, milord Stormont nous mena chez les deux principaux Ministres, qui tenoient maison ouverte , le prince de Kaunitz et le le prince de Colloredo , et il nous présenta là à toutes les personnes qui s'y trouvèrent. Le lendemain , son secrétaire nous donna une liste des personnes à qui nous avions été introduits la veille ; nous fûmes nous faire inscrire à leur porte , et cela nous valut des invitations à dîner chez toute la Noblesse , qui prolongèrent de jour en jour et de semaine en semaine notre séjour à Vienne jusqu'à l'année suivante.

Le duc de Bragance m'avoit bien dit que, si je venois à Vienne , je verrois s'il étoit de mes amis. Il y jouissoit d'une si grande considération, qu'il étoit en son pouvoir d'en faire réjaillir une partie sur moi , et il le fit avec toute la chaleur et le zèle qu'il auroit pu avoir pour un ami à qui il auroit eu les plus grandes obligations : cependant je n'avois d'autre mérite auprès de lui que celui d'avoir bien senti le sien , lorsque je l'avois rencontré à Turin , et d'avoir cherché avec empressement l'honneur de le connoître.

Le duc de Bragance avoit beaucoup de
crédit auprès du roi de Portugal. Mais le
comte d'Oeyras, depuis marquis de Pom-
bal, qui commençoit à s'élever, voyant que
l'esprit et la capacité du duc de Bragance
seroit toujours un obstacle à son ambition,
forma mille intrigues contre lui. Il fit tant
qu'enfin il lui donna des sujets de mécon-
tentement, qui lui firent prendre le parti
de s'éloigner de sa patrie, et de voyager
dans les Cours de l'Europe. Il vint à Vienne
dans le tems de la dernière guerre; il offrit
ses services à l'Impératrice, et se distingua
avec tant d'éclat dans les armées, par sa
vaillance, son zèle, sa générosité, son humanité, que, quoiqu'il n'eût aucun commandement, il se trouvait partout comme
volontaire, et il étoit devenu l'idole des soldats; il y eut plusieurs occasions où son
courage personnel valut la décision d'une
action importante, et servit plus que l'habileté du Général. L'Impératrice recon-
noissante le fixa à Vienne, par la distinction avec laquelle elle le traita; les Ministres
et les courtisans souscrivirent sans difficulté
à la justice qui lui étoit rendue : son mérite peu commun sembloit le mettre au-

dessus de la jalousie. Les Dames croyoient
voir en lui un de ces vrais chevaliers, qu'on
ne trouve plus que dans les livres de l'ancienne chevalerie : il les honoroit toutes ;
mais il s'attacha plus particulièrement à la
princesse Esterhazi, qui jouissoit d'une faveur particulière auprès de l'Impératrice.
Enfin, il avoit beaucoup d'esprit, d'élévation d'âme, et il étoit d'une délicatesse
extrême sur l'honneur, l'amour et l'amitié.
Tel étoit l'ami que j'eus le bonheur de
trouver à Vienne : il mit tant de soin à
donner bonne opinion de moi dans la société, qu'en huit jours de tems je fus admis
à l'intimité de ceux avec qui il vivoit le
plus, sur-tout à celle de M. le prince de
Kaunitz, qui ne se communiquoit qu'avec
beaucoup de réserve.

La vie que l'on mène à Vienne est la plus
raisonnable et la plus sociable que j'aie
trouvée par-tout ailleurs. On dîne souvent
ensemble, on cause ou l'on joue après le
dîner jusqu'au soir ; le soir on va au spectacle, et de là dans les maisons ouvertes,
où chacun fait sa partie comme il lui plaît ;
ou bien l'on se retire dans une société par-

ticulière de quelques amis, qui se retrou-
vent tous les jours dans les maisons des
Ministres, ou chez quelqu'un de la société.
L'on y met tout ce qu'on a d'esprit et d'enjouement ; sur-tout on n'y voit point de
morgue, quoi qu'en puisse dire ceux qui
parlent des Allemands sans les avoir connus
chez eux. Il me semble que l'on entend par
morgue une contenance grave et sérieuse,
de la dureté, de la gravité et de la sottise
en doses égales ; et dans ce sens-là, j'ose
dire qu'il y a beaucoup moins de morgue
à Vienne que dans telle ville capitale de
l'Europe qui ne s'en doute pas.

Il est vrai que la maison de Lorraine n'a
pas peu contribué à bannir de la Cour de
Vienne la sévère étiquette qui y régnoit.
François Ier. admettoit plusieurs des principaux officiers de la couronne à sa table ; il
passoit la plus grande partie de son tems
dans leur compagnie, animoit la conversation par sa bonne humeur, et sur-tout il
contoit avec beaucoup d'esprit et de gaieté.
J'ai entendu son médecin citer plusieurs
anecdotes charmantes, qui peignoient à
merveille son caractère de douceur, d'es-

prit et de bonhomie, qui le faisoient adorer
de ses courtisans. J'en ai connu plusieurs
qui ne parloient de lui que les larmes aux
yeux.

CHAPITRE X.

Portraits du Prince de Kaunitz et de quel-
ques personnes de la Cour de Vienne.

La Cour de Vienne est magnifique par la
quantité de grands Seigneurs et de Princes,
des premières maisons d'Allemagne, qui y
sont attachés. Il n'est pas extraordinaire de
voir des Souverains faire leur cour à Vienne,
et servir dans les armées de l'Empereur. J'y
ai vu un frère et un neveu du roi de Pologne, un frère de la Czarine, des Princes
de Hesse, d'Anhalt, de Saxe, dans la foule
des courtisans. Le prince Esterhazi, le prince
Lichtenstein, sont de plus grands sujets
qu'aucun des sujets du roi de France, d'Angleterre ou du roi d'Espagne ; ils ont des
revenus aussi considérables que le plus riche
d'entr'eux, et des priviléges plus étendus.
J'ai été chez le prince Esterhazi en Hongrie :
il avoit deux cents gardes campés devant
son château ; son capitaine des gardes dînoit avec lui ; après le dîner une bande de
bons musiciens jouoit pendant que l'on
prenoit le café ; et il avoit deux troupes de

comédiens constamment à ses gages, l'une
Allemande et l'autre Italienne. Je ne connois point d'établissement semblable chez
aucun sujet d'Europe. J'étois à Presbourg,
quand il donna un bal et un souper à l'Impératrice à une lieue de la ville; le souper
étoit de trois cents couverts, et les rafraîchissemens au bal furent servis par cinquante de ses gardes, à qui il avoit donné,
pour cette fête, des uniformes brodés
en or.

Le duc de Wirtemberg étoit autrefois at-
tache à la maison d'Autriche; il mena même
dix mille hommes à son secours dans la dernière guerre. Il y a à ce sujet une assez bonne
anecdote. Il eut un commandement à part,
et entra avec sa petite armée dans la Basse-
Lusace; quand il s'y fut établi et qu'il eut
fait quelques prisonniers, il écrivit au roi
de Prusse pour lui proposer un échange de
prisonniers. Le roi de Prusse avoit alors à
son service le prince Louis, frère du duc de
Wirtemberg; voici la réponse qu'il lui fit :
« Monsieur, j'ai reçu votre lettre, par la
» quelle j'apprends que vous me faites la
» guerre; votre frère est chargé de vous

» faire ma réponse.» Et il donna cinq mille
hommes au prince Louis , avec ordre de
chasser de la Lusace son frère et ses dix
mille hommes.

La société dans laquelle je vivois le plus,·
étoit celle du prince de Kaunitz; il en étoit
le grand ressort. Ses constantes occupations,
jointes à la considération de vingt-cinq ans
d'une administration heureuse, sage et sans
reproche, portoient naturellement ceux qui
composoient cette société à étudier ses·
goûts et ses loisirs pour la lui rendre agréable. Mesdames de Thun et de Walstein , la
Comtesse de Bergen , et quelques autres
Dames très-aimables, le duc de Bragance et
Milord Stormont en étoient la base; on y admettoit quelques étrangers, et d'autres hommes dont l'esprit et les talens suppléoient
au défaut de la naissance. Laugier, médecin de la Cour , y brilloit par son goût, par
la délicatesse et l'agrément de son esprit,
et par la fertilité de son imagination. Personne n'avoit si bien médité sur le bonheur
que lui , personne ne savoit mieux le goûter et le faire connoître : il disoit qu'à vingt
ans on tue le plaisir, à trente ans on le

goûte, à quarante on le ménage, à cinquante
on le cherche , et à soixante on le regrette.
C'étoit le St.-Evrémont de Vienne , excepté
que son héros , qui étoit le duc de Bragance,
avoit de plus belles qualités et moins de défauts que le comte de Grammont. Le prince
de Kaunitz étoit certainement l'un des plus
grands Ministres qui ait jamais gouverné un
grand empire. La sagesse et l'intégrité de
son administration ne le cèdent en rien à
celle de Sully ; comme lui , il avoit pris les
rênes du Gouvernement dans des tems dif-
ficiles , et immédiatement après une guerre
longue et dispendieuse. Il avoit , comme
Sully, mis le plus grand ordre dans les finances , payé les dettes de l'Etat , et établi si bien
le crédit public, que , lorsque j'étois à Vienne , l'intérêt de l'argent y étoit au-dessous
de quatre pour cent. Sa modération lui fit
résigner ce département, pour ne s'occuper
que de celui des affaires étrangères , qui
embrasse le gouvernement des Etats de
Flandres, d'Italie et d'autres pays éloignés.
Il jouissoit tellement de la confiance publique , que , dans la dernière guerre , il ne
manqua jamais d'argent. Le baron de Frise,
banquier de la Cour , m'a dit qu'il avoit

souvent transigé en peu de paroles les plus
grandes affaires avec M. le prince de Kaunitz , tant il comptoit sur la solidité des
mesures qu'il prenoit en tout ce qu'il faisoit. On l'envoyoit chercher ; le Prince lui
disoit : L'on a besoin de tant de millions ,
sur tels fonds , qui rentreront dans tel tems :
le Baron n'en demandoit pas davantage ;
il écrivoit à madame Nettine , à Bruxelles ;
à M. de la Borde , à Paris , et ailleurs : il
faisoit l'emprunt, et les fonds ne manquoient
jamais de rentrer au tems marqué.

Le prince de Kaunitz m'a raconté lui-
même, qu'un jour, dans un Conseil des finances, où assistoit l'Impératrice, il proposa une
taxe pour laquelle des fermiers offroient
un prix fort au-dessous de la valeur : le
Conseil étoit d'avis, cependant, d'acquiescer
à leur offre ; le prince de Kaunitz seul s'y
opposa, et prit sur lui de mettre la taxe en
régie. Il leva sans vexation deux millions
de florins de plus que le prix proposé ; et il
entra, le premier jour de l'an , chez l'Impératrice , avec cette épargne, qu'il dit lui
apporter pour ses étrennes.

Sous l'administration du prince de Kaunitz , on a vu les campagnes bien cultivées ,

les chemins bien entretenus, les manufactures fleurir, le commerce augmenter : la
cabale et l'envie n'ont jamais pu venir à
bout de noircir une seule action du plus
long ministère dont on ait l'exemple dans
un gouvernement absolu. Enfin, la plus
forte preuve qu'on puisse rapporter de
l'intégrité de sa conduite dans les affaires,
est que ses ennemis ou ses envieux, ne lui
ont point imputé de vices ni de fautes ;
mais ils ont été réduits à pénétrer dans le
sanctuaire de sa retraite, pour y chercher
des singularités à lui reprocher. Un de ces
envieux, que le prince de Kaunitz avoit
pourtant servi plusieurs fois, eut l'imprudence un jour, à la table même du Prince, de
m'entretenir de frivoles observations de
cette nature. Il vouloit même y répandre un
vernis de ridicule, lorsque je l'interrompis,
en lui disant : Monsieur, le plus grand éloge
qu'on puisse faire d'un Ministre, qui a été
vingt-cinq ans à la tête des affaires, c'est
de n'avoir rien de plus à lui reprocher que
ce que vous venez de dire.

Le prince de Kaunitz avoit une très-
grande pénétration dans les affaires et dans

la connoissance des hommes ; beaucoup
d'esprit et de génie, et une si grande facilité à travailler, qu'il dirigeoit souvent plusieurs secrétaires à la fois. Il étoit sérieux
en public, mais d'une gaieté douce et aimable avec ses amis. Il honoroit la vertu et la
vérité ; et il avoit une aversion si décidée
contre le vice et le mensonge, qu'il n'engageoit jamais la conversation avec un mal-
honnête homme, de quelque rang qu'il fût,
à moins qu'il ne pût absolument s'en dispenser. Il me tint un soir à son assemblée,
long-tems debout à parler, sans avoir rien
de particulier à me dire. Comme je faisois
mine de le quitter, il me retint : Ne me
quittez pas, me dit-il ; voilà le Prince **,
qui n'attend que cela pour causer avec moi ;
mais c'est un menteur, dont la conversation me peine, et je ne veux pas lui parler.

Parmi les Dames qui brilloient alors à la
Cour de Vienne, les princesses Lichtenstein, et sur-tout la princesse Charles, la
princesse d'Auersperg, et la duchesse d'A-
remberg, étoient les plus remarquables.
Celle-ci, quoique la première sujette de
l'Impératrice en Flandres, étoit comme

étrangère à Vienne, où elle venoit rarement. Elle étoit parfaitement belle ; mais
d'une réserve si grande, qu'on la prenoit
pour de la hauteur. Le duc de Bragance
lui donnoit la main partout, et en étoit
grand admirateur. Il me présenta un jour
à la Duchesse, chez le prince Kaunitz, pour
faire sa partie de jeu ; la tournure de sa présentation me parut neuve et galante. Madame la Duchesse, dit-il, permettez que j'aie
l'honneur de vous présenter un de mes amis,
à qui j'ai mille obligations ; et tout d'un
coup, se tournant vers moi, Monsieur,
ajouta-t-il, il me semble que nous sommes
quittes.

Le prince de Ligne, un des premiers
Seigneurs de Flandres, étoit aussi à Vienne
alors ; il faudroit écrire dix pages pour le
définir, encore ne comprendroit-on pas bien
son caractère. Qu'il suffise de dire, que chaque trait en paroîtroit ou aimable, ou agréable. Il étoit d'une société délicieuse, particulièrement quand il étoit secondé par le
chevalier de Boufflers, et le Chevalier se
trouvoit heureusement à Vienne.

J'avois le plaisir de souper souvent avec
eux chez la comtesse Esterhazi ; la comtesse

Lignowski, et dans quelques autres maisons : rien n'étoit plus brillant et plus animé
que leur conversation ; tous deux s'amusoient à faire des vers, et s'en acquittoient
fort bien ; sur-tout le chevalier de Boufflers, lequel passoit, avec raison, pour le
plus aimable poëte de la France : il étoit
depuis six mois à Vienne, d'où il se proposoit d'aller faire la guerre en Pologne.
Il voyagea depuis ce tems-là en Suisse, d'où
il écrivit à sa mère des lettres qui ont été
imprimées, où l'on trouve des traits charmans d'esprit et de gaieté.

La mère du chevalier de Boufflers (Madame la marquise de Boufflers) est une
Dame de beaucoup d'esprit ; mais il faut
bien se garder de la confondre, et même
de la comparer avec la comtesse de Boufflers, dont j'ai parlé dans la seconde partie
de ces Mémoires. Celle-ci est supérieure à
l'autre en figure, en agrémens, en esprit
et en raison : la Marquise étoit cependant
fort aimable ; elle vivoit beaucoup en Lorraine ; et l'on dit même que le roi de Pologne,
Stanislas, quoique très-avancé en âge, en
étoit fort épris. Il savoit que son Chancelier,

beaucoup plus jeune que lui, étoit amoureux de cette Dame : un jour que le Chancelier entroit chez elle , il la quitta en lui
baisant la main plusieurs fois ; et lui dit,
en la regardant tendrement , *Mon Chancelier vous dira le reste.*

L'archiduc Maximilien fut reçu coadjuteur de l'Ordre Teutonique, dont le prince
Charles étoit Grand-Maître ; il y eut à cette
occasion les fêtes les plus brillantes à la
Cour. Je n'entreprendrai pas de les décrire
toutes ; mais je ne puis passer sous silence
le bal masqué que l'on donna à la maison
du prince Eugène , à une lieue de la ville :
quoique la maison fût extrêmement grande,
on y ajouta une salle de quatre cents pieds
de long, dans toute la façade du bâtiment.
Cette façade étoit illuminée par plus de cent
mille lampions ; c'est, après l'illumination
de Saint-Pierre à Rome, la plus belle que
j'aie vue. Les appartemens étoient éclairés de
dix-huit mille bougies ; il y avoit six mille
personnes au bal, et l'intendant de la fête
me dit qu'il avoit préparé un souper pour
dix mille. On avoit si bien pourvu à tout,
qu'en cas d'accidens il y avoit des lits tout

prêts, des médecins, des chirurgiens, même des sages-femmes.

L'Impératrice voulut ensuite aller avec toute sa famille à Presbourg; l'archiduchesse Marie-Christine prit les devans pour les recevoir. J'y fus avec milord Algernon Percy, et M. Greville fils de milord Warwick. Le prince d'Esterhazi et le comte de Palfi se distinguèrent parmi les grands seigneurs de Hongrie, qui reçurent l'Impératrice chez eux. J'ai déjà parlé, au commencement de ce chapitre, de la fête que donna le premier.

Presbourg est une assez belle ville, située sur le Danube, et capitale de la Haute-Hongrie; c'est à présent où se tiennent les États, et où réside le Gouvernement de ce royaume. L'archiduchesse Marie-Christine y fait son séjour avec son mari, le prince Albert de Saxe, qui est capitaine-général de la Hongrie.

Elle y avoit une Cour plus brillante que celle de bien des Rois en Europe, et dont elle faisoit les honneurs avec une affabilité

et une grace charmantes. Elle étoit la plus
belle de toutes ses sœurs, et dansoit avec
tant de noblesse, d'agrément et de légé-
reté, qu'on ne pouvoit imaginer un spectacle plus ravissant que celui de voir cette
Princesse danser. On se rendoit le soir à
la Cour, où toute la compagnie se ras-
sembloit dans une grande salle ; les dames
de l'Archiduchesse, et l'Archiduchesse elle-
même, arrangeoient les parties : rien ne
pouvait surpasser la politesse avec laquelle
on y étoit reçu. L'Impératrice dit un jour
au duc de Bragance : La vue de cette salle
m'attendrit toujours, au point que je suis
quelquefois prête à pleurer ; il s'y est passé
il y a long-tems une scène bien intéressante
pour moi. Je demandai au Duc, le soir
même, quel étoit cette événement ; voici
ce qu'il me raconta : — Lorsque l'Impératrice-Reine se trouva poursuivie de si près
par ses ennemis, qu'il lui restoit à peine
une ville en Allemagne dans laquelle elle
pût faire ses couches, elle se retira à Presbourg, et y fit assembler les États. Elle
étoit jeune alors, d'une belle figure, et
sur-tout d'une blancheur éblouissante. Elle
parut au milieu des Palatins de Hongrie en

robe noire, mais avec tout l'éclat de sa
beauté : son fils, qui avoit alors deux ou
trois ans, étoit dans ses bras. Lorsqu'elle
eut prit place sur son trône, et que l'assemblée eut prêté silence, elle se leva ; et,
remettant son fils entre les mains d'une de
ses Dames d'honneur, elle fit une harangue
en langue latine qu'elle parloit très-bien,
dans laquelle elle représenta, en termes pa-
thétiques, la triste situation où elle se trouvoit ; elle s'attendrit tellement en prononçant son discours, qu'elle tira des larmes
des yeux de cette brave Noblesse ; mais
lorsqu'elle vint à dire qu'elle n'avoit plus
d'autre ressource que dans leur zèle, et
qu'elle venoit implorer leur secours, ces
nobles Palatins ne purent pas y tenir davantage ; et, sans lui donner le tems d'a-
chever, il se levèrent tous au même instant,
et, mettant le sabre à la main, ils s'écriè-
rent d'une voie unanime, *Moriamur pro
Rege* (1) *nostra Mariâ-Theresâ; Mourons
tous pour notre souverain Marie-Thérèse :*
et ils mirent aussitôt sur pied ce corps

_____

(1) Ce fut l'expression dont se servirent les Palatins en dépit
de la grammaire, tant ils sont attachés à l'idée d'être gouver-
nés par des Rois.

d'armée qui la rétablit sur le trône de ses ancêtres.

J'ai vu un homme à Vienne qui avoit entrepris d'écrire la vie de l'Impératrice par les médailles ; et il avoit été assez stupide pour omettre ce trait, si propre à former le sujet d'une belle médaille , l'exclamation des Palatins en faisant la légende : il fut tout étonné de n'y avoir pas pensé , quand je le lui suggérai.

CHAPITRE XI.

Presbourg ; automate qui joue aux échecs.
— Prague , Dresde , Leipzick.

J'AVOIS entendu parler d'un automate merveilleux , qui jouoit aux échecs , inventé par
M. de Kempell , gentilhomme Hongrois.
Je demandai à le voir , et fis une partie
avec lui , en présence de quelques ambas-
sadeurs et autres grands seigneurs qui vou-
lurent y assister. De douze ou quinze personnes qui étoient là , aucun ne put s'apercevoir du moyen de communication que
l'auteur avoit avec l'automate. Je l'ai si
bien fait connoître , par la description que
j'ai publiée de cette partie d'échecs dans
tous les journaux et autres ouvrages périodiques de l'Europe , que je n'en dirai rien
de plus ici.

Madame l'archiduchesse Marie-Christine
me demanda le lendemain ce que j'en pensois ; et parut charmée que je l'assurasse ,
qu'il n'y avoit rien dans ce genre en Europe
qui pût être comparé avec ce que je trou-

vois à Presbourg. J'écrivis une lettre à ce
sujet, qui fut insérée dans les journaux
étrangers ; quelqu'un, qui né m'avoit pas
compris, fit des objections qui m'obligèrent
à y répondre : cette réponse parut dans les
journaux L'hiver suivant, madame l'Archiduchesse m'ayant aperçu à un bal ,
m'appela pour me demander si je n'étois
pas l'auteur de la réponse, qu'elle avoit lué
ce matin même à l'Impératrice ; je dis
qu'oui : Ah ! je l'ai bien dit à ma mère ,
reprit-elle, c'est M**. qui prend notre parti.

Avant de quitter Presbourg, je jugeai à
propos d'aller faire notre cour à madame
l'Archiduchesse. Milord Algernon ne voulut pas y venir, mais M. Robert Greville vint
avec moi. Pendant que nous étions dans le
cercle , il vint me dire que la Grande-Maî-
tresse nous avoit invités à dîner avec madame l'Archiduchesse pour le lendemain ;
mais qu'il avoit refusé , disant que nous
étions obligés de retourner à Vienne. Je
fus très-fâché de son refus ; je lui dis qu'une
semblable invitation étoit un ordre, qu'on
ne se dispensoit jamais d'obéir : il le sentit,
et me pria instamment de soutenir la ga-

geure , si l'on s'adressoit à moi, afin de ne pas l'exposer à la honte d'avoir si mal connu son devoir en pareil cas. En effet , madame l'Archiduchesse elle-même s'approcha de moi, un moment après , et de la manière du monde la plus affable et la plus obligeante : N'y a-t-il pas moyen , dit-elle , de vous persuader de rester demain à dîner avec nous ? J'eus un véritable déplaisir de me trouver engagé dans un refus, tellement contre mon gré ; mais , par complaisance pour M. Greville , et par égard pour lord Algernon , qui eût été mortifié de n'être pas invité , ainsi que nous, je continuai à donner pour excuse la nécessité absolue de quitter Presbourg ce jour même ; et nous partîmes immédiatement après le cercle.

Nous continuâmes à jouir des charmes de la société de Vienne ; et je résolus d'y passer l'hiver d'autant plus volontiers, que c'étoit un séjour qui convenoit à milord Algernon Percy. Il falloit qu'il restât seul, ou qu'il se répandît dans la bonne compagnie. Il n'y a point d'autre pour les étrangers ; et , comme les jeunes gens , en général , ne sont portés à préférer la mau-

vaise compagnie que par la raison qu'ils
trouvent cela plus facile, ils voient la bonne
aussi volontiers, quand le contraire leur
coûteroit plus de soins ; c'est le cas où l'on
est à Vienne. On ne parle que la langue
françoise parmi la première noblesse : un
degré au-dessous, on ne la parle jamais ;
ce qui fait que les étrangers y gênent et s'y
ennuient.

J'étois tous les jours chez le prince de Kaunitz, qui m'honoroit de sa bienveillance ;
laquelle, jointe à l'amitié du duc de Bragance et aux civilités de milord Stormont,
faisoit couler mes jours en cette ville agréablement et rapidement. Je crois même que
j'y serois encore, si le dessein que nous
avions d'aller en Russie ne m'eût fait songer à notre départ. M. le prince de Kaunitz,
lorsque je pris congé de lui, me fit l'honneur de me donner son portrait : il m'invita
à retourner à Vienne, et, pour m'y engager davantage, m'offrit un appartement
chez lui. J'ai reçu depuis, en Angleterre,
des lettres de lui, par lesquelles il me pressoit de lui tenir parole, et me disoit, que
mon appartement étoit prêt. J'avois très-

grande envie d'aller le voir, lui étant réel-
lement attaché, et j'en ai toujours conservé
le désir ; mais je n'en ai jamais pu trouver
les moyens.

Nous traversâmes la Bohême, qui me
parut un pays peu agréable à la vue. Il
abonde en bleds, et il y a aussi des bois
considérables; mais ce qui passe toute vraisemblance, et qui cependant est très-as-
suré, c'est la quantité prodigieuse de gibier
de toute espèce qui se trouve en ce royaume.
M. le prince de Colloredo m'a donné lui-
même l'état d'une partie de chasse que le
feu Empereur fit sur ses terres en 1755. Ils
étoient vingt-trois chasseurs, dont trois
Dames; la princesse Charlotte de Lorraine
en étoit une : la chasse dura dix-huit jours;
il y eut quarante-sept mille neuf cent cinquante pièces de gibier et de bêtes fauves
tuées, dont dix-neuf cerfs, soixante et dix-
sept chevreuils, dix renards, dix-huit mille
deux cent quarante-trois lièvres, dix-neuf
mille cinq cent quarante-cinq perdrix, neuf
mille quatre cent quatre-vingt-dix-neuf
faisans, cent quatorze alouettes, trois cent
cinquante-trois cailles, cinquante-quatre

oiseaux différens. L'Empereur tira neuf
mille sept cent quatre-vingt-neuf coups ;
la princesse Charlotte , neuf mille dix. Il y
eut en tout cent seize mille deux cent neuf
coups de fusil tirés.

Nous nous arrêtâmes quelques jours à
Prague pour y voir deux ou trois de nos
amis de Vienne. Nous dînâmes chez une
Dame dont j'ai oublié le nom , où je remarquai un usage assez général dans les
grandes maisons en Bohême et en Saxe ;
c'est d'avoir un nain , comme on a un chien
ou un chat favori ; il y en a de très-bien
faits et bien proportionnés. Le feu roi Stanislas en avoit un très-petit qui l'amusoit
beaucoup , et se promenoit quelquefois sur
la table , conversant avec les convives. Le
Roi le fit servir une fois dans un grand pâté ,
dont il sortit au grand étonnement de quelques Princes étrangers , qui ne l'avoient
point encore vu , et qui dînoient avec lui.
Il y avoit quelques années qu'il étoit mort ;
mais j'ai vu sa figure en cire , habillée de
ses habits ; il étoit à peu près de la taille
d'un enfant de quatre ans. Celui que je vis
à Prague , dîna avec la compagnie ; c'étoit

un petit glorieux qui bavarda pendant tout
le repas. Il étoit servi par un autre nain
affreusement laid, qui m'amusa beaucoup
par les regards de travers qu'il lançoit de
tems en tems sur celui qu'il servoit, et qui
n'avoit d'autre avantage que d'être mieux
fait que lui.

Nous trouvâmes à Dresde le chevalier
Keith, qui y étoit alors le ministre d'Angleterre. Il venoit d'être nommé à la Cour
de Danemarck, où il étoit très - fâché
d'aller. Il étoit si bien informé de la conduite imprudente de Struensée, lequel
abusoit déjà de sa faveur, qu'il prévoyoit
tous les désagréables événemens qui arrivèrent l'année suivante. Il se conduisit dans
cette occasion avec autant de capacité que
de sagacité, et il fit voir tant d'habileté,
d'esprit et de fermeté, qu'il tira la reine
de Danemarck d'un mauvais pas où elle
seroit restée sans lui, et força milord Ro-
cheford, secrétaire d'Etat, à avouer qu'il
étoit inutile de lui donner des instructions,
et que, si le Roi et tout son Conseil eussent
été à Copenhague, ils n'auroient pas pu
mieux faire.

Le chevalier Keith nous présenta à l'é-
lecteur et à l'électrice de Saxe ; ce qu'il y
eut de singulier dans cette présentation ,
et qui est d'usage à cette Cour uniquement,
c'est que nous attendîmes l'Electeur et l'E-
lectrice dans la salle à manger , où le chevalier Keith nous présenta. L'Electeur nous
invita à dîner avec lui, et nous nous mîmes
à table aussitôt ; il n'y avoit, outre leurs
Altesses Royales , que la Grand'Maîtresse
et le Grand-Ecuyer, qui se mit à table avec
ses bottes et ses éperons. Nous soupâmes
une autre fois avec l'Electrice douairière,
mère de l'Electeur , Princesse fort éclai-
rée , et qui avoit un grand fonds de conversation.

On nous admit un jour au théâtre de
société de la Cour ; c'étoient toutes des
personnes de distinction qui jouoient une
tragédie de Racine , avec une prononciation allemande si forte et si marquée , que
j'eus toutes les peines du monde à m'empêcher vingt fois d'éclater de rire durant la
représentation.

Nous vîmes la maison du fameux comte
de Bruhl , dont le roi de Prusse , par ini-

mitié contre ce ministre , avoit fait un
corps-de-garde ; sa garde-de-robe fut une
belle dépouille à prendre ; il y avoit, selon le marquis d'Eguille, soixante épées,
quatre-vingt cannes, trois cent vingt-deux
tabatières , cinq cent vingt-huit habits , six
cents paires de bottes , huit cents paires de
souliers , des étoffes et galons en pièces
pour habiller trois villes (1).

Nous fûmes de là à Leipzick , où je voulus voir quelques savans Allemands ; mais
je les trouvai si pesans et si tristes , que je
me repentis d'en avoir eu l'envie. Je fus
pourtant obligé d'essuyer la visite de la
plupart de ces Messieurs , aussitôt que je
me fus fait connoître à quelqu'un d'eux, et
chacun se crut obligé de venir faire un lourd
compliment au restaurateur de la gloire
de Leibnitz , le soleil de l'université de
Leipzick.

Nous étions au mois de mars , il faisoit
un froid très-rigoureux , et il tomboit des

_____

(1) On y voyoit aussi une chambre pleine de perruques, ce
qui fit dire au Roi de Prusse , quand il y entra : Que de
perruques, pour un homme sans tête !

neiges considérables, qui nous obligèrent
de nous arrêter à Wittemberg deux ou trois
jours. Je fus visiter le tombeau de *Luther*,
qui est enterré sous un carreau d'une église
de cette ville, sans autre inscription que ces
deux mots, *Martin Luther*. Le chev. Wren,
qui a bâti l'église de Saint-Paul à Londres, a
trouvé moyen de s'attribuer un monument
bien plus magnifique à peu de frais ; car il
a fait mettre sur son tombeau, que j'ai vu
dans les souterrains de l'église, *Si quaeris
monumentum, circumspice. Si tu veux
voir son monument, regarde autour de toi.*

CHAPITRE XII.

Duchillou obtient une audience du roi de Prusse. — Anecdotes relatives à cette Cour.

DE Wittemberg nous arrivâmes à Potzdam, qui est sur la route de Berlin. C'est à Potzdam que le roi de Prusse réside presque toujours; il y étoit alors. Nous avions donné nos noms à la porte de la ville; mais le Roi nous ayant aperçus, des fenêtres du château, descendre à l'auberge, envoya un valet-de-pied demander qui nous étions : je donnai nos noms par écrit, et nous fûmes ensuite voir milord Mareschall, pour qui j'avois des lettres, aussi bien que pour M. de Cat, secrétaire du cabinet, et pour Quintus Icilius; un des amis du Roi. J'avois pris ces précautions, dans l'idée que nous trouverions quelque difficulté à être présentés au Roi, qui refuse souvent de voir des étrangers, même de la plus grande distinction, surtout quand il est à Potzdam. Milord Mareschall écrivit pour nous procurer l'honneur d'être présentés, sans nous répondre ce-

pendant du succès de la tentative. Il nous
parla des fréquens refus du Roi de voir les
étrangers, et conta, à propos de cela, la
réponse d'un Anglois qui vint le trouver un
jour, sans lui apporter de lettres de recommandation, pour le prier de le présenter
au roi de Prusse. Milord lui dit, que ce
n'étoit pas une chose si facile, et que plusieurs grands Seigneurs même avoient été
refusés. Ma foi! dit l'Anglois, ce n'est pas
que je m'en soucie beaucoup ; mais comme
j'ai déjà vu cinq rois, j'étois bien aise de
faire la demi-douzaine. Le Roi fit réponse,
qu'il verroit milord Algernon Percy ; et il
ne fût nulle question de moi. Je ne fus
point du tout content de voir mon attente
frustrée : j'avois une très-grande curiosité
de voir le roi de Prusse ; et je n'avois fait
le projet de passer par Berlin que pour cela.
Je m'adressai à l'abbé Bastiani, qui dînoit
et soupoit tous les jours avec le Roi, et
passoit pour une espèce de favori. Il tenta
quelque chose, mais en vain ; j'employai
M. de Cat, qui ne fut pas plus fortuné. Je
fus voir M. Quintus Icilius (je parlerai plus
au long de lui) ; mais il étoit disgracié, et
ne pouvoit m'être d'aucun secours, en

sorte que je désespérois presque de pouvoir
réussir.

Je m'étois aperçu, par le discours de
ceux qui vivoient avec le Roi, que les
louanges ne lui déplaisoient pas ; et son mérite extraordinaire offrant un vaste champ
à ma verve, je résolus de ne point les lui
épargner. Il aimoit à passer pour grand architecte, et il avoit beaucoup bâti à Potzdam et aux environs ; je fis aussitôt des
vers, où je louois Potzdam à toute outrance.
Je ne le comparois à rien moins qu'à Rome
ancienne et moderne, et le Roi lui-même
aux deux Césars, à Jules César, comme
grand capitaine, et à Auguste, comme
ayant élevé de si beaux édifices dans Rome.
Je laissai ces vers sur ma table, un jour
que l'abbé Bastiani devoit venir chez moi.
Il les vit, les trouva bien, et dit qu'il vouloit les montrer au Roi. Le Roi parut y
prendre plaisir. Il fit quelques questions à
mon sujet, et l'on saisit cette occasion de
lui dire que j'avois pris la route de Potzdam,
uniquement pour le voir ; à quoi il ne répondit rien, et personne n'osa aller plus
avant. Le lendemain je fus voir le nouveau

château, qu'il a élevé à deux lieues de Potzdam ; le concierge me présenta un livre,
sur lequel il dit que ceux qui venoient au
château écrivoient leur nom, et que le Roi
jetoit les yeux sur ce livre quand il venoit
s'y promener. J'écrivis mon nom, et j'y
ajoutai un éloge de l'architecte ; le Roi le
vit deux jours après, et sourit.

Enfin, étant allé à Berlin passer huit
jours, j'y reçus une lettre de l'abbé Bastiani, qui m'écrivoit que le Roi avoit lu les
vers que je lui avois adressés, et qu'il lui
avoit paru, par les impressions qu'il avoit
pu observer, que mon encens étoit fin et
chatouillant. Je revins à Potzdam, et j'y
avois à peine été une heure, que je reçus
un billet de M. de Cat, Secrétaire du Cabinet, qui m'informoit que le Roi me verroit
le lendemain à onze heures du matin, et
qu'il m'ordonnoit de m'adresser au baron
de Coccei pour me faire présenter. C'étoit
précisément lui, que j'ai déjà dit avoir
vu à Turin déguisé en marchand Saxon :
il vint me prendre, et me mena chez le
Roi qui étoit seul. Je lui trouvai le port
fier et noble, les yeux grands, le regard

vif et perçant, l'air engageant, et une grande facilité à s'exprimer. Il me fit plusieurs questions sur mes voyages, sur les Cours où j'avois été, et me demanda particulièrement dans quel tems j'avois résidé à Turin ; je lui nommai, à dessein, l'année où le baron de Coccei y étoit venu. Aussitôt il se tourna vers le Baron, et sembla, par sa manière de le regarder, lui demander si j'avois été instruit de l'objet de sa mission (j'en ai parlé dans la Seconde Partie) : le Baron fit une révérence, qui parut une réponse tacite pour l'affirmative. Sur quoi le Roi me regarda fixement, mais de manière que je lus dans ses yeux, qu'il me faisoit la même question ; à quoi je répondis par un simple, Oui, Sire : ce dialogue muet fut tellement expressif, que personne ne s'y trompa. Le Roi le continua plus clairement, en me faisant quelques questions relatives au sujet, sur-tout sur milord Bute et M. de Mackenzie, à qui il attribuoit en partie le peu de succès de sa négociation. En me congédiant, le Roi me dit : Je n'ai qu'un ami en Angleterre, c'est milord Chesterfield ; je vous prie de lui faire mes complimens.

Je fus remercier l'abbé Bastiani du soin

qu'il avoit pris de faciliter ma présentation ;
et l'Abbé me dit là-dessus : Il me paroît que
vous connoissiez le Roi aussi bien que nous,
qui sommes depuis tant d'années auprès de
lui ; il n'y avoit que la manière dont vous
l'avez loué, qui pût vous procurer l'honneur d'avoir une audience.

L'abbé Bastiani étoit très-poli, obligeant ;
ayant beaucoup d'esprit, et sachant que le
Roi aimoit la louange, il en faisoit son profit ; aussi étoit-il mieux que personne avec
lui. Il me fit voir plusieurs lettres et épîtres
en vers que le Roi lui avoit adressées et un
gros manuscrit en réponse au *Système de
la Nature*, où ce Prince prenoit le parti de
la religion, contre l'auteur d'un système si
contraire à l'intérêt des États. L'Abbé étoit
chanoine de Breslaw ; il auroit bien voulu
en être évêque, et croyoit être fondé à s'en
flatter ; mais le Roi sembloit le bercer de
vaines espérances, car il avoit déjà nommé
deux fois à cet évêché, depuis que l'Abbé
lui faisoit sa cour. Cependant, il ne se re-
butoit point, quelque pénible que fût le
métier qu'il faisoit à Potzdam ; peut-être
que la souplesse de son esprit lui rendoit
sa tâche moins difficile.

Quintus Icilius m'a raconté, qu'un jour le Roi le consulta sur un petit traité de morale pour la jeune Noblesse, qu'il vouloit faire imprimer. Il se contenta de dire assez froidement qu'il étoit bon. L'abbé Bastiani va venir, dit le Roi ; j'ai envie de lui demander son avis. Vous ferez fort bien, Sire. — Ne croyez-vous pas qu'il soit bon juge? — Oh, très-bon. — Et qu'il me dira sincèrement son avis? — Je l'espère. — L'Abbé arrive : Bastiani, dit le Roi, voici un petit ouvrage de moi sur lequel je veux vous consulter. — Sire, vous me comblez d'honneur. — Mais je veux que vous me disiez votre avis librement. — Je sais que c'est le moyen de plaire à Votre Majesté. — C'est un traité de morale sur la jeune Noblesse. Le Roi avoit à peine lu deux lignes, que l'Abbé s'écria, qu'il n'avoit jamais entendu rien de si beau. Attendez donc, dit le Roi, que j'aie lu plus avant. — Mais, Sire, ce début seul vaut le traité le plus complet que nous ayons. Le Roi continua ; l'Abbé étoit comme en extase, et faisoit voir de tels transports, que le Roi étoit obligé de s'arrêter de tems en tems, pour donner libre cours à ses louanges. Enfin, la lecture finie, l'Abbé

tombe aux genoux du Roi ; et lui saisissant
les mains, qu'il baisoit et baignoit de ses
larmes, Sire, s'écrioit-il, permettez qu'au
nom de tous vos sujets je vous rende mille
actions de grâces pour le bien que vous
faites à eux et à leur postérité, et en leur
communiquant un ouvrage aussi divin ! Le
Roi avoit trop d'esprit pour ne pas s'apercevoir que l'Abbé combloit la mesure, et
probablement ne l'en estimoit pas davantage. Pour Quintus, baissant la tête, et
regardant l'Abbé en dessous, il se disoit en
lui-même : Ah ! pauvre Quintus, tu n'es
encore qu'un novice ; voilà ton maître, et
celui de tous ceux qui voudront être bien
auprès des Rois.

Il faut que je dise qui étoit ce Quintus
Icilius. Son père étoit potier de terre à Magdebourg, et s'appeloit Guischard. Je ne sais
par quel hasard le Roi vint à le voir, lorsqu'il n'avoit encore que dix à douze ans ;
il goûta ses réparties, et crut qu'il auroit
de l'esprit un jour : il l'envoya étudier en
Hollande, et le jeune Guischard profita si
bien des leçons de ses maîtres, qu'il devint
de bonne heure très-habile ; il s'appliqua

sur-tout à l'étude des classiques et à la connoissance de la tactique des anciens : il fit
même un ouvrage sur ce sujet, qu'il dédia
au roi de Prusse , et comme il paroissoit
passionné pour les Romains , le roi de Prusse
lui donna un nom romain dans l'occasion
suivante. Un jour que Sa Majesté faisoit une
grande promotion , il nomma , à son lever ,
tous les officiers qui y avoient part , et dit
entr'autres , que tels et tels bataillons seroient commandés par Quintus Icilius. Chacun se regardoit, et se demandoit qui étoit
ce nouveau Colonel , dont ils n'avoient jamais entendu parler. Le Roi s'aperçut de
leur embarras , et leur dit , qu'ils seroient
bientôt hors d'inquiétude. En effet , les
troupes étant rangées , le Roi ordonna à
chaque officier de se mettre à son nouveau
poste ; et prenant par la main Guischard,
qui n'avoit jamais vu le feu, Messieurs ,
dit-il , voilà Quintus Icilius ; et il le plaça à
la tête des trois bataillons (1) qu'il employa

---

(1) Le Roi lui donna probablement ce nom d'un ancien
Romain, qui avoit commandé la dixième légion , parce que
Quintus parloit souvent avec engouement de la tactique des
Romains.

ensuite à Dresde et aux environs à des opérations peu guerrières.

Quintus Icilius jouit pendant long-tems
de la plus grande faveur du Roi ; il avoit
de l'esprit , de belles connoissances , et ,
quoiqu'assez bon courtisan , il n'étoit cepen-
pendant pas servilement flatteur. Il devint
amoureux d'une jeune veuve très-aimable
et riche ; il s'en fit aimer , et s'engagea à
l'épouser : mais il falloit obtenir pour cela
l'agrément du Roi , qui n'aimoit pas que
ses amis se mariassent , parce qu'il disoit ,
qu'il n'osoit plus leur confier son secret ,
dans la crainte qu'ils n'en fissent part à leurs
femmes , qui ne manquoient pas de le di-
vulguer. Quintus fit plusieurs tentatives
pour avoir cette permission du Roi , mais
en vain. Pourquoi voulez-vous me quitter ,
mon cher Quintus ? lui dit un jour Sa Majesté en l'embrassant : vous me convenez ;
je vous aime ; et je prévois que , si vous
prenez une femme , il faudra nous séparer.
Ce refus mettoit Quintus de la plus mauvaise humeur; il ne parloit presque plus au
Roi ; il dînoit tous les jours à sa table , mais
il avoit toujours l'air de bouder. Le Roi s'en
aperçut, fut piqué , et résolut de s'en ven-

ger d'une manière qu'il crut légère. Sa cou-
tume à table étoit de plaisanter sur quelqu'un
de ses convives. Le marquis d'Argens, qui
mangeoit tous les jours avec lui, avoit été
son plastron pendant vingt ans; mais il venoit de quitter Potzdam depuis six mois,
pour aller visiter sa patrie; ensorte que le
pauvre Quintus étoit le plus ordinairement
en butte aux plaisanteries du Roi, qui résolut, ce jour-là, de ne le pas épargner.
Le voyant donc de mauvaise humeur, il lui
adressa la parole : Quintus, lui dit-il, je
suis fort tenté d'écrire votre vie. Comme il
vous plaira, Sire, répondit l'autre; je ne
crains rien. C'est selon, dit le Roi; par
exemple si je débutois par ces mots : Il étoit
un certain Guischard, fils d'un potier de
terre de Magdebourg. Eh bien, Sire, de
potier de terre à marchand de porcelaine,
il n'y a que la main. On sait que le roi de
Prusse avoit établi une manufacture de porcelaine, qu'il faisoit vendre à son profit.
Le Prince, un peu piqué, continua son
discours : Il arriva que ce Guischard eut
l'honneur d'être admis à la familiarité du
Roi, tout indigne qu'il en étoit. Tant pis,
Sire, pour le Roi qui l'y admettoit, s'il

n'en étoit pas digne. Tous les convives furent dans l'étonnement de la hardiesse de
Quintus. Bien plus, continua le Roi, quoiqu'il n'eût jamais vu le feu, il eut le commandement de trois bataillons, avec lesquels
il ne faisoit pas la guerre, mais il pilloit et
maraudoit. Oh ! pour celui-là, Sire, vous
savez bien que nous avons partagé les dé-
pouilles ensemble (il vouloit parler principalement de celle du comte de Bruhl). Le
Roi le savoit bien ; mais tout le monde
l'ignoroit. Sa Majesté fronça le sourcil, et
chacun parut embarrassé. Enfin, après
quelques traits piquans, suivis sur-le-champ
de réparties aussi vives, le Roi conclut, en
disant : Eh bien, Quintus, qu'en dites-
vous? ne suis-je pas bon historien ? Ma foi,
Sire, s'il faut parler franchement, les Rois
sont le plus souvent assez méchans auteurs :
ils feroient beaucoup mieux de s'occuper du
gouvernement de leurs États, et laisser là les
lettres ; car il est bien rare qu'ils y réussis-
sent. A ce dernier mot chacun baissa les yeux
sur son assiette, et n'osa regarder le Roi.
On s'attendoit à tout moment à voir jeter
Quintus par la fenêtre ; cependant le Roi
surmonta le dépit qui l'animoit. C'étoit sur

la fin du repas; on se leva de table, et la compagnie passa dans la salle voisine pour prendre le café, à l'exception de Quintus Icilius, qui se retira dans son appartement. Le Roi, ne le voyant pas, demanda : Où est Quintus? ne vient-il pas prendre le café? On répondit qu'il s'étoit retiré. Comment! dit le Roi, est-ce qu'il boude? qu'on aille le chercher, et que tout soit oublié ! On fut chercher Quintus ; il ne voulut pas venir. Le Roi renvoya l'abbé Bastiani, lui dire qu'il vouloit absolument qu'il vînt. Il re-fusa, en ajoutant : Dites au Roi, que s'il veut avoir des bouffons à sa table, il doit avoir soin de les mieux payer. Le Roi lui donnoit, cependant, deux cents louis de pension. L'abbé Bastiani le pria de réflé-chir aux conséquences d'une semblable ré-ponse ; mais il persista à n'en point vouloir donner d'autre, et l'Abbé, quoique son ami, fut forcé de la rendre telle au Roi, qui ne fit qu'en rire, en disant : Il sera de meilleure humeur demain. Le lendemain, à quatre heures du matin, Quintus Icilius quitta le château de Sans-Souci, et se ren-dit à Potzdam. Le Roi s'étant informé de lui à son lever, et apprenant qu'il étoit

parti, fut véritablement piqué ; cependant
il n'en fit rien paroître. Quelque tems s'é-
tant écoulé, Quintus lui écrivit, pour le
prier de lui permettre de se marier. Le Roi
ne lui fit aucune réponse. Autre lettre de
Quintus, qui fut aussi inutile. Il écrivit six
lettres sans que le Roi daignât en prendre
connoissance. Enfin, à la septième, le Roi
lui écrivit : « Quintus, vous m'avez cruel-
» lement offensé ; cependant, si vous vou-
» lez renoncer à vous marier, je vous par-
» donne, et vous rends mes bonnes grâces».
Quintus répliqua à cette lettre : « Sire, je
» ne demande pour toute grâce à Votre
» Majesté, que la permission de me ma-
» rier ». Le Roi le lui permit ; mais ne voulut plus le voir. Ce fut peu de tems après
son mariage que je vins à Potzdam : je dînai
chez Quintus avec son épouse , qui me
parut fort aimable ; il me raconta lui-même
une bonne partie de ces circonstances, qui
me furent confirmées ensuite par milord
Mareschal et l'abbé Bastiani. Il me dit qu'il
avoit, de plus, sollicité vivement la permission de se retirer sur les terres de sa
femme ; mais que le Roi n'avoit jamais
voulu le laisser sortir de Potzdam : en sorte

qu'il étoit comme prisonnier dans cette ville. J'appris, trois ans après, qu'il étoit revenu auprès du Roi, mais sans jouir de la grande faveur où il s'étoit vu auparavant. Il mourut quelques années après : le Roi de Prusse parut fort sensible à sa perte ; il dit à un de ses Généraux : Voilà comme mes amis me quittent ; le tems approche, mon ami, que nous en ferons autant ; vous me quitterez, ou bien je vous quitterai moi-même. Il écrivit à la veuve de Quintus pour la consoler ; il lui fit présent de trois mille écus, lui assura une pension de douze cents écus ; il se chargea de l'éducation de ses enfans, et prit, pour son compte, la bibliothèque et le cabinet de médailles de feu son époux, dont il lui fit payer la valeur.

CHAPITRE XIII.

Milord Mareschal. — Comte Hoditz. —
Baron de Polnitz.

Nous dînions presque tous les jours chez
milord Mareschal ; qui avoit alors quatre-
vingt-cinq ans , et aussi verd de corps et
d'esprit que jamais. Le Roi lui avoit donné
une maison au bout du jardin de Sans-
Souci , et l'y alloit voir souvent. Il l'avoit
dispensé de dîner avec lui , ayant trouvé
que sa santé ne lui permettoit pas d'être
long-tems à table ; et c'étoit, de tous ceux
qui avoient joui de la faveur du Roi, le
seul que l'on pût appeler véritablement
son ami , et qui fût sincèrement attaché à
sa personne. Le Roi , qui étoit sensible à
l'amitié , avoit bien remarqué dans Milord
cette disposition pour lui , et lui en tenoit
si bon compte , qu'il n'y a jamais eu personne pour qui il ait témoigné autant d'é-
gards , de déférence et d'amitié. Aussi
chacun lui faisoit-il la cour ; on ne l'appeloit que l'ami du Roi, et il fut le seul qui
méritât ce titre ; car il avoit toujours bien été

avec lui, sans l'avoir flatté. Un jour que
nous avions dîné chez Milord , il reçut la
visite d'un grand Seigneur Silésien, le comte
Hoditz , qui avoit logé le Roi , lorsqu'il
passa en Silésie pour aller voir l'Empereur ;
il l'avoit reçu d'une manière toute extraordinaire , comme les anciens Chevaliers
étoient , dit-on , reçus par les Fées dans
les romans. Dans une promenade qu'il fit
dans son parc avec le Roi, on vit sortir du
bois des Faunes, des Driades , qui l'amu-
sèrent par leurs danses et leurs jeux ; et ,
quand on voulut dîner, il sortit de dessous
terre une table toute garnie ; des Nymphes
firent les honneurs du bois , et les Faunes
servirent à table. En le quittant, le Roi
lui dit : Comte Hoditz , j'espère que vous
viendrez me voir à Potzdam ; je ne vous
recevrai pas aussi élégamment que vous
m'avez reçu, mais je ferai de mon mieux.
C'étoit un homme de beaucoup d'esprit ,
franc , gai , et disant tous les jours des
choses très-agréables au Roi. Il a une terre
considérable en Silésie , qui sépare les
possessions de l'Empereur et du Roi de
Prusse, et qui est indépendante de tous les
deux. Un jour que le Roi lui faisoit voir

les embellissemens qu'il avoit faits à Sans-
Souci, il lui disoit : Vous voyez ce terrain,
il étoit dans mes jardins ; mais pour en
rendre la forme plus régulière , j'ai tiré
une ligne droite, et j'ai donné à mon voisin
tout ce qui s'est trouvé hors de cette ligne;
j'ai fait un chemin qui mène à sa maison,
et qui ne lui a rien coûté, et je m'en vais
lui bâtir un mur à mes dépens. Ah ! Sire,
dit le Comte , je vois bien qu'il fait bon
être votre voisin en petit !

On ne peut pas dire qu'il y eût de Cour
à Potzdam. Le Roi n'y étoit servi que par
des officiers ou des soldats ; ses aides-de-
camp étoient ses gentilshommes de la chambre, des grenadiers ses valets-de-chambre.
Il y en avoit alors un de ces derniers en
qui il avoit la plus grande confiance. Il lui
avoit donné un palais, qu'il avoit bâti sur
le dessin du Whitehall de Londres ; et,
comme son devoir le retenoit toujours auprès du Roi, il n'y logeoit point; mais il
y entretenoit une femme du bas état qu'il
aimoit, et qui se trouvoit logée comme une
Reine , pendant qu'il couchoit dans une
soupente , à côté de la chambre du Roi. Ce

même grenadier avoit la cassette privée du Roi, et tenoit un secrétaire pour ce département ; comme il suivoit le Roi partout dans ses voyages, sa place étoit sur le siége du cocher, et son secrétaire suivoit en chaise.

Le Roi de Prusse s'est amusé à imiter les fameux édifices de l'antiquité. On voit à Potzdam le Panthéon, le Colisée, la Basilique d'Antonin, le Temple de Tivoli, sur une moindre échelle à la vérité, mais assez grands pour en donner une bonne idée. Il a bâti aussi quelques églises. Il y en avoit une dont la façade ne lui plut pas, il la réfit mieux à son gré ; mais cette façade donnoit peu de jour dans l'église. Le curé et les paroissiens firent des représentations là-dessus, mais en vain. Il a élevé aussi un fort joli bâtiment pour l'hôtel-de-ville; le Maire de Potzdam se croyant un grand homme, et amusant quelquefois le Roi par son importance, il plaça sa statue au haut du bâtiment, sous la figure d'Atlas, soutenant le globe du monde : le Maire, qui ne sentit pas la satire du Roi, vint le remercier de l'honneur qu'il lui avoit fait.

Nous fûmes passer huit jours à Berlin, que je trouvai l'une des plus belles villes de l'Europe, et fort embellie aussi par les édifices que le Roi y a fait élever : l'arsenal et l'opéra sur-tout y sont du meilleur goût; l'opéra est dédié à *Apollon*, par cette inscription, *Divo Apolloni*. Nous fûmes présentés le soir à la Reine de Prusse, au prince Henri, et à toute la famille royale. On nous proposa de jouer ; mais j'aimai mieux observer ce qui se passoit à cette Cour, que je trouvai fort peu brillante. Je fus surpris d'y trouver le vieux baron de Polnitz, dont j'avois lu les lettres et les mémoires il y avoit trente ans ; il étoit premier Chambellan de la Reine. Je causai quelque tems avec lui, il me parut un homme de beaucoup d'esprit et de politesse. Il mourut l'année suivante.

Je trouvai là M. de la Grange, qui étoit fort content de sa situation ; il avoit tout le tems de s'appliquer aux mathématiques et à l'algèbre ; il jouissoit de la liberté, qu'il n'avoit pas à Turin, de déclarer ses sentimens sur la religion, qu'il traitoit de chimères et de fable. C'étoit, à Turin, un fré-

quent sujet de disputes entre nous ; car il
n'y a point de plus grands prédicateurs que
les incrédules. Je lui demandai comment
alloient les questions de religion à Berlin,
et s'il avoit le plaisir de disputer quelquefois sur ce sujet. Il me répondit, que c'é-
toit un objet si indifférent dans ce pays-là,
que l'on ne se soucioit pas même d'en faire
le sujet d'une conversation. Il me fit connoître les savans les plus remarquables de
Berlin, entr'autres M. Formey, qui continuoit toujours à écrire, ou plutôt à com-
piler pour les libraires. Il me dit très-na-
turellement qu'il travailloit encore tous les
jours quelques heures, et que, quand il
avoit gagné son ducat d'or, il quittoit l'ouvrage.

Notre dessein étoit d'aller à Pétersbourg
par Varsovie; mais nous trouvâmes tant de
difficultés à traverser la Pologne, à cause
des différens détachemens des confédérés,
qui interceptoient tous les passages, que
je n'osai pas risquer d'entreprendre le
voyage. D'ailleurs la duchesse de Northumberland m'écrivoit, qu'elle venoit en Allemagne, et désiroit fort que je lui donnasse

un lieu de rendez-vous, où elle pût venir voir son fils : je lui écrivis que nous serions le 26 avril à Cologne, et je pris mes mesures pour nous y trouver exactement ce jour-là.

Nous partîmes pour Brunswick le 13 avril 1771 ; nous trouvâmes que Gustave III, Roi de Suède, venoit d'y arriver. Le Duc de Brunswick, qui avoit épousé sa tante, sœur du Roi de Prusse, n'étoit occupé que du soin de le bien recevoir. Ce Prince revenoit à la hâte de Paris, où il avoit reçu la nouvelle inopinée de la mort de son père. Quoique cet événement eût peut-être dû le porter à quitter promptement la Cour de France, il y resta cependant un mois de plus ; il employa ce tems à former un traité d'alliance et de subsides avec la cour de Versailles, à préparer la révolution qu'il a exécutée depuis si heureusement dans son royaume. Les conversations qu'il eut à Paris, et les intrigues de l'Ambassadeur de France à Stockholm, ne furent pas inutiles à son dessein.

CHAPITRE XIV.

Brunswick. — Roi de Suède ; Portrait de ce Prince. — Histoire du Baron de Trenck.

J'avois une lettre de recommandation pour M. de Féronce, homme de beaucoup d'esprit, et fort en faveur auprès du prince héréditaire de Brunswick. A peine lui eus-je envoyé ma lettre, qu'il m'écrivit que si nous voulions venir à la Cour, il nous présenteroit sur-le-champ, et nous ne perdîmes pas de tems. Il nous présenta au duc de Brunswick, au Prince héréditaire, et à la Princesse héréditaire sœur du Roi d'Angleterre. Nous fûmes invités à dîner à la table du duc de Brunswick, où étoit le Roi de Suède ; en sorte qu'il n'y avoit pas deux heures que nous étions arrivés, que nous étions déjà à dîner à la Cour : je n'ai jamais vu une telle expédition. Après le dîner, j'eus l'honneur d'être présenté au Roi de Suède comme un homme qui avoit vu les principales Cours de l'Europe. Le Roi me fit beaucoup de questions sur les différens

caractères des Princes que j'avois eu l'honneur d'approcher; et lorsque je lui racontois
quelque trait d'autorité du Roi de Naples,
ou du Roi de Sardaigne, il m'interrompit
en disant : Nous autres Rois du Nord, ou
bien nous autres Rois républicains, nous
n'oserions faire de ces choses-là. Il me
sembloit cependant, par tous les sentimens
qu'il laissoit entrevoir, qu'il méditoit déjà
le dessein de leur ressembler. Il paroissoit
aimer la gloire, et avoir à cœur de la mériter, en gouvernant sagement lui-même
ses peuples. Il fit sur-tout beaucoup d'attention à ce que je lui disois de l'affabilité
du Roi de Sardaigne envers tous ceux qui
se présentoient pour avoir audience de lui,
et des heures réglées qu'il avoit consacrées
à cet usage, soir et matin pendant quarante
ans, recevant dans un cabinet tout le monde
indifféremment, depuis le Seigneur jusqu'au
paysan; ce qui lui avoit attiré la confiance
et l'amour de ses sujets jusqu'au plus haut
degré. Cette circonstance frappa le Roi de
Suède; je le remarquai, et je sus ensuite
que, six mois après, il établit cet usage à
sa Cour; et ce ne fut pas le moyen le moins
utile qu'il employa pour gagner les cœurs

de ses sujets, et les disposer à voir avec
plaisir le changement étonnant qu'il opéra
en Suède. Les historiens donnent les détails
de cette révolution. J'en rapporterai seulement les principaux traits. Le Sénat de
Suède s'étoit emparé de toute la puissance
du Gouvernement, et avoit tellement limité
celle du Roi, que non-seulement il ne pouvoit rien, mais qu'il n'étoit pas dans une
situation fort différente de celle d'un prisonnier honorable. On avoit porté l'audace
même jusqu'à prétendre qu'il ouvrît ses
lettres en présence de quelques-uns des
Sénateurs. Poussé à bout par ces vexations,
insupportables à un Prince qui avoit autant
de grandeur d'âme, le Roi commença à
prendre ses mesures; il réussit à faire obtenir à ses frères le commandement des
deux places les plus fortes du royaume, et
convint avec eux qu'ils gagneroient les
troupes, et s'en rendroient les maîtres : ce
qui leur réussit. Au moment que cette nouvelle fut reçue à Stockholm, le Sénat s'as-
sembla ; mais pendant qu'ils étoient à délibérer sur ce qu'il convenoit de faire, et
que quelques-uns proposoient même d'arrêter le Roi, il prend sur-le-champ son

parti. Il va trouver le régiment des gardes ;
et après leur avoir représenté en peu de
paroles ; mais de la manière la plus forte
et la plus touchante, la situation cruelle
où le mettoit la tyrannie du Sénat, qui
s'étendoit aussi sur le reste de ses sujets ,
il leur demanda s'ils vouloient le servir dans
le juste dessein qu'il avoit de rétablir l'ordre
et la justice dans le Gouvernement , et finit
par prier ceux qui l'aimoient de se déclarer
pour lui. Un silence , affreux pour un Prince
dans cette situation , sembla régner pour un
moment parmi tous les officiers du régiment, et il a avoué depuis à ses amis que
ce moment de silence lui parut un siècle. Il
répéta la même proposition une seconde
fois ; alors un officier se détachant du corps
tomba à ses genoux, et fut bientôt suivi
des autres. Le premier usage que fit le Roi
du moment favorable de chaleur qu'ils té-
moignèrent pour lui , fut d'aller envelop-
per le Sénat assemblé, et de les arrêter tous.
Il fit ensuite aisément déclarer pour lui les
autres troupes qui étoient dans la ville et
aux environs, et en peu de jours donna
une forme au Gouvernement si différente
de celle qu'elle avoit, qu'il se trouvoit pres-

qu'entièrement en sa personne, et qu'il est
un des Princes de l'Europe dont l'autorité
est la plus étendue et la mieux établie. Quelques jours après, il écrivit à madame la
comtesse de Boufflers, dont il faisoit avec
raison le plus grand cas, et lui manda les
détails de cette révolution. J'ai vu cette
lettre, ainsi que plusieurs autres qu'il écrivit à cette Dame, avec qui il avoit eu plusieurs conversations sur les affaires de son
royaume. Elles étoient toutes fort bien écrites, et ne respiroient que l'esprit de justice,
de courage et de bonté qui caractérisoient
ce Monarque ; et je regarde comme un des
événemens les plus flatteurs de ma vie,
l'honneur que j'eus de l'approcher durant
son séjour à Brunswick.

Pendant tout ce tems-là, on se rendoit
à la Cour à midi, et à une heure on se mettoit à table. Celle du Duc étoit de quarante
couverts, et dans une salle voisine étoit une
autre table de soixante couverts, dont le
Grand-Maréchal faisoit les honneurs. Après
dîner, on faisoit la conversation, ou quelquefois un tour de promenade, et le soir,
on jouoit, ou l'on causoit ; c'étoit dans ces

momens que j'eus lieu d'observer ce que
j'ai dit du Roi de Suède. Je passe à la Cour
de Brunswick.

Le duc de Brunswick avoit une aimable
simplicité dans les manières; il étoit doux;
et ne manquoit ni d'esprit, ni de connoissances. Il avoit eu des leçons du célèbre
Leibnitz dans sa jeunesse; il aimoit le faste
et le jeu. Ces deux passions avoient dérangé
ses finances, en sorte que les États de Brunswick avoient déjà payé ses dettes deux fois,
et étoient sur le point de les payer une
troisième fois.

La duchesse de Brunswick étoit toute
fière d'être la sœur d'un aussi grand homme
que le Roi de Prusse, et croyoit dériver
de là un esprit supérieur et une profonde
politique. La Princesse héréditaire s'étoit
aperçue que la Duchesse ne m'avoit pas
parlé. Laissez-moi faire, me dit-elle un
jour, vous verrez qu'elle vous parlera après
dîner; mais préparez tout votre savoir,
vous aurez assez à faire à lui répondre. En
effet, pendant que l'on prenoit le café, la
duchesse de Brunswick s'avança vers moi,

me parla beaucoup de son frère , de la manière dont je l'avois loué , et lui avois été
présenté ; et puis tout d'un coup , passant
à un sujet bien différent , elle me demanda
ce que je pensois des monades de Leibnitz ?
Quelque savante qu'elle me fût annoncée ,
je ne m'attendois pas à lui voir prendre
son vol si haut ; mais je ne fus point étourdi
de la question. Je lui répondis que j'avois
trouvé que les monades de Leibnitz avoient
un grand rapport avec les nombres de Py-
thagore ; je développai mon idée , et je fis
voir comment l'un et l'autre philosophe
avoient seulement donné des noms différens à des êtres auxquels ils attribuoient
les mêmes propriétés. Ma proposition lui
parut savante et nouvelle , et , soit qu'elle
m'entendît ou non , elle en fit semblant du
moins , et ne parla ensuite que de la pro-
fondeur de mon génie et de mon savoir.

On jouoit tous les soirs après souper chez
madame la duchesse de Brunswick , qui
me fit l'honneur de me proposer de faire
la partie du Roi de Suède au *vingt-un.*
Mais comme je jugeai que ma bourse n'é-
toit pas assez bien garnie pour faire la

partie d'un Roi, qui venoit de recevoir six
millions en France, je m'en excusai, et j'en
fus bien dédommagé par une conversation
de trois heures sur plusieurs sujets fort intéressans, que j'eus, pendant le jeu, avec
le Prince héréditaire, dont les manières
affables et polies, et un esprit très-péné-
trant et très-éclairé, le rendent un des plus
aimables Princes de l'Europe. On croyoit
alors qu'il ne vivoit pas en bonne intelligence avec madame la Princesse héréditaire ; mais cette circonstance me prouva
le contraire ; car le lendemain matin étant
allé lui faire ma cour, elle me dit que je
lui avois fait perdre deux heures de sommeil, le Prince n'ayant pas voulu se reposer qu'il ne lui eût raconté mot pour mot
la conversation qu'il avoit eue avec moi.
J'eus tout lieu d'être flatté de l'accueil infiniment gracieux que je reçus à Brunswick,
particulièrement de la part du Prince et
de la Princesse héréditaire, et dans une
lettre que m'écrivit M. de Féronce après
mon départ, leurs Altesses me firent l'honneur de me faire dire qu'ils seroient char-
més que je voulusse revenir faire un plus
long séjour à leur Cour.

Nous arrivâmes à Cologne le 26 avril ; la
Duchesse de Northumberland y étoit une
heure avant nous, tant nous avions bien pris
nos mesures de part et d'autre. La duchesse
trouva son fils perfectionné, et me fit la
grâce de m'en attribuer tout l'honneur.
Elle me rendit ensuite une lettre du duc de
Northumberland qui me témoignoit le plus
vif regret d'un contre-tems qui m'arrivoit
à son sujet. Le Duc s'étoit jeté depuis peu
dans le parti de l'opposition ; précisément
dans le même tems, le bénéfice de vingt
mille livres de rente que le Roi m'avoit promis étoit venu à vaquer : attaché, comme
je l'étois au Duc, le Ministre imagina que
le plus sûr moyen de le vexer, étoit non-
seulement de ne pas me donner le bénéfice,
mais de le présenter, comme il fit, à un
homme qui étoit odieux au Duc, parce qu'il
avoit écrit contre lui. Le duc de Northumberland sentoit à merveille que ma liaison
avec sa famille m'avoit attiré cette perte ;
il m'assuroit donc, dans cette lettre, qu'il
ne seroit point tranquille, qu'il n'eût ré-
paré le tort qu'il m'avoit causé ; que le
premier usage qu'il feroit du crédit qu'il
pourroit recouvrer, seroit en ma faveur.

La Duchesse me donna les mêmes assurances ; mais, loin d'avoir la moindre inquiétude à cet égard, j'employai toute mon éloquence à leur persuader que j'avois été plus sensible à voir mes espérances frustrées, par la part qu'ils y avoient eue, que par aucun regret que j'en eusse ressenti.

Nous fûmes avec la duchesse de Northumberland à Aix-la-Chapelle, où nous nous arrêtâmes quelques jours, pour voir les curiosités que fournit cette ville, autrefois le séjour favori de l'empereur Charlemagne. Mais, de toutes les curiosités que j'y vis, aucune ne frappa mon attention autant que celle d'un officier Autrichien, avec qui je fis connoissance.

Cet officier s'appeloit le baron de Trenck. Dans le tems de la première guerre du Roi de Prusse avec la Maison d'Autriche, étant jeune et entreprenant, il s'offrit, avec un petit nombre d'hommes déterminés, d'enlever le roi de Prusse, lorsqu'il s'éloigneroit de son camp, pour aller reconnoître la position des Autrichiens. En effet, il tenta ce dessein, qui lui réussit si mal, qu'il fut

pris lui-même, et condamné à une prison
perpétuelle dans le château de Magdebourg. Le traitement qu'on lui fit étoit
aussi singulier que cruel. Il fut enchaîné
debout contre le mur : ensorte que, pendant plusieurs années, il ne put ni s'asseoir
ni se coucher. Ses gardes avoient ordre de
ne le point laisser dormir plus d'un certain
tems, très-court, mais suffisant pour que
ses forces ne fussent pas entièrement épui-
sées. Il fut quatre ou cinq ans dans cette
situation affreuse, après quoi, y ayant lieu
de craindre qu'il ne pût pas vivre long-
tems dans cet état, on l'enchaîna de façon
qu'il pouvoit s'asseoir seulement, ce qui
lui parut cependant un adoucissement considérable. Il m'a dit lui-même, qu'après
avoir essuyé des maladies cruelles dans les
premières années de sa prison, son tempé-
rament fort et robuste prit si bien le dessus,
qu'il recouvra sa bonne santé ; quoique
n'ayant que du pain et de l'eau pour toute
nourriture, il se portoit à merveille, et
reprit son ancienne gaieté. Il trouva, par
cette disposition, le moyen de charmer les
ennuis d'une si longue prison, en faisant
des vers, qu'il mettoit lui même, tant bien

que mal, en musique, et il les chantoit à
plein gosier la moitié de la journée. Comme
il n'avoit rien à ménager, le roi de Prusse
étoit souvent le sujet de ses chansons, et
n'y étoit pas épargné. Il avoit aussi recours
à la force de son imagination, pour se faire
illusion sur l'horreur de son état; il passoit
tout le tems qu'il ne chantoit pas, à promener ses idées sur toutes les situations
agréables qu'il lui étoit possible de concevoir, et il étoit presque parvenu à jouir des
écarts de son esprit comme d'une réalité,
et à regarder ses malheurs comme des rêves
fâcheux. Enfin, l'Impératrice-Reine, qui
l'avoit cru mort pendant long-tems, étant
informée de sa malheureuse existence, sollicita pour sa liberté auprès du roi de Prusse
avec tant d'instance qu'elle obtint son élar-
gissement. Je le vis à Aix - la - Chapelle,
jouissant d'une très-bonne santé, et ayant
épousé une jolie femme, fille d'un des
principaux habitans de cette ville Impériale, où il s'étoit retiré pour n'être plus
exposé au pouvoir d'aucune Puissance ar-
bitraire. Il a publié plusieurs ouvrages allemands, dont quelques-uns sont le fruit
des réflexions qu'il avoit faites pendant le

tems de sa prison ; des poésies contre le roi
de Prusse, et quelques détails sur la manière
dont il passoit son tems à Magdebourg. Il
me les donna lui-même. Quoique ses ouvrages n'eussent pas un grand mérite par
le style, cependant la singularité des pensées et le sort unique de l'auteur les rendoient intéressans. Ce qui m'étonnoit en
lui, étoit la force d'esprit, le courage et la
constance qui l'avoient soutenu dans une
situation qui ne lui laissoit guère d'espérance de voir de plus beaux jours. Il paroissoit avoir tout oublié, et il ne se rap-
peloit ses maux passés, que pour mieux
goûter la douceur de l'état où il se trouvoit;
il étoit fort gai, et avoit même des momens
où l'on auroit pu juger, sans lui faire grand
tort, que l'équilibre de sa raison avoit été
un peu dérangé par sa détention; mais il
étoit surprenant que cela ne fût pas à un
degré plus marqué (1).

Nous résolûmes de voir la Hollande pendant la foire ou *Kermès*, qui se tient à la
Haye au mois de mai, et dure six semaines.

_____

(1) Le pauvre Trenck ayant voulu donner dans la Révolution Française, vint à Paris en 1793, et y fut guillotiné le 25
Juillet 1794, deux jours avant la fin de Robespierre.

C'est le tems le plus brillant pour la Cour ;
c'est aussi le plus favorable pour le pays.
La campagne y est charmante. Je vis alors
ce que je n'avois pu croire du prix des
fleurs en Hollande ; je fus témoin de l'offre
de quatre cents soixante et quinze louis
faite pour une jacinthe , dont on vouloit
cinq cents. C'étoit la fleur la plus agréable
et la plus riante que l'on pût voir ; elle ap-
partenoit à un marchand de fleurs d'Har-
lem, et c'étoit un autre marchand qui vouloit l'acheter. La raison que le possesseur
me donna de son refus, étoit que sa jacinthe
étoit connue de tous les amateurs en Europe , et qu'il en vendoit les cayeux , tous
les ans, pour une somme plus considérable
que l'intérêt de cinq cents louis. Ces cayeux
multiplioient l'espèce avec toute sa beauté.

La Cour du prince et de la princesse
d'Orange me parut fort agréable et fort
gaie , quoiqu'il y eût très-peu de jolies
femmes. Les Hollandoises en général ont
de mauvaises dents, soit à cause du climat,
ou du peu de soin qu'elles en prennent. Il
n'est pas rare de voir de jeunes personnes
de vingt-cinq ans à qui il manque un côté

de dents tout entier, et d'autres qui n'en
ont point du tout. Nous fûmes présentés à
la Cour ; il y avoit tous les jours un déjeû-
ner public, où se trouvoient le prince et
la princesse d'Orange, et le soir le bal ou
la comédie.

Nous visitâmes toute la Hollande, la
Flandres et le Brabant ; nous revînmes ensuite à Londres avec la duchesse de Northumberland.

A mon arrivée, le Duc m'exprima la
même satisfaction qu'avoit eue la Duchesse
au sujet de son fils, et les mêmes regrets
contenus dans sa lettre sur le contre-tems
dont il étoit la cause, et qui me faisoit
perdre vingt mille livres de revenu. Quelques jours après, il me renouvela ses promesses de saisir la première occasion de
m'en dédommager, et finit ce compliment
par me donner un mandat de mille livres
sterling sur son banquier. Cinq ans après,
il se reconcilia avec la Cour. J'attendis dix
ans, continuant de vivre avec lui comme à
l'ordinaire, et il ne fut plus question, ni
de récompense, ni de dédommagement.

FIN DE LA TROISIÈME PARTIE.

TABLE
DES CHAPITRES.

PREMIÈRE PARTIE.

SECONDE PARTIE.

Fin de la Table du premier volume.